Nané Lénard

SchattenSchwur

Im Verlag CW Niemeyer sind bereits folgende Bücher der Autorin erschienen:

SchattenHaut
SchattenWolf
SchattenGift
SchattenTod
SchattenGrab
SchattenSucht
SchattenGier
SchattenZorn
SchattenQual
SchattenSchuld
FriesenNerz
FriesenGeist
FriesenSpiel
FriesenLust
FriesenSchmutz
KurzKrimis und andere SchattenSeiten

Bibliografische Information der Deutschen Nationalbibliothek
Die Deutsche Nationalbibliothek verzeichnet diese Publikation in der Deutschen Nationalbibliografie; detaillierte bibliografische Daten sind im Internet abrufbar über http://dnb.ddb.de

www.niemeyer-buch.de

Der Umschlag verwendet Motive von shutterstock.com
background mycteria 2014, cold weather igor stepovik 2014
Printed in Germany
ISBN 978-3-8271-9430-5

Nané Lénard

SchattenSchwur

CW Niemeyer

Der Roman spielt hauptsächlich in einer allseits bekannten Stadt des Weserberglands, doch bleiben die Geschehnisse reine Fiktion. Sämtliche Handlungen und Charaktere sind frei erfunden.

Über die Autorin:

Nané Lénard wurde 1965 in Bückeburg geboren und ist Mutter von zwei erwachsenen Kindern. Nach dem Abitur und einer Ausbildung im medizinischen Bereich studierte sie später Rechts- und Sozialwissenschaften sowie Neue deutsche Literaturwissenschaften.

Von 1998 an war sie als Freie Journalistin für die regionale Presse tätig. Ab 2009 arbeitete sie für unterschiedliche Firmen im Bereich Marketing und Redaktion. Seit 2014 ist Lénard als freiberufliche Schriftstellerin tätig.

Von ihr wurden bereits mehrere Gedichte und Kurzgeschichten veröffentlicht.

Beim Literaturwettbewerb von Niedersachsen und Bremen belegte sie mit „Helmut" den zweiten Platz. Platz 3 und 10 erlangte sie beim Wettbewerb „Bückeburg mordet".

Mehr über Nané Lénard und ihre Aktivitäten erfahren Sie unter www.nanelenard.de

Für
all meine Krimifans

Wenn die Seele Sehnsucht brüllt,
blieb das Lieben unerfüllt.
Die dissonante Terz
aus tief erlebtem Schmerz,
bohrt sich weit ins Herz,
das wachen Geist mit Dunst umhüllt.

Die letzte Hoffnung, sie gerinnt.
Das Denken ist nunmehr bestimmt
von grauenhaftem Wahn,
und wirft es aus der Bahn.
Geboren wird ein Plan,
der nach der Luft die Zukunft nimmt.

Erlösung liegt im SchattenSchwur
aus wahrer, reiner Liebe nur,
falls der, der sich verwehrt,
noch rechtzeitig bekehrt,
sonst stirbt er schwer versehrt
den Tod nach grässlicher Tortur.

Frühwinter 2009

Es hatte keinen Sinn, dass sie schrie. Denn auch ohne dieses widerlich dreckige Stück Baumwolle in ihrem Mund war sie bereits über den Punkt hinweg, an dem sie noch etwas empfand.

Ihr Geist verklärte sich von Zeit zu Zeit. Ein gnädiges Entgegenkommen des geschundenen Körpers, der einmal der ihre gewesen war. Jetzt schien er fort zu sein. Fühlte sie ihn denn überhaupt noch? Das Brennen und die Schmerzen hatten aufgehört. Fast geriet sie in eine euphorische Stimmung. Alles war auf einmal ganz leicht. Auch die Schritte fielen ihr nicht mehr schwer, obwohl die Fesseln ebenso tief ins Fleisch schnitten wie die Bruchkanten der Felsen in ihre Sohlen. War das ihre Haut? Hatte sie denn noch Füße oder schwebte sie?

Ja ..., sie war schwerelos und trieb mit dem Wind dahin. Sie lauschte dem Klang des Wasserfalls, der sein unendliches Lied von den Bergen herab sang, stieg mit der Thermik auf und wurde nur durch die Schlinge gehalten, die um ihren Hals lag. Sonst wäre sie davongeflogen, doch das war nicht möglich, denn das Seil hielt sie fest. Es zog sie voran.

In einem wacheren Moment begriff sie, dass sie kein Kirmesballon sein konnte, der an der Hand eines Kindes munter durch die Luft tanzte. Sicher war sie jedoch, als sie stolperte. Denn als sie fiel, zog sich die Schlinge um ihren Hals zu und nahm ihr das letzte bisschen Atem. Dieser neue Schmerz erreichte sie wieder. Er schaffte es, weil er scharf und drohend war. Die Todesangst kehrte zurück und mit ihr auch die Sinne.

Auf einmal fühlte sie den Schneeregen, sah, wie das Nachthemd die Konturen ihres Körpers entlarvte und stellte erschreckt fest, dass es ein Muster bekommen hatte. Gezeichnet von den Schnittwunden und Blutspuren ihrer Haut. Instinktiv griff sie mit ihren gefesselten Händen zum Hals und lockerte das Seil, das plötzlich wieder nachgab. Sie holte Luft.

Und plötzlich war er wieder da, der kleine Funken Lebenswille tief in ihr. Es war ein Überlebenswille, der ihren Geist klärte und sie wieder in die Wirklichkeit zurückzwang. Jetzt fror sie, bemerkte ihr Zittern, von dem sie nicht wusste, ob es von der Angst oder der Kälte kam und sie hörte auch seine Stimme wieder.

„Steh auf, du dumme Kuh! Wir haben noch einen weiten Weg vor uns."

„Jacke ..., Schuhe ... – bitte!", wollte sie rufen, aber durch den Knebel drangen nur Laute, die er ignorierte.

Sie ahnte mit einem Mal, wo sie war. Sie kannte den sich bergan schlängelnden, steilen Weg von Bildern, auch wenn die Sicht keinen Ausblick zuließ. Es schneite inzwischen. Darum konnte sie auch nicht feststellen, wie weit es noch bis zum Kamm der Taufenscharte war. Wieso waren sie in den Bergen? Und wie waren sie hier hochgekommen?

Sie konnte sich an nichts erinnern, nur daran, dass sie ihn kannte und an ein unangenehmes Gefühl, das bei diesem Gedanken Besitz von ihr ergriff. Eine Art von Beklemmung, als ob ihr etwas den Hals von innen zuschnürte. Was hatte er mit ihr vor? Ihr war erbärmlich kalt. Der Schmerz fraß sich durch ihren Körper, wollte sie zum Aufgeben verlocken. Was, wenn sie sich hinfallen ließe? Da fiel ihr das Seil wieder ein und die Angst.

Er zog sie voran.

Das Denken in ihr wehrte sich noch. Es säuselte Hoffnung und weigerte sich einfach, wollte das Unfassbare nicht zulassen. Doch im Grunde hatte sie längst begriffen, dass dies ihr letzter Gang werden sollte. Wie ein Opferlamm führte er sie an diesem Strick zur Schlachtbank. Sie zitterte. Die Furcht war wieder stärker in ihr. Sie drohte übermächtig zu werden und machte das Denken schwer.

Plötzlich hielt er an.

Wind pfiff in Böen über die Scharte. Sie hatten die Kuppe endlich erreicht. Wie Pfeile bohrten sich die Kristalle der Schneeflocken in ihr Gesicht.

„Na, weißt du noch?", sagte er zu ihr, ohne eine Antwort zu erwarten.

Sie nickte ohne den kleinsten Fetzen einer Erinnerung.

Da schlug er sie. Die Lippe platzte sofort auf, denn das Gewebe war kalt. Blut lief das Kinn hinab und malte neue Spuren.

„Du hättest mich lieben sollen!", schrie er in die Winterluft. Es war, als brüllte ein Tier.

Sie fiel vor ihm auf die Knie und wimmerte.

„Du erwartest Mitleid? Hattest du denn welches mit mir?"

Das Wimmern ging in ein Schluchzen über. Sie robbte auf ihn zu. Er stieß sie fort.

„Steh auf", sagte er. „Du sollst sie sehen. Ich halte meine Versprechen."

Es war schon dunkel, als sich Hauptkommissar Wolf Hetzer an den Schreibtisch setzte und sein Laptop aufklappte. Draußen fegte wieder dieser heftige Wind ums Haus, weil es für die Jahreszeit zu warm war. Das war wirklich ein komischer Winter. Er mochte den Sommer lieber, aber wenn es schon einen Winter geben musste, dann sollte es doch gefälligst wenigstens teilweise auch einer sein. Sonst hatte man doch den Eindruck, es herrschte das ganze Jahr immer nur dasselbe Wetter, mal mehr, mal weniger nass. Zu Weihnachten hätte er sich Schnee gewünscht, denn es sollte ein richtig romantisches Weihnachtsfest werden.

Er dachte an seine Nachbarin Moni. Schon lange verband ihn mehr als Sympathie mit ihr. In seinem Nachttisch lag immer noch das kleine Kästchen mit dem Verlobungsring für Moni. Den hatte er ihr geben wollen. Eigentlich schon im Sommer, aber dann war alles ganz anders gekommen.

Seine altdeutsche Schäferhündin Lady Gaga, nach der sich die bekannte Sängerin benannt hatte, räkelte sich in ihrem Korb. So ein Hund war leicht zufriedenzustellen, dachte Hetzer bei sich. Ein voller Napf nach einem Spaziergang im Wald, zusätzlich noch einige Streicheleinheiten und schon war das Hundeleben perfekt. Hetzer sehnte sich nach solch einer Leichtigkeit des Daseins.

Auch für sein Liebesleben. Selbst wenn die Hormone oder Pheromone verrückt spielten, hatte der Mensch immer noch das Denken. Er hätte mit ihr schlafen sollen in jener Nacht.

Doch er hatte die Gelegenheit verpasst und dann hatte sie wieder nach Teneriffa reisen müssen, um die Angelegenheiten ihrer verstorbenen Schwester zu erledigen. Es hatte eine Ewigkeit gedauert, bis er sie wiederhatte, wenigstens war es ihm so vorgekommen. Als sie endlich zurückkehrte, war das Wetter noch dasselbe, zwölf Grad mit oder ohne Regen, aber es war schon Advent.

Lady Gaga drehte sich in ihrem Korb um sich selbst, legte sich wieder genauso hin wie vorher und schnaufte wohlig.

Der Rechner war endlich hochgefahren. Hetzer lauschte auf das nervige Ping, aber das Gerät blieb ruhig. Keine E-Mail heute Abend. Und das war gut so, denn er hatte sich geschworen, der Sache nachzugehen, wenn er noch eine dieser ominösen Mails bekam, die ihm seit Längerem - zwar in großen Abständen, aber nervtötenderweise - immer wieder zugestellt wurden. Einen Versuch, dem Absender auf die Spur zu kommen, hatte er seinerzeit schon unternommen, aber die IP-Adressen wechselten mit jeder Mail. Da kannte sich jemand gut aus.

Und dieser Jemand wollte ihn bestenfalls ärgern. Schlimmstenfalls steckte etwas ganz anderes dahinter, doch er weigerte sich noch immer, den Gedanken wirklich zuzulassen.

Mittlerweile hatte er einen eigenen Ordner für diese mysteriösen Mails angelegt. Warum er ihn jetzt öffnete, wusste er selbst nicht genau. Die Nachrichten hatten ein System. Mit jeder wurde dem Satz ein weiteres Wort hinzugefügt:

„Sie ..."

„Sie lebt ..."
„Sie lebt noch ..."
„Sie lebt noch immer ..."
„Sie lebt noch immer weiter ..."

Zuerst hatte er es für einen Scherz gehalten, dann hatte er einen ungeklärten oder gar unbekannten Fall vermutet und die Spezialisten darauf angesetzt. Ohne Erfolg. Zuletzt war ihm noch eine ganz andere Idee gekommen, die er sofort verworfen hatte. Ja, er hatte sie verbannt und versucht in einer der hintersten Schubladen seines Bewusstseins zu verstecken. Aber einmal gedacht, entwickelte sie ihr Eigenleben und quälte ihn von Zeit zu Zeit, indem sie wie von selbst ans Licht drängte. Sie war so absurd und doch hatte sie dazu geführt, dass das Kästchen immer noch in seiner Nachttischschublade lag.

Das Unmögliche hatte seine eigene Faszination, wenn man darüber nachdachte, ob es nicht doch möglich sein könnte. Eine bereits aufgegebene Hoffnung aber war tückisch. Man musste sich die Frage stellen, ob sie noch erwünscht war, nachdem die Zeit ins Land gegangen war. Möglicherweise war ihr erneutes Aufflackern in der Gegenwart lästig, unangenehm oder ganz und gar ungewollt.

Wolf stand auf, ging in die Küche und goss sich ein Glas Barolo ein, den er vor dem Spaziergang dekantiert hatte. Der Käse hatte begonnen, in der Raumtemperatur zu duften. Mit einem kleinen Teller voller Köstlichkeiten ging er zu seinem Schreibtisch zurück und wurde dabei von Lady Gagas Blick verfolgt.

Pling.

Fast hätte sich Wolf an seinem Rotwein verschluckt, denn das Klingeln ertönte genau in dem Moment, als er trank.

„Sie lebt noch immer weiter in ...", las er.

Das war neu. Eine adverbiale Bestimmung des Ortes. Würde der Schreiber irgendwann einen Ort nennen?

Er sah sich um. Konnte hier jemand in seinen Kopf gucken? Mann, überlegte er, da konnte man sich ja verfolgt fühlen.

Und auf einmal war sie wieder ganz präsent, die in ihm beerdigte Hoffnung, aber er wusste, dass er sie nicht länger haben wollte. Sie war zu einer Belastung für sein neues Leben mutiert. Bisher hatte er seine Gedanken mit niemandem geteilt. Vielleicht war das ein Fehler. Moni war hier wohl eher nicht der richtige Ansprechpartner, aber er konnte Peter anrufen, seinen Freund und Kollegen Peter Kruse.

Die Yogastunde hatte gutgetan. Moni war etwas später nach Hause gekommen, weil sie sich noch mit der Kursleiterin unterhalten hatte. Der Kursus würde fortgesetzt werden. Darüber freute sie sich sehr, denn sie hatte im vergangenen Jahr einige Stunden ausfallen lassen müssen.

Auf Teneriffa waren die Angelegenheiten nun geregelt. Sie hatte lange überlegt, ob sie die Finca ihrer Schwester verkaufen sollte. Nicht nur gute Gedanken hingen an diesem Ort, den sie mit ihr verband. Aber als sie nun wieder dort war und ausgemistet hatte, hatte sich das Empfinden gewandelt. Das ganze Haus veränderte nach und nach sein Gesicht, wurde heller und freundlicher.

Doch vor allem der Blick von der Terrasse gab letztendlich den Ausschlag, noch etwas länger über den Verkauf nachzudenken oder ihn zumindest hinauszuschieben. Von Bougainvilleen umsäumt und verzaubert, sah man genau auf das Meer mit seinem unglaublichen Blau. Von Zeit zu Zeit fuhr ein Schiff vorbei und nach zehn Autominuten über die Serpentinenstrecke gelangte man zu einer kleinen Bucht, die nur wenige Menschen kannten. Das war ein Stück Paradies, das Moni nicht so leicht aufgeben wollte, auch wenn sie sich sicher war, dass sie niemals ganz hierher übersiedeln wollte, so wie ihre Schwester es getan hatte.

Aber sie konnte sich gut vorstellen, einen Teil des Winters hier zu verbringen und mit Wolf auf der Terrasse Wein zu trinken.

Heute entschied sie sich gegen den Wein, mit dem Wolf sie hatte zu sich locken wollen. Ein ganz feines Tröpfchen hatte er ihr versprochen. Sie hatte jedoch nicht fest zugesagt und jetzt war es ihr zu spät. Der ganze Keller stand voll. Morgen wollte sie beginnen, die Sachen zu sichten, die mit dem Container aus Teneriffa gekommen waren.

Sie sah aus dem Fenster. Bei Wolf dämmerte nur ein schummriges Licht. Vielleicht schlief er schon. Manchmal ließ er für die beiden Kater die Wohnzimmerlampe an. Nein, sie würde ihn nicht mehr stören.

Sie beschloss, am nächsten Tag für ihn zu kochen. Bestimmt hatte er einen Schluck von dem Wein für sie übriggelassen. Außerdem hatte sie eine Bitte an ihn. Die war ein bisschen delikat. Er sollte ihr helfen, ihre Nichte zu finden. Von Isabella hatte sie seit Jahren nichts mehr gehört. Weil ihre Schwester den Kontakt zu ihrer Tochter schon vor langer Zeit komplett abgebrochen und sie anstatt eines zukünftigen Erbes notariell abgefunden hatte, war Moni der letzte familiäre Ansprechpartner geblieben. Und irgendwann hatte sich Isabellas Spur im Nichts verloren.

Sie seufzte.

Ja, ihre Schwester war schwierig gewesen. Bestimmt hatte sie einen gehörigen Anteil daran gehabt, dass sich ihre Tochter von ihr entfernt hatte. Sie selbst hatte Isabella zuletzt gesehen, als sie ein Teenager war, aber sie konnte sich daran erinnern, dass ihre Nichte damals studieren wollte. Noch längst hatte sie nicht alle Unterlagen und Briefe gesichtet, die ihre Schwester in ihrem Schreibtisch aufbewahrt hatte. Wer wusste schon, was sich in den Kartons im Keller noch so alles verbarg. Moni dauerte es jedoch zu lange, erst dann Kontakt mit Isabella aufzunehmen, wenn sie alles durchforstet hatte. Außerdem konnte sie sich nicht sicher sein, dass sie überhaupt etwas von ihrer Nichte oder gar ihre Adresse finden würde. Mit Wolfs Unterstützung würde sie viel schneller ans Ziel gelangen.

Als Peter am nächsten Morgen vor die Tür trat, sog er die Luft tief ein. Zum ersten Mal in dieser Jahreszeit roch es wirklich nach Winter. Dabei waren es nur neblige 0° C, aber es fühlte sich kühler an. In den Schwaden hing der Duft von glühenden Braunkohlebriketts mit leichter Holznote. Möglicherweise hatte sich der Kaminofenrauch unterschiedlicher Häuser miteinander vermischt.

An solchen Tagen war Peter froh, ein paar Kilo Speck mit sich herumzuschleppen. Da wusste er wieder, wozu sie doch gut waren. Nur wegen Nadja hielt er sie einigermaßen in Schach. Die Rechtsmedizinerin, die nun schon seit einiger Zeit quasi an seiner Seite lebte, wachte mit Argusaugen über seine Gesundheit. Er selbst fand das paradox, weil sie doch eher mit den Menschen ihr Geld verdiente, die ihres aufgrund unterschiedlichster Ursachen verloren hatten. Nadja sah das jedoch ganz anders. Sie hatte sein Innerstes genau vor Augen und schilderte ihm seinen Körperzustand manchmal etwas zu drastisch, wie er fand.

Er konnte doch nichts dafür, wenn einer seiner weit zurückreichenden Vorfahren ein Neandertaler gewesen war. Vielleicht verhielt sich sein Körper auch deswegen anders, und der reichhaltige Genuss von Fleisch konnte ihm nichts anhaben. Okay, Bier hatten sie damals noch nicht, kam ihm in den Sinn, aber so weit waren sie einfach nur noch nicht gewesen. Er grinste in sich hinein. Ja, Nadja war ein Engel. Sie hieß auch wie einer: Serafin mit Nachnamen. Wenn er sie mal heiraten würde, könnte er ihren Namen annehmen, überlegte er. Peter Serafin anstatt Kruse ... Er lachte und verschluckte sich. Nein, das passte nicht zu ihm. Aber Nadja Kruse ging überhaupt gar nicht, fand er.

Etwas umständlich stieg er in seinen Wagen, blickte dabei zu seinem Schlafzimmerfenster hoch und beneidete Nadja, die in seinem warmen Bett lag. So ganz war sie immer noch nicht zu ihm gezogen, wenn sie auch meist in seinem Haus in Kleinenbremen war. Er überlegte, ob er ihr vorschlagen sollte, sein Einsvierzigerbett ab- und ein gemeinsames größeres anzuschaffen. Das wäre ein Anfang, und er hätte endlich wieder die Möglichkeit, seinen Arm mit ins Bett zu nehmen. Die Desinfektionsmittel würde er natürlich trotzdem riechen, wenn sie wie letzte Nacht nach einer Sektion neben ihn schlüpfen würde, aber die waren immerhin besser in der Raumluft zu ertragen als das, worin sie gewühlt hatte.

Mit dem Gedanken an ein neues, gemeinsames Bett und was man alles darin machen konnte, wenn man ausreichend Platz hatte, fuhr er frohen Mutes nach Bückeburg in die Ulmenallee und betrat Wolfs Büro. Der saß grübelnd über alten Akten.

„Na, was machst du da, Sportsfreund?“, fragte er. „Holst du alte Leichen aus dem Keller?“

„So ungefähr“, sagte Wolf abwesend und murmelte ein „Guten Morgen übrigens“ hinterher.

Peter schaute ihm über die Schulter und schüttelte den Kopf. „Du solltest die Vergangenheit ruhen lassen, Wolf!“

„Würde ich ja gerne, aber irgendjemand schickt mir komische Mails.“

„Solche wie neulich?“, fragte Peter.

„Ja, und jetzt ist noch ein neues Wort hinzugekommen ..." Wolf stützte sein Kinn auf.

„Kannst du mir den Satz noch mal sagen? Ich meine, mit dem Wort", bat Peter.

„Sie lebt noch immer weiter ... in ... Das ist das, was neu ist", erklärte Wolf mit Schatten unter den Augen. „Es hat mich eine schlaflose Nacht gekostet."

„Wieso das denn?", wollte Peter wissen. „Ich verstehe ja, dass das auf Dauer lästig ist, aber wir haben im letzten Jahr schon versucht herauszubekommen, wer dahintersteckt. Wahrscheinlich nur ein Dummer-Jungen-Streich. Auf jeden Fall Fehlanzeige wegen der ständig wechselnden IP-Adressen."

„Das weiß ich doch selbst", gab Wolf genervt zurück. „Lästig ist auch nicht der richtige Ausdruck."

„Du glaubst immer noch, dass die Nachrichten von ihr stammen könnten?", fragte Peter.

„Mehr denn je", seufzte Wolf, „oder von jemandem, der etwas über sie oder ihren Aufenthaltsort weiß."

„Wolf, du spinnst. Sie ist tot, mausetot! Es tut mir leid, wenn ich dir das besonders als dein Freund so deutlich sagen muss. Du verrennst dich da in was, aber erinnere dich. Man hat sie erschossen. Sie ist in deinen Armen gestorben. Mica hat sie obduziert und es war sogar Dr. Althaus dabei. Zwei Rechtsmediziner und die Kukla von der Staatsanwaltschaft. Hast du mir selbst erzählt."

„Vielleicht alles fingiert", sinnierte Wolf. „Mica ist tot, Althaus hat Alzheimer. Die Kukla scheint wie vom Erdboden verschwunden zu sein."

„Bastelst du dir da deine eigene Verschwörungstheorie zusammen?", fragte Peter leicht ärgerlich.

„Wir könnten Charlotte exhumieren lassen ...", schlug Wolf vor und zuckte zusammen, als er den Gedanken laut aussprach.

„Jetzt spinnst du total. Soll ich einen Arzt rufen?" Peter versuchte, das Gespräch ins Lächerliche zu ziehen. „Du scheinst tatsächlich an so eine Möglichkeit zu glauben. Total hirnrissig das Ganze. Wir sind hier nicht beim Fernsehen. Vergiss die fixe Idee!"

„Hmm ...", grummelte Wolf unentschlossen.

„Wenn du noch mit dem Einfall kommst, selbst nach ihr zu graben, dann lasse ich dich einweisen."

„Darauf bin ich vorher überhaupt noch nicht gekommen", sagte Wolf und Peter ließ sich verzweifelt auf seinen Bürostuhl sinken. „Wir bräuchten ja nur ein ganz kleines bisschen DNA und Nadjas Hilfe." Er zwinkerte Peter zu. „Vielleicht hast du recht und ich bin ein klein wenig über das Ziel hinausgeschossen."

„Klein wenig? Du hast uns in Gedanken schon mit der Schaufel gesehen", sagte Peter und schielte sehnsüchtig nach der Kaffeemaschine. „Ist Detlef noch nicht da?"

„Koch dir selbst Kaffee", lachte Wolf.

„Lieber nicht!"

„Detlef ist schon unterwegs zum Friedhof. Da will angeblich jemand etwas Merkwürdiges gefunden haben", erklärte Wolf.

„Ein leeres Grab vielleicht? Womit wir wieder beim Thema wären", sagte Peter.

„Jetzt aber noch mal im Ernst", bat Wolf seinen Kollegen, „du musst schon zugeben, dass meine Überlegungen nicht ganz so abwegig sind, wie du sie eben dargestellt hast."

„Wolf", seufzte Peter, „ich habe mir schon im letzten Jahr den Bericht besorgt, weil ich bemerkt hatte, wie du unter Charlottes Tod gelitten hast. Ich wollte einfach wissen, was du erlebt hattest. Einmal, um nachvollziehen zu können, zum Zweiten, um dich besser kennenzulernen. Und jetzt erinnere dich genau an die Situation von damals. Es waren mehrere Fahrzeuge und Personen beteiligt. Charlotte ist bei einem Schusswechsel tödlich getroffen worden. Sie starb in deinen Armen. Dann hat man dich weggezerrt. Weitere Schüsse sind gefallen und der Wagen, neben dem deine Verlobte lag, ist in Flammen aufgegangen. Wie hätte sie das überleben sollen?"

„Entschuldige, wenn ich das sage", bat Wolf, „aber das Ganze hätte auch arrangiert sein können. Sie steckte damals so tief in dieser Drogenermittlung und hatte wichtige Aussagen in dem damals so brisanten Fall gemacht. Du erinnerst dich bestimmt. Vielleicht sollte sie geschützt werden."

„Oder sie ist erschossen worden, damit sie nicht noch weitere macht. Sind die Kerle jemals erwischt worden?", wollte Peter wissen.

„Nein", Wolf schüttelte traurig den Kopf, „aber das hätte sie auch nicht wieder lebendig gemacht. Falls sie wirklich tot war ..."

„Du solltest dir Micas Bericht von der Sektion noch einmal durchlesen, wenn es dich nicht zu sehr mitnimmt. Da war nicht mehr viel zu erkennen, wenn ich mich recht erinnere. Ich kann ihn auch gerne mal Nadja zeigen, wenn dich das beruhigt und du dann endlich einen Schlussstrich ziehen kannst", schlug Peter vor.

„Das ist deine erste gute Idee heute!", freute sich Wolf und schlug seinem Kollegen auf die Schulter. „Ich wusste es doch, dass ich mich auf dich verlassen kann."

„Du versprichst mir im Gegenzug aber, dass du das Thema ein für alle Mal ad acta legst, wenn Nadja nach Durchsicht der Unterlagen eindeutig zu demselben Schluss kommt. Einverstanden?"

„Ja, damit kann ich leben", bestätigte Wolf.

„So, und nun erzähl mal vom Friedhof. Reden wir von dem an der Scheier Straße oder vom reformierten?", fragte Peter.

„Scheier Straße. Du kennst doch diese Abfallkörbe, wo man nach der Grabpflege seine Kompostabfälle hineinwerfen kann?"

„Klar!"

„Da werfen die Leute aber alles Mögliche und Unmögliche rein, obwohl ein zweiter für andere Abfälle danebensteht. Ein Friedhofsmitarbeiter hat beim Müllsortieren einen Gefrierbeutel mit fragwürdigem Inhalt gefunden und die Polizei gerufen. Und die Kollegen meinten, es solle sich mal einer von uns ansehen." Wolf gab Peter Charlottes Akte.

„Was soll denn drin sein?", wollte Peter wissen und steckte den Ordner in seine Tasche.

„So etwas Schmierig-Schleimiges. Der Beutel ist wohl aber zu. Wahrscheinlich hätte der Mann ihn einfach weggeworfen, wenn es nicht so bestialisch gestunken hätte. Man konnte wohl auch ein paar harte Stücke durch die Tüte fühlen."

Wolf grinste.

„Rücken wir jetzt immer aus, wenn einer seinen Gockel nicht aufgegessen und illegal in einer Plastiktüte im Kompost entsorgt hat?", fragte Peter süffisant.

„Nein", sagte Wolf ganz beiläufig, „nur wenn der Gockel einen Ring getragen hat."

„Das soll schon mal vorkommen, dass ein Federvieh beringt wird."

„Schon, aber ohne Brilli!"

Peter horchte auf.

„Ach so, na dann klingt es schon interessanter. Obwohl es ja auch logische Erklärungen dafür geben könnte, wie ein Brillantring in eine Tüte mit altem Huhn gekommen sein könnte."

„Jetzt hör doch mal mit diesem blöden Huhn auf!"

Peter zuckte mit den Achseln und zischte: „Spaßbremse!"

„Was hast du gesagt?"

„Och nix, sag mal, bringt Detlef das Vie..., äh die Tüte gleich nach Stadthagen zu Nadja?"

„Wohin sonst?", fragte ein etwas genervter Wolf Hetzer.

„Du, wenn dir heute was über die Leber gelaufen ist, lass es bitte nicht an mir aus. Ich hab' schon kapiert, dass meine Aufheiterungsversuche scheitern."

„'schuldigung, war nicht so gemeint", bat Wolf, „mir gehen nur diese Mails an die Nieren, weil sie Dinge aufwühlen, die ich schon verdrängt hatte."

„Kann ich verstehen. Jetzt mal eine Frage: Was wäre denn, wenn sie plötzlich wieder da wäre? Ich meine, liebst du sie noch? Es ist ja doch reichlich Zeit ins Land gegangen, vieles ist in deinem Leben passiert", gab Peter zu bedenken.

„Schwierig", sagte Wolf, „aber wenn es eine geplante Aktion gewesen wäre, von der ich ja nichts gewusst hätte, wäre das für mich ein extremer Vertrauensbruch, den ich nie würde überwinden können. Falls sie aber gar nichts davon gewusst hätte ... Und da könnte ich mir mehrere Szenarien ausmalen, was dann geschehen wäre. Amnesie, späte Erinnerung, dann heimliche Kontaktaufnahme mit mir und so weiter ..."

„Mann, Wolf, wenn man dich so hört, dann hat diese Vorstellung schon ganz schön Gestalt in dir angenommen. Jetzt warte erst mal ab. Nadja wird uns etwas dazu sagen können. Apropos Nadja, ich habe vorhin nur gefragt, ob Detlef sofort nach Stadthagen fährt, weil Nadja noch im Bett liegt. Sie hatte bis spät in die Nacht noch eine Sektion." Peter sah auf die Uhr. „Ich werde sie aber gleich mal anrufen."

„Mach das bitte", seufzte Wolf, als ob das ganz Leid der Welt auf seinen Schultern lag.

„Weiß eigentlich Moni, was dich derzeit belastet?"

Wolf schüttelte den Kopf. „Ich weiß doch selbst nicht, warum mich das so umgehauen hat. Der Gedanke war auf einmal da, dass es doch sie sein könnte. Keine Ahnung, woher er kam. So aus dem Nichts. Das ist einfach eine unerledigte Sache in mir. Ich habe immer noch keinen Abschluss gefunden."

„Könnte sein, dass es daran liegt", bestätigte Peter. „Dann solltest du lieber bald einen finden. Auch wegen Moni."

„Ja, du hast recht", stimmte Wolf zu. „Sonst zerstören die alten Schatten noch meine Gegenwart."

Peter nickte und hob den Hörer ab.

Gleichzeitig klingelte das dienstliche Telefon von Wolf und riss ihn aus seinen Gedanken.

„Hallo Wolf, guten Morgen, du bist doch nicht böse, dass ich gestern nicht mehr rübergekommen bin, oder? Ich war so kaputt und vor meinen Augen schwebten die Kartons im Keller, die ich alle durchforsten muss."

Wolf, der meinte, dass eher er ein schlechtes Gewissen haben sollte, beruhigte sie: „Nein, so ein Quatsch. Wir holen das heute Abend nach, wenn es passt. Ich koche für uns, dann hast du mehr Zeit für deine Kartons. Ist das ein Angebot?"

„Das klingt natürlich verlockend", sagte Moni erleichtert und atmete innerlich auf, „soll ich irgendwas mitbringen?"

„Nur dich, sonst nix!"

„Kannst du mir noch einen Gefallen tun, Wolf?", fragte Moni vorsichtig.

„Na klar, warum so zaghaft?" Er schmunzelte.

„Ich glaube, es ist nicht erlaubt", gab sie zögernd zu.

„Seit wann hast du kriminelle Ideen?", sagte Wolf jetzt sichtlich erheitert.

„Kriminell muss man es vielleicht auch nicht nennen", wandte sie ein. „Es dient auch einem guten Zweck."

„Jetzt mal ‚Butter bei die Fische' und rede nicht so um den heißen Brei herum. Kriminell ist kriminell, egal für welchen Zweck."

„Ich brauche eine Adresse und wollte dich bitten, ob du sie für mich herausfinden kannst." Moni lauschte in die Muschel.

„Gibt es denn ein berechtigtes Interesse zur Verhinderung oder Aufklärung einer Straftat?"

„Wie man's nimmt. Man könnte mir vorwerfen, dass ich mich widerrechtlich am Erbe meiner Schwester bereichern will", überlegte Moni laut.

„Und wer ist der oder die Übervorteilte?", fragte Wolf.

„Meine Nichte Isabella. Ich möchte sie finden, damit sie bei der Testamentseröffnung auch wirklich dabei ist."

„Du, die Mühe kannst du dir sparen", erklärte Wolf, „der Notar hat ein sehr berechtigtes Interesse, die junge Dame zu finden und auch alle Möglichkeiten, an die Adresse heranzukommen."

„Aber ich würde gerne vorher mit ihr sprechen. Sie hatte doch schon seit Jahren keinen Kontakt mehr zu ihrer Mutter. Du weißt, wie schwierig meine Schwester war. Womöglich kommt sie gar nicht. Mir ist es aber wichtig. Ich möchte ihr zeigen, dass es hier einen Menschen gibt, der für sie da ist."

„Und warum hast du nicht schon früher Kontakt mit ihr aufgenommen?", fragte Wolf. „Das hätte doch deine Schwester gar nicht gemerkt, da hinten auf Teneriffa."

„Ja, das war vielleicht ein Fehler", gab Moni zögernd zu. „Sie fing damals an zu studieren. Sofort nach dem Abi war sie ausgezogen. Man kann eher sagen, sie ist geflohen. Anfangs wusste meine Schwester wohl noch, wo sie war, doch dann hatte sie mit einem Mal stillschweigend den Studienort gewechselt und blieb verschollen. Das war nach dem letzten Streit mit ihrer Mutter."

„Und sie hat auch niemals mit dir später Kontakt aufgenommen?", wollte Wolf wissen.

„Leider nein. Ich glaube, sie wollte ihre Vergangenheit hinter sich lassen", sagte Moni mit traurigem Gesicht.

„Und wieso denkst du, dass sie jetzt mit dir sprechen will? Vielleicht erscheint sie einfach zur Testamentsverkündung und geht danach wieder ihrer Wege", wandte Wolf ein.

Moni zuckte mit den Achseln. „Wahrscheinlich möchte ich etwas wiedergutmachen, was meine Schwester zerstört hat. Jeder Mensch braucht doch eine Familie. Verwandte, die zu einem gehören. Eine Anlaufstelle ..."

„Tja, das ist die Frage", überlegte Wolf und begann wieder zu schmunzeln. „Du wärst nicht Moni, wenn du nicht so denken würdest. Und dafür schätze ich dich!" Dabei vermied er zu sagen „liebe ich dich", obwohl das durchaus so war, all den Gedanken um Charlotte zum Trotz, denn ihn durchströmte ein warmes Gefühl der Geborgenheit.

„Wahrscheinlich hast du recht", lenkte sie ein, „es war ja auch nur gut gemeint. Ich dachte, es wäre schlimm für sie, vom Tod ihrer Mutter zu erfahren, ohne dass es jemals den Versuch gegeben hat sich auszusöhnen. Wobei die Frage im Raum stehen bleibt, ob es überhaupt einen Sinn gehabt hätte."

„Na gut", sagte Wolf, „ich will es versuchen. Wie heißt Isabella mit Nachnamen?" Er notierte sich „Gruber" und fügte auch noch das Geburtsdatum und den Geburtsort hinzu.

„Wenn sie geheiratet hat, heißt sie vielleicht jetzt anders ...", überlegte Moni.

„Lass mich mal machen, ich finde sie schon, keine Sorge."

„Danke Wolf, dann bis später!" Sie legte auf.

Peter schüttelte den Kopf nach diesem Telefonat. Er hatte Nadja nicht wachklingeln können und sich gerade entschieden, zu ihr zu fahren. „Ja, ja, der Herr Hauptkommissar Hetzer auf Abwegen", sagte er zu Wolf.

„Aber nur ganz leicht ... Hast du Nadja nicht erreicht?"

In diesem Moment klingelte das Telefon.

„Ah, da ist sie", freute sich Peter und zog die Jacke umständlich wieder aus. Dabei wechselte er den Hörer aufs andere Ohr und nahm ab. „Hallo mein Schatz, hast du meine Nummer gesehen?"

„Nachdem ich was sehen konnte, schon. Ich hoffe, du hast einen guten Grund, mich aufzuwecken."

„Hab' ich und zwar den Inhalt eines Gefrierbeutels. Kannst du nach Stadthagen fahren? Wir müssen dringend wissen, ob das menschliche Fragmente sind, oder nur ein Huhn oder so was." Er grinste und erntete einen bösen Blick von Wolf.

Schweigen am anderen Ende der Leitung.

„Hallo Nadja, bist du noch da?"

„Ja, aber ich glaube, ich träume. Hast du was von einem Huhn gesagt?"

„Nee, bestimmt nicht. In der Tüte ist auch ein Brillantring. Darum denken wir, dass du es dir ansehen solltest."

„Klingt ziemlich wirr. Geht es dir gut? Kannst du mir mal Wolf geben?", fragte sie.

Peter knurrte und gab den Hörer weiter.

„Auch wenn er sich umständlich ausgedrückt hat", sagte Wolf und vermied es, seinen Kollegen dabei anzusehen, „wir müssen dich bitten, nach Stadthagen zu fahren. Ein Friedhofsmitarbeiter hat in einem Kompostbehälter diese ominöse Tüte gefunden. Es sind ein paar harte, unterschiedlich längliche Stücke darin, in einer Art von Schleim, und wie gesagt ein Ring, der sehr echt aussieht. Das Ganze stinkt bestialisch nach Verwesung. Wir brauchen deine medizinische Expertise."

„Wird denn jemand vermisst? Oder ist ein Torso gefunden worden, dem Teile fehlen?", wollte Nadja wissen.

„Das überprüfen wir gerade. Aktuell gibt es bisher nichts, aber das will ja nix heißen. Willst du Peter noch mal sprechen?" Der winkte ab. Er war beleidigt.

„Ach nee, lass mal. Ich springe dann jetzt sofort unter die Dusche und mache mich auf den Weg. Wie spät haben wir es jetzt?"

„So halb zwölf rum", sagte Wolf.

„Gut, dann kommt mal gegen drei auf einen Kaffee vorbei. Bis dahin kann ich euch vielleicht schon etwas sagen. Zumindest, ob Mensch oder ..."

„Okay", rief Wolf dazwischen und schnitt ihr das Wort ab, „bis dann!"

„Wir sollen auf drei vorbeikommen und einen Kaffee mit ihr trinken", berichtete Wolf.

Doch Peter brummte nur maulig und stand auf, weil ihn das Wort „Kaffee" daran erinnert hatte, dass er schon längst einen getrunken haben wollte.

„Moin, die Herren", rief Detlef, als er um die Ecke ins Büro kam. „Das war echt ekelig, was sich da in der Tüte befand. Was auch immer es ist."

„Danke fürs Hinbringen", sagte Wolf und hielt die Nase schnuppernd in die Luft.

„Ey, hier stinkt was“, brachte Peter es auf den Punkt, der Wolf beobachtet hatte, und näherte sich Detlef. „Puh, du bist das. Ist ja widerlich!“

„Also, ich rieche nix“, gab Detlef achselzuckend zurück.

„Aber ich“, sagte Wolf und rollte mit seinem Bürostuhl zurück. „Detlef, könntest du bitte nach Hause fahren und dich umziehen? In deinen Kleidern und deinen Haaren hängt Verwesungsgeruch.“

„Die Klamotten kannst du auf dem Weg nach Hause gleich entsorgen, sonst hast du da auch noch was davon“, fügte Peter mit zugehaltener Nase an.

Detlef roch an sich und zuckte mit den Schultern. „Wenn ihr meint.“

„Mit welchem Auto bist du gefahren? Jetzt sag nicht, mit unserem neuen Dienstwagen“, wollte Peter wissen.

„Mit welchem denn sonst?“, sagte Detlef und fing an, sich innerlich aufzuregen.

„Wir sollten die Tatortreinigung verständigen. Die müssen sich der Sache annehmen. Das hält ja keiner aus“, stöhnte Peter.

In diesem Moment ging die Tür auf und Staatsanwältin Dr. Kukla stürmte das Büro. Ja, man konnte es wirklich so sagen. Alle fragten sich, ob sie sich überhaupt jemals langsam bewegte. Sie gehörte zu den Menschen, die Unruhe ausstrahlten, wo immer sie sich befanden. Doch plötzlich hielt sie inne, als sei sie gegen eine Wand geprallt.

„Meine Herren, könnten Sie mal lüften“, sagte sie, „hier riecht es dermaßen übel nach Kaffee und abgestandener Luft. Das ist ja nicht auszuhalten!“ Im selben Atemzug fügte sie an: „Haben Sie schon irgendetwas herausgefunden in der Friedhofssache?“

„Unser Kollege hat den Fund soeben erst nach Stadthagen gebracht zur rechtsmedizinischen Begutachtung", gab Wolf Auskunft.

„Hätte sich Frau Dr. Serafin die Fragmente in der Tüte nicht kurz vor Ort ansehen können? Soweit ich weiß, ist sie heute Morgen überhaupt nicht in Stadthagen."

Dr. Kukla wanderte hin und her.

„Das wusste ich leider nicht", erklärte Wolf, „darum habe ich dafür gesorgt, dass der Beutel schnellstmöglich in die Rechtsmedizin kommt. Frau Dr. Serafin ist aber schon unterwegs. Wir haben sie bereits verständigt. Gegen drei erwarten wir erste Informationen."

„Gut, dann bekomme ich umgehend Bericht und bitte ... lüften Sie!"

„Kaffee? So, so ...", knurrte Detlef.

„Mist, die olle Kukla hat uns unseren Spaß zunichte gemacht", maulte Peter.

Wolf grinste Detlef an. „Nix für ungut. Kleiner Scherz! Peter hat Kaffee gekocht. Das ist schlimmer als Leichengeruch. Bestimmt hat er das Kaffeemehl nur angefeuchtet, damit er stark genug ist."

„Machen wir mit jedem Neuen, sobald sich die erste Gelegenheit bietet", sagte Peter und schlug Detlef freundschaftlich auf die Schulter. „Ich geb' dir jetzt auch 'nen Kaffee aus."

„Von deinem selbst gekochten? Lieber nicht!", stöhnte Detlef. „Ich will noch nicht sterben."

„Hat die Hufeisenprobe einwandfrei bestanden", sagte Peter entrüstet.

„Was soll das denn sein?", wollte Detlef wissen.

„Na, man legt das Hufeisen auf den Kaffee und wenn es versinkt, war der Kaffee zu schwach."

„Schönen Dank auch, gieß den Mist weg und halte dich in Zukunft von der Maschine fern", sagte Wolf und Detlef verdrehte nur die Augen, „ich habe einen Alternativvorschlag. Lasst uns ins Gasthaus ‚Zur Falle' gehen. Da gibt es ordentlichen Kaffee und wir können gleich Mittag machen. Dabei besprechen wir, wie wir weiter vorgehen, falls das in der Tüte wirklich menschliche Überreste sind."

„Der ‚Quickteria-Imbiss' an der Ecke wäre näher", überlegte Peter laut.

„Stimmen wir ab", schlug Wolf vor. „Kneipe mit Restauration oder Imbissbude?"

„Kneipe", sagte Detlef mit Nachdruck.

„Okay, ich bin überstimmt, außerdem hat Detlef noch einen gut. Gehen wir halt in die ‚Falle' und essen eine Schlemmerplatte."

Das Telefon lag wieder still auf dem Nachttisch. Unwillig quälte sich Nadja aus dem warmen Bett, in dem sie vor Stunden noch mit Peter und anschließend allein in wohligem Schlummer gelegen hatte. Es war ja von Vorteil, dass sie immer so gut schlafen konnte, dachte sie bei sich. Sie hatte die seltene Gabe, ihren Beruf mit dem Entledigen seiner Bekleidung hinter sich zu lassen. Es war, als ob man einen Schalter umlegte. Während ihrer Tätigkeit war es die Arbeit, die sie allzu viel denken ließ. Sie musste konzentriert und genau sein. Wenn sie abends den Schlüssel herumdrehte, dann ging sie in der Gewissheit nach Hause, dass die Menschen, die sie untersuchen musste, ohnehin tot waren. Sie konnte nichts mehr für sie tun außer herauszufinden, wem oder was sie zum Opfer gefallen waren. Der Person selbst nützte das nichts mehr, aber den Angehörigen, die sich oft in schwierige Situationen aufgrund des Verlustes fügen mussten.

Natürlich gab es auch Fälle, bei denen Menschen verschwunden waren, von denen man nicht wusste, ob sie noch gerettet werden konnten. Hier tickte die Uhr gnadenlos wie eine Bombe. Dann arbeitete sie bis an ihre Grenzen und fiel danach wie tot ins Bett.

Als sie in den Spiegel schaute, fand sie, dass sie gar nicht so verknittert aussah, wie sie es erwartet hatte. Ihre blonden Haare standen wie immer kreuz und quer in alle Himmelsrichtungen. Daran würde zwar auch eine Dusche nichts ändern können, aber sie würde sich frischer fühlen, auch wenn sie wusste, dass das, womit sie sich gleich beschäftigen würde, alles andere als lecker werden würde. Sie brauchte einen frischen Start in den Tag.

Als sie im Auto saß und gemütlich den Hang in Kleinenbremen hinabfuhr, dachte sie, dass ein Frühstück auch schön gewesen wäre, wenn sich denn in Peters Kühlschrank etwas normal Essbares befunden hätte. Doch panierte Schnitzel zum Toasten, Lasagne - egal ob mit Pferdefleisch oder nicht - und eine Dose Thunfisch waren nicht das, was ihr Magen morgens schon vertrug. Sie hielt in Bückeburg beim Wesereinkaufszentrum und holte sich neben einem Schoko-Croissant auch noch zwei belegte Brötchen für später. Man konnte ja nie wissen, wie lange es heute dauern würde. Auf dem Weg zum Wagen traf sie ihre Großmutter und schmatzte ihr einen Kuss auf die Stirn. Die alte Frau ging mittlerweile etwas gebeugt. An ihrem Arm trug sie eine Einkaufstasche.

„Baba", sagte sie, „schön, dich zu sehen. Soll ich warten, bis du mit dem Einkaufen fertig bist und dich nach Hause bringen?"

„Nein, mein gutes Kind, das schaffe ich schon. Es ist doch nicht weit bis ins Höppenfeld, und ein bisschen Bewegung tut mir gut." Sie tätschelte die Schulter ihrer Enkelin liebevoll.

„Und was macht Dirduschka?" Sie benutzte immer noch die russischen Worte für Großvater und Großmutter, wie sie es seit ihrer Kindheit gewohnt war.

„Dein Großvater ist mit dem Hund im Feld. Er bekommt manchmal ein bisschen schlecht Luft, aber es geht schon", sagte Frau Serafin.

„Am Wochenende komme ich euch besuchen", versprach Nadja.

„Ist schon gut, mein Kind. Wenn du es einrichten kannst, freuen wir uns."

Nadja winkte noch einmal und stieg in ihren Wagen. Sie hatte ein schlechtes Gewissen, obwohl ihre Großeltern ihr nie das Gefühl gaben, vernachlässigt zu werden. Es war einfach ein natürlicher Vorgang, dass junge Erwachsene ihren eigenen Weg gingen. In ihrem Fall war es vielleicht ein bisschen anders, da sie ihre Eltern bei einem Autounfall verloren hatte und deswegen besonders an den Menschen hing, die sie aufgezogen hatten.

Bis Stadthagen hing Nadja ihren Gedanken nach. Sie überlegte schon länger, ob sie zu Peter ziehen sollte, konnte aber den Absprung nicht schaffen. Auch wenn sie mehr bei ihm war als bei ihren Großeltern, so war es doch etwas anderes. Es kam ihr vor, als würde sie die beiden Alten im Stich lassen, wenn sie ganz ginge. Da sie mit ihren Grübeleien wie immer nicht weiterkam, war sie froh, als sie endlich die Räume der Rechtsmedizin betrat. Hier gab es etwas zu tun. Das lenkte ab.

Man musste nicht studiert haben, um sofort zu erkennen, dass der Inhalt der Tüte, den Nadja jetzt vor sich ausbreitete, etwas Totes war. Kollege Dr. Liebermann hatte ihr den Klarsichtbeutel gebracht, der schon im geschlossenen Zustand bestialisch stank. Beide hatten sich mit stark riechender Menthol-Salbe unter der Nase präpariert.

„Danke Enno", sagte Nadja durch den Mundschutz, „dass du mir Tigerbalsam mitgebracht hast. Den finde ich zwar auch schrecklich, aber im Vergleich immer noch besser!"

Enno grinste. „Es hat was davon, den Teufel mit dem Beelzebub auszutreiben."

„So, was haben wir denn da?“, sprach Nadja in den Raum und sortierte Knochenfragmente, die sie der Tüte entnommen hatte, in der sich grünlich-gelber Schleim befand. Sie waren unterschiedlich groß, mal länglich, mal eher rundlich.

„Sieht ganz nach einem Puzzle aus“, sagte Enno, „und ich denke, wir haben beide schon eine ziemlich genaue Vorstellung davon, was es werden wird.“

„Stimmt“, bestätigte Nadja und hielt den Brillantring zwischen Daumen und Zeigefinger, „dass wir es hier mit einer Hand zu tun haben, konnte man vermuten, aber bei der Anzahl an Knöchelchen sind es wohl eher zwei Hände. Zähl mal bitte durch, während ich die Stücke auf eine Röntgenplatte lege.“

„Hab' ich schon“, gab Enno zurück, „ es sind 53 und vier inkomplette Röhrenknochen. Ich tippe auf Elle und Speiche.“

„Passt doch“, freute sich Nadja, „ich bin gespannt, welcher fehlt.“ Sie legte gerade den Mittelfinger, während ihr Kollege sich mit dem Daumen der anderen Hand beschäftigte.

„Ich glaube, es ist das Os lunatum oder hast du noch ein zweites Mondbein gefunden? Vielleicht ist es noch in der Tüte“, überlegte Enno.

„Rechts habe ich alle acht Handwurzelknochen, links - ja, du hast recht - da fehlt das Mondbein. Warte, ich fühle noch mal von außen den Gefrierbeutel ab“, sagte sie und tastete auf dem Plastik auf und ab. „Nein, hier ist nichts mehr.“

Nach und nach entstand das Knochenbild einer rechten und linken Hand. Sie hatten die Fragmente notdürftig abgewischt.

„Frauenhände, oder die eines jungen Mannes. Nach dem Röntgen wissen wir mehr“, sagte Nadja und

Enno nickte zustimmend. „Jetzt ist die Frage, ob das Dahinter noch lebt oder nicht."

„Das ist wahrscheinlich schwer herauszufinden, weil sich das Gewebe schon aufgelöst hat", gab Enno Liebermann zu bedenken.

„Wohl wahr, aber vielleicht verraten uns die Knochen etwas", brummte Nadja. „Magst du die Röntgenaufnahme machen? Ich würde mich schon mal um den Zellbrei kümmern. Zuerst schaue ich mir die Einzelheiten unterm Mikroskop an. Wenn du geröntgt hast, kannst du mir dabei helfen. Ich mache gleich mehrere Abstriche aus unterschiedlichen Bereichen des Inneren der Gefriertüte."

„Gut Chefin", bestätigte Enno.

„Sag das nicht immer so", schimpfte Nadja.

„Wenn's doch stimmt!"

„Trotzdem."

Karin Kukla war froh, dem Männerbüro entkommen zu sein. Diesen Gestank aus einer Mischung von schlechtem Kaffee, Frittiertem und Schweiß vertrug sie schlecht. Weil es in ihrem eigenen Büro - wenn überhaupt - nach abgestandener Luft roch, lüftete sie ausgiebig und atmete erleichtert ins Freie. Sie war überhaupt sehr geruchsempfindlich, weswegen sie froh war, dass ihr junger Kollege ihr die Anwesenheitspflicht bei Sektionen abnahm. Jonas Jeske war ein pflichtbewusster, engagierter Mann, der am liebsten alles an sich riss, was möglich war. Sollte er doch. Diesen Bereich ihrer Tätigkeit gab sie gerne ohne ein Zögern ab.

Karin schloss das Fenster wieder, ließ sich seufzend auf ihrem Bürostuhl nieder und schlug die Beine übereinander. Sie war nicht der klassische Typ einer schönen Frau. Dazu war sie etwas zu stämmig, aber sie hatte eine entwaffnende, unnahbare Art, die den Eroberer im Mann weckte.

Außerdem war sie mit einer begehrenswerten Figur gesegnet. Alles ein bisschen üppig, aber genau das war es doch, was dem starken Geschlecht gefiel, auch wenn es die Modewelt negierte. Männer wünschten sich eine warme, weiche Frau zum Anfassen. Karin verlockte also optisch. Trotzdem war sie allein, weil die glühende Flamme der meisten Herren durch die Ehrfurcht vor ihr im Keim erstickt wurde. Ein scharfer Blick aus ihren Augen blies das Feuer der Leidenschaft einfach aus.

Umso mehr wunderte sie sich, dass sie seit einiger Zeit einen heimlichen Verehrer zu haben schien, der sich ihr wohl in aller Stille nähern und sich nicht zu erkennen geben wollte. Schmunzelnd packte sie die leuchtend gelbe Rose aus, die heute Morgen vor ihrer Tür gelegen hatte und stellte sie in eine Vase. Sie hatte Zeit. Mal sehen, was ihm noch einfiel.

Peter ließ sich genüsslich auf einen Stuhl im Gasthaus „Zur Falle" nieder, während es Detlef vorzog, auf der Bank Platz zu nehmen. Wolf zögerte zunächst, gab aber dann doch dem Einzelsitzplatz den Vorzug.

„Ich bin ja höllisch gespannt, was Nadja herausfindet", sagte Peter und winkte der Kellnerin.

„Wird wohl schon eine Hand sein", gab Wolf zurück, „wegen des Rings."

„Möglich", fügte Detlef hinzu, „es waren irre viele, kleine Stücke in dem Beutel."

„Wie viele Stücke hat denn so eine Hand wohl?", überlegte Peter laut und betrachtete seine.

„Da musst du deine Liebste fragen", schlug Detlef vor, „du sitzt doch nun wirklich an der Quelle."

„Ist denn das nicht egal?", wollte Wolf wissen und bestellte sich ein Bier. „Wir müssen doch nur wissen, ob es eine Hand ist. Frau oder Mann. Am liebsten, ob alt oder jung. Frisch tot oder schon länger oder noch lebendig. Alles andere juckt uns nicht."

„Von mir aus", sagte Peter und nahm einen Schluck seines großen Alsters. Im Geiste freute er sich schon auf die Schlemmerplatte mit extra Mayo.

„Was schlägst du vor, wie wir vorgehen, wenn es sich bestätigt hat, dass wir es tatsächlich mit einer Hand zu tun haben?", fragte Detlef.

„Ich gehe mal davon aus, dass wir es mit einer Frauenhand zu tun haben. Brillantringe tragen wohl eher die Vertreter des weiblichen Geschlechts. Dann gehen wir die Vermisstenfälle durch. Je nachdem, ob Nadja halbwegs einschätzen kann, wie lange die Hand schon nicht mehr an seinem Eigentümer ist, auch ältere", antwortete Wolf.

„Und was ist mit den ungeklärten Toten?", wollte Peter wissen. „Vielleicht haben wir welche, denen eine Hand fehlt."

„Okay", sagte Wolf mit Blick auf das Essen, das gerade vor ihnen abgestellt worden war, „wer von euch will die Vermissten, wer die Toten?"

„Ich nehm' die Toten", rief Detlef schnell, weil Peter schon das erste Stück Currywurst im Mund hatte. Das war wahrscheinlich wesentlich weniger Arbeit, dachte er. Suchfilter rein und zack.

„Nur weil du heute noch einen gut hast, du fauler Sack", murmelte Peter mit halbvollem Mund.

„Dann wäre das geklärt", sagte Wolf, „und ich kümmere mich um die Perversen, die mit solchen Verstümmelungshandlungen schon aufgefallen sind."

Als die drei aufgegessen hatten, war es schon fast zwei Uhr. Peter lehnte sich entspannt und zufrieden zurück. Er war richtig guter Dinge. Jetzt noch einen Kaffee, der schmeckte. Dann war das ein entschieden guter Tag.

„Will noch jemand was zum Verdauen?", fragte er.

„Du wirst doch jetzt wohl keinen Schnaps trinken", sagte Wolf. „Hättest du eben nicht so was Fettes gegessen."

„Bleib locker, Alter", lachte Peter. „Ich will einen Kaffee, sonst nichts."

„Ja, einen Kaffee, oder besser einen Cappuccino nehme ich auch", fügte Detlef hinzu, streckte sich wohlig und unterdrückte ein Gähnen.

Wolf schüttelte mit gespielter Entrüstung den Kopf und fragte: „Noch ein Mittagsschlaf gefällig?"

Seine Kollegen grinsten.

„Beim Wahrnehmen deiner Fürsorgepflichten für Untergebene bist du einsame Spitze", stichelte Peter. „Ich bin dafür, ein Ausziehsofa für den Büroschlaf anzuschaffen."

„Vergiss es! Und den Kaffee könnt ihr euch gleich selbst kochen. Ich fahre allein nach Stadthagen rüber, denn ihr solltet schon damit anfangen, die Daten zu sichten", sagte Wolf bestimmt und beendete damit die gemütliche Runde.

Detlef zuckte mit den Schultern, erhob sich aber. Und Peter brummte unwillig, weil ihm die Hoffnung auf Nadja und einen ordentlichen Kaffee verwehrt worden war, obwohl sie eigentlich unter anderem deswegen dorthin gegangen waren.

Die Schreie kamen stoßweise, weil der Schmerz nicht immer gleich stark war. Aber er wich nie ganz. Eine gewisse Gewöhnung war eingetreten, wenn man unter diesen Umständen davon sprechen konnte.

Um die Augen waren die Äderchen bereits geplatzt. Zahlreiche Pünktchen waren stumme Zeugen des Leidens. Ein schwacher Rest allerletzter Kraft war übrig geblieben. Der Körper wehrte sich noch, aber nur gegen die Spitzen des qualvollen Erlebens. Dazwischen zitterte er von der Anstrengung. Wenn die Sinne nicht schwanden, blieb dem, der litt, nur das Aushalten. Es war ein Ertragen mit immer schwächer werdendem Stöhnen. Dann war es Zeit. Mit einem letzten, gellenden Schrei war alles vorbei.

Sie wollte gründlich ausmisten. Das hatte sich Moni schon auf Teneriffa vorgenommen, es dann vor Ort aber wieder verworfen. Sie konnte einfach nicht. In ihren Gedanken kreisten Bilder, die sie so schnell nicht loszuwerden vermochte. Szenen vom Ende eines Daseins, das genauso unschön zu Ende gegangen wie es gelebt worden war.

Manch einer hätte behauptet, es sei ein teures Unterfangen, die Kartons erst nach Deutschland transportieren zu lassen, um deren Inhalt oder zumindest einen Großteil dann dort wegzuwerfen. Im Grunde stimmte das auch, aber sie hatte nicht zu lange auf der Insel bleiben wollen. Diesmal noch nicht. Es war momentan alles zu frisch. Sie wollte ihre Angelegenheiten erst geklärt haben, auch wenn die Finca jetzt bereits ein anderes Ambiente bekommen hatte. Der Abschluss fehlte, weil noch nicht alles erledigt war. Kein reiner Tisch bisher. Das belastete sie.

Was Wolf nicht wusste war, dass neben dem Hausrat ihrer Schwester auch die Verblichene selbst in Monis Keller lagerte. Als Asche in einer Urne. Die spanischen Behörden handhabten den Umgang mit eingeäscherten Verstorbenen anders als in Deutschland. Man konnte seine Verwandten einfach mit nach Hause nehmen. Genau das hatte Moni getan. Sie hatte die Asche umgefüllt und die sterblichen Überreste zwischen das Frachtgut geschmuggelt. Später würde sie sie einfach in den Wind streuen. Aber das hatte Zeit. Am liebsten wollte Moni es gemeinsam mit Isabella tun, damit auch ihre Nichte einen Schlussstrich ziehen konnte. Sie war froh, dass Wolf sich bereit erklärt hatte, ihr bei der Suche nach Isabella behilflich zu sein.

Heute wollte sie sich eine Kiste vornehmen, in die sie den Inhalt des Sekretärs und eines verschlossenen Aktenschranks verpackt hatte. Das schien ihr zunächst das Wichtigste zu sein. Vielleicht fand sie in den Unterlagen und Briefen etwas Wissenswertes und Interessantes.

Sie wusste so wenig von ihrer Schwester Gisela. Da waren nur die groben Eckpunkte eines Lebens. Schon in der Kindheit wurde es deutlich, wie unterschiedlich die Schwestern waren.

Wo Moni hilfsbereit, freundlich und aufgeschlossen war, zeigte Gisela allen die kalte Schulter, war wortkarg und vermied, wann immer es möglich war, den Kontakt zu ihren Mitmenschen, Familienmitglieder eingeschlossen. Parallel hatte sie sich ihre eigene Welt erschaffen. Einen Mikrokosmos, der sich nur um sie drehte, in dem sie bestimmte, was sie wollte. Und genau dies verschleierte sie vor sich selbst.

Es war kein Wunder, dass sie Buchhalterin wurde und es sogar zur Finanzbuchhalterin gebracht hätte, doch sie war durch die Prüfung gefallen. Sie entschied sich gegen eine Wiederholung, was sie später zeitlebens bereute, ohne es sich selbst einzugestehen.

Zahlen waren ihr Ding. Sie waren klar und eindeutig. Sie gingen immer auf, stellten keine Ansprüche und man konnte sich so mit ihnen beschäftigen, dass die Welt um einen herum verschwand. Auch die Gefahr angesprochen zu werden, ging gegen Null, wenn man so konzentriert arbeitete.

Kontakt hatte sie, wenn überhaupt, nur mit Gleichgesinnten gehabt. Abgedrehte Esoteriker hatte Monis Mann sie immer genannt. Sie selbst sah das etwas differenzierter, konnte aber ebenfalls nichts damit anfangen, wenn Gisela Tarotkarten legte oder sich selbst gestellte Fragen mittels eines Pendels beantwortete. Die Diskrepanz zwischen der nüchternen Zahlenvorliebe und dem Hang zu nicht erklärbaren Sphären, deren Existenz zumindest zweifelhaft war, war auf den ersten Blick enorm. Wenn man aber genauer darüber nachdachte, ging es immer um Antworten, die vorherbestimmt waren. Bei den Zahlen aufgrund der Logik, in der Esoterik, weil das Schicksal oder das Universum die Dinge so geplant und für den Betreffenden vorgesehen hatte.

Sie seufzte und öffnete den Karton. In Teilen konnte sie die Gefühle ihrer Schwester nachvollziehen. Sie kannte sie eben von klein auf. Es war kein leichtes Leben gewesen. Bestimmt von innerer Unsicherheit aufgrund eines fehlenden Selbstwertgefühls. Vielleicht war der frühe Tod der Mutter dafür verantwortlich gewesen. Aber es war zu leicht, alles auf diesen Schicksalsschlag zu schieben. Moni hatte schließlich auch damit klarkommen müssen. Möglicherweise war es auch zum Teil das Naturell, das bei Gisela eher nach dem Vater kam, weswegen die beiden ein eher distanziertes, vor allem kompliziertes Verhältnis hatten. Moni war ein kleiner Sonnenschein und damit eher eine Stütze für den schwermütigen Vater gewesen als die ohnehin in sich gekehrte Gisela.

Das war lange her.

Irgendwann hatte Gisela begonnen, ihre Urlaube in einer Art Wellnesszentrum auf Teneriffa zu verbringen, dessen Schwerpunkt auf der Erweiterung der Sinne lag. Moni nahm gerade einen Flyer aus dem Karton und schlug ihn auf. Er war aus dem Jahr 2000. Da gab es Reiki-Seminare, Rückführungen und unterschiedliche Wege zur spirituellen Erkenntnis. Ein Fall für's Altpapier. Sie warf es in einen leeren Karton.

Es bereitete ihr Kopfzerbrechen, dass sie sich bald auch noch damit beschäftigen musste, eine Entscheidung über die esoterische Einrichtung zu treffen, die ihrer Schwester gehört hatte. Gisela hatte Anfang 2001 ein Zentrum mit dem Namen „Einklang" bauen und danach ständig erweitern lassen. Das Ganze lief so gut, dass manche Termine schon bis 2016 ausgebucht waren. Es war also unsinnig, die Einrichtung aufzulösen. Identifizieren konnte sich Moni mit ihr aber auch nicht. Sie beschloss die Entscheidung aufzuschieben, bis sie mit Isabella darüber gesprochen hatte. Vielleicht hatte ihre Nichte Interesse daran. Gisela selbst hatte sich bereits seit einiger Zeit aus der Geschäftsführung zurückgezogen und nur noch die Buchhaltung gemacht. Das waren Zahlen, die sich sehen lassen konnten.

Nachdem sie noch ein paar Kataloge weggeworfen hatte, stieß sie auf ein Kinderfoto. Es zeigte Isabella im Alter von drei Jahren. Sie war eine kleine Frohnatur und strahlte den Betrachter an. Was wohl aus ihr geworden war?

Sie schimpfte mit sich selbst. Wenn sie so weitermachte, würde sie Jahre brauchen, um alles durchzusehen. Die Erinnerungen klebten wie Pech an manchen Dingen.

Weiter unten fand sie zwei Bündel Briefe, die ungeöffnet, aber liebevoll mit rosa Schleifenband umwickelt waren. Moni wendete sie und sah, dass Isabella sie geschrieben hatte. Schon wieder entglitten ihr ihre Gedanken. Was musste das für eine Mutter sein, die die Umschläge ihrer Tochter nicht öffnete, sie aber mit einem Band zusammenhielt, als wären es Liebesbriefe? Es war also nichts von dem angekommen, was Isabella ihrer Mutter hatte sagen wollen. Moni beschloss, sie ihrer Nichte genauso zu geben, wie sie sie gefunden hatte, wenn es sie auch drängte zu erfahren, was darin stand. Irgendwann musste Isabella aufgegeben haben. Der letzte der Briefe war mehrere Jahre alt. Sie waren alle ohne Absender.

Als sie weitergrub, fand sie eine ganze Reihe von Engelbildnissen, die an Kitschigkeit nicht zu übertreffen waren. Sie segelten ebenfalls in den Karton mit Altpapier. Moni hielt es für wahrscheinlich, dass Gisela mit diesen Himmelsboten mehr gesprochen hatte als mit irgendeinem Menschen.

Sie seufzte. Das waren Dinge, die sie nicht mehr ändern konnte, die sie wahrscheinlich nie hätte ändern können. Aber vielleicht gelang es ihr, einen Zugang zu Isabella zu finden. Sie wünschte sich, dass sie etwas von dem wieder wettmachen konnte, was ihre Schwester an Liebe und Fürsorge versäumt hatte.

Was Nadja unter dem Elektronenmikroskop fand, waren viele zerstörte Zellen, eine Menge unterschiedlichster Bakterien und sogar noch Knochenzellen, wenn auch nur vereinzelt.

Da man nicht davon ausgehen konnte, dass die Knochen abgeschabt worden waren, hielt Nadja es für wahrscheinlich, dass diese Zellen von dem unglücklichen Umstand stammten, dass man der Person, deren Fragmente hier vor ihr lagen, die Hände abgesägt oder -geschnitten hatte. Dafür sprachen auch die kurzen Stücke der Unterarmröhrenknochen, die sie gefunden hatten.

Nadja schüttelte es innerlich bei der Vorstellung. Es war schwer zu sagen, ob dieser Mensch bei der Verstümmelung noch gelebt hatte. Das konnte sie aus diesen weitgehend zersetzten Resten nicht mehr herauslesen. Die Knochen verrieten es nicht. Was sie noch vermutete war, dass die Hände eingefroren gewesen sein konnten. Es waren ihrer Meinung nach zu viele Zellen geplatzt. Dafür konnte doch nicht nur die Verwesung, egal ob Autolyse oder Fäulnis, verantwortlich sein.

Aber das war reine Spekulation. Sicher hatten Bakterien und Enzyme hier ihr Werk getan, aber Nadja kam der Befund zu massiv vor. Die spätere Untersuchung des Knochenmarks würde weitere Hinweise ergeben, hoffte sie.

„Du, ich glaube, ich hab' hier was Interessantes gefunden", sagte Enno, der sich inzwischen mit einer zweiten Probe an das andere Elektronenmikroskop gesetzt hatte.

„Was denn?", fragte Nadja neugierig und hob den Kopf.

„Amakrinzellen, oder was davon übrig ist. Ein paar sind noch ganz", gab Enno stolz zurück.

Nadja guckte ungläubig und schüttelte dann ihren wirren Haarschopf. „Das kann nicht sein, wie sollen die denn dahin gekommen sein. Lass mal schauen."

Enno gab die Sicht frei, und Nadja beugte sich über die Okulare.

„Gibt's ja nicht", rief sie erstaunt, „du hast vollkommen recht!" Sie setzte sich zurück und sah Enno an. „Die Schlussfolgerung ist allerdings etwas ekelig, findest du nicht?"

„In der Tat", erwiderte der Rechtsmediziner, „so etwas hat man auch nicht alle Tage in dieser Kombination auf dem Tisch."

Hauptkommissar Wolf Hetzer fuhr in Richtung Stadthagen. Es war früher Nachmittag. Neben dem Obduktionsbericht von Charlotte, den er sich von Peter hatte wiedergeben lassen, war auch die Melancholie mit im Gepäck. Und das nach fast vier Jahren.

Wahrscheinlich war er momentan nicht leicht zu ertragen. Positive Stimmungen wechselten sich mit abweisend in sich gekehrten ab. Für sein Umfeld war das bestimmt nicht leicht.

Peter hatte er aus zwei Gründen nicht mitgenommen. Der erste war, dass er ihm seine Anwesenheit nicht zumuten wollte, der zweite, weil ihn die unbekümmerte Art seines Kollegen genervt hätte. Wenn Wolf nicht an Charlotte dachte, war alles gut. Dann liebte er die locker frotzeligen Gespräche mit Kruse, aber durch die Mails hatte sie sich so sehr in sein Bewusstsein gerückt, dass er fast erstickte. Die Vorstellung, dass sie irgendwo als ein anderer Mensch lebte, verfolgte ihn. Er wusste, dass er nur durch einen eindeutigen Beweis ihres Ab- oder Überlebens geheilt werden konnte. Ein Teil seiner Seele wurde ohne Gewissheit in der Vergangenheit festgehalten. Das lähmte ihn in der Gegenwart. Er hoffte, dass Nadja ihm einen Hinweis geben konnte, wenn sie das rechtsmedizinische Gutachten las. Mittlerweile wusste er nicht, was ihm lieber war. Dass sie tot war, oder dass sie lebte. Denn wenn sie noch lebte, war er sich nicht sicher, ob er ihr den Vertrauensbruch würde verzeihen können. Aber er könnte versuchen zu verstehen, was sie zu diesem Schritt bewegt hatte. Was er genau wusste war, dass es niemals mehr eine gemeinsame Zukunft geben würde.

„Dann ist es doch sowieso wurscht", hätte Peter jetzt gesagt, aber das war es für ihn nicht, auch wenn sich die Konsequenz daraus nicht änderte. Die Ungewissheit nahm ihm die Möglichkeit abzuschließen. Das Schlimme an ihr war darüber hinaus, dass sie sich genau in dem Moment des Loslassens und Neubeginnens eingestellt hatte. Er musste sich also überlegen, wieso es möglich gewesen war, seinen ganzen Lebensplan dadurch infrage zu stellen. Mit einem tiefen Seufzer, der aus dem Inneren kam, parkte er vor dem Gebäude der Rechtsmedizin ein und nahm die Akte vom Beifahrersitz. Mühsam schälte er sich aus dem Wagen und spürte, dass er nicht jünger wurde, oder vielleicht auch mehr Sport treiben sollte.

Ein lang gezogener Schrei brachte Erleichterung. All die Schmerzen und die Anstrengung waren vergessen.

„Gut gemacht, Sünje, es ist ein schöner, kräftiger Junge!", sagte Isabella und durchtrennte seine körperliche Verbindung zur Mutter endgültig. „Wie soll er denn heißen, der waschechte Langeooger?" Sie legte den Kleinen auf Mutters Brust.

Dr. Pettenkofer wischte sich den Schweiß von der Stirn.

„Malte", sagte der stolze Vater und holte den Schnaps aus dem Schrank.

„Nicht für mich", sagte Pettenkofer und fing an, seine Tasche zu packen. „Glückwunsch übrigens, zum Stammhalter!"

Lorenzen nickte. „Wird bestimmt ein Bulle von Kerl, wenn er schon von einem Tierarzt mit auf die Welt geholt wurde. Willst du einen kleinen, Isa?"

„Bodenbedeckt, Arne, ich muss noch weiter, nur eben zum Anstoßen. Rufst du dann Daniel an, dass er mich wieder rüberfliegt?"

„Sie sind mit dem Flugzeug hier?", fragte Dr. Pettenkofer. „Könnte ich eventuell mitfliegen? Dann muss ich nicht auf die Fähre warten."

„Klar, müsste gehen. Fragst du das bitte gleich mit nach, Arne?", bat Isabella.

Sünje hatte ihren kleinen Malte inzwischen an die Brust gelegt. Die beiden schienen die Welt um sich herum vergessen zu haben.

„Wo landen Sie denn?", wollte Dr. Pettenkofer wissen.

„Auf dem Flugplatz Harle in der Nähe von Carolinensiel.“

„Hmm ... dann werde ich mir noch ein Taxi nach Bensersiel nehmen müssen. Da steht mein Wagen.“

„Ach was, Doktor, da bringe ich Sie kurz hin. Immerhin haben wir gerade ein gemeinsames Kind bekommen“, schmunzelte Isabella. „Vielleicht einen der letzten Langeooger ... Ich muss sowieso nach Esens. Der kleine Schlenker, kein Problem.“

„Das ist aber sehr freundlich von Ihnen. Wie kann ich das wieder gutmachen?“, fragte Dr. Pettenkofer.

„Sie erzählen mir ein bisschen was über Ihren Beruf. Ich bin schließlich neugierig. Einen Besamer trifft man nicht alle Tage“, erwiderte sie.

„Stellen Sie sich das mal nicht allzu spannend vor“, gab der Tierarzt zurück, „außerdem ist das nicht das Einzige, was ich tue.“

„Umso besser!“ Isabella freute sich über die interessante Begleitung, die darüber hinaus auch noch attraktiv war.

„Soll ich euch just mit dem Pferdewagen zum Flugplatz bringen?“, fragte Arne Lorenzen.

„Ach, wech doch“, sagte Isabella bestimmt, „so ein kleiner Fußmarsch wird uns guttun. Stimmt's Doktor? Ist doch ein warmer Wintertag. Sogar mit einem kleinen bisschen Sonne.“

Pettenkofer, der wegen seiner Tasche anderer Meinung war, entschied sich dennoch dazu, zustimmend zu nicken, wenn auch zögerlich. „Die Tasche ist zwar nicht ohne, aber die frische Luft wird es aufwiegen.“

„Das ist das kleinste Problem“, sagte Arne, steckte den Kopf aus der Tür und pfiff.

Nach kurzer Zeit kam ein schlaksiger, junger Mann über den Hof geschlendert.

„Du bringst jetzt mal die Taschen von den Herrschaften zum Flughafen. Kannst sie gleich Daniel geben, hörst du? Und ein bisschen zackig, wenn's geht. Nimm das Fahrrad mit dem blauen Anhänger."

Missmutig, ohne ein Wort zu sagen, bückte sich Fiete nach dem Frachtgut und ging gemächlichen Schrittes in den Schuppen, wo die Räder standen.

„Danke", sagte Isabella, „und alles Gute für euch. Ich komme dann in zwei Wochen wieder vorbei. Wenn was sein sollte, meldet ihr euch, ja?"

„Wird schon nix sein", erwiderte Arne, „ist ja nicht das Erste."

„Passt auf, dass er pinkeln kann und dass die Verdauung gut in Gang kommt." Mit diesen Worten streichelte sie die Wange des Babys und zwinkerte Sünje zu, die beim Stillen etwas hinweggedämmert und jetzt wieder wach war.

„Tschüss Isa, und noch mal vielen Dank, dass du so schnell hier warst", sagte sie.

„Gerade noch rechtzeitig", lachte Isabella, „aber Dr. Pettenkofer hätte das auch alleine hingekriegt."

„Bestimmt, Geburt ist Geburt! Egal, ob Kuh oder Mensch. Und mach dir keine Sorgen. Wir werden den kleinen Kerl schon durchbringen."

Isabella hatte keine Zweifel. Sünje war eine Frohnatur. Sie stand mitten im Leben.

Das konnte man von der Eigentümerin der beiden Hände aus der Gefriertüte wohl eher nicht behaupten. Vor allem deswegen nicht, weil die Knochenfragmente, die zu Elle und Speiche gehörten, eindeutige Sägespuren aufwiesen.

Nadja vermutete außerdem, dass die Hände eine Zeit lang eingefroren gewesen sein mussten, nachdem sie auch die Knochen einer genaueren Analyse unterzogen hatte. Mit diesen ersten Erkenntnissen beschlossen Dr. Enno Liebermann und sie erst einmal eine Pause zu machen und sich einen starken Kaffee zu gönnen, der den Geruchssinn wieder auf andere Gedanken bringen würde.

Es dauerte daher einen Moment, bis Hauptkommissar Wolf Hetzers Klingeln an der Tür der Rechtsmedizin in Stadthagen erhört wurde. Dr. Liebermann eilte mit federndem Schritt zum Eingang und öffnete ihm.

„Ah, der Herr Kommissar“, begrüßte er ihn.

„Hallo Doktor, wie geht es Ihnen?“

Liebermann rümpfte die Nase und antwortete: „Das Riechorgan ist vom Gestank verwirrt, der Geist durch die Rückschlüsse, die wir aus den Proben ziehen mussten.“

„Klingt sehr philosophisch.“

„Kommen Sie mit in die Küche. Wir lüften gerade noch“, bat Enno Liebermann, „wie Sie bestimmt feststellen, nicht nur das Geheimnis des Tüteninhalts. Auch einen Kaffee?“

„Gerne!"

„Grüß dich, Wolf", sagte Nadja, deren Haare heute besonders wirr aussahen, „gut, dass wir nicht jeden Tag so etwas auf dem Tisch haben. Aber auf jeden Fall sehr speziell die Sache." Sie nippte an ihrem Kaffee.

„Was war denn nun drin?", wollte Wolf wissen und ärgerte sich insgeheim, dass die Rechtsmediziner so geheimnisvoll taten, ließ sich aber nichts anmerken.

„Wie der Ring schon vermuten lässt, haben wir unter anderem die Knochen von zwei Händen gefunden, jeweils mit einem kleinen Teil des Unterarms. Rechtsseitig ist alles vorhanden. Ein kleiner Handwurzelknochen fehlt links und die Speiche. Da ist nur ein Stück Elle zu finden."

Wolf kombinierte. „Die Hände sind vom Körper abgetrennt worden?", fragte er mit einem Stirnrunzeln.

„Ja", antwortete Nadja, „aber keine glatten Schnitte. Wir haben Sägespuren gefunden. Dazu würde dann auch das fehlende Os lunatum passen und die Spuren an Kahnbein und Speiche. Hier wurde einfach weiter oben abgesägt."

„Kann ein Mensch so etwas überleben?", wollte Wolf wissen.

„Im Grunde schon", warf Dr. Liebermann ein, „wenn er sofort eine optimale Versorgung hat. Stoppen der arteriellen Blutung, chirurgische Versorgung der beiden Stümpfe."

„Also eher nein?"

„Genau", sagte Nadja, „wobei wir bisher nicht eindeutig sagen können, ob sie vielleicht schon tot war. Ob das überhaupt möglich sein wird, müssen wir abwarten."

„Aber ihr seid sicher, dass es sich um eine Frau handelt?", wollte Wolf wissen.

„Ja. Die Knochen sind zierlich, der Ring hat eine Größe von 52. Das ist auch für eine Frau eher klein. Mir würde er nicht passen", sagte Nadja und hielt ihre Hand hoch. „Ich habe 57, rechts 58. Mehr können wir nach der Genanalyse sagen."

„Vielleicht eine junge Frau?", überlegte Wolf.

„Auf jeden Fall älter als neunzehn", erklärte Dr. Liebermann. „Rechtsseitig ist zu sehen, dass sich die Epiphysenfugen, also die Wachstumsfugen der Unterarmknochen schon geschlossen haben. Wir schätzen sie nach den bisherigen Untersuchungen auf zwanzig bis dreißig Jahre. Möchten Sie das Röntgenbild sehen?"

„Nein, danke", antwortete Wolf.

„Ich kann Ihnen auch die ungefähre Größe der Frau berechnen." Liebermann grinste.

„Anhand der Hand?", fragte Wolf. „Falls das geht, hätte ich die gerne!"

„Sie muss so um die einszweiundsechzig gewesen sein. Na, auf den Zentimeter genau geht das zwar nicht", erklärte Nadja, „aber ein ungefähres Maß kann euch vielleicht schon weiterhelfen. Wir messen dabei auch die verbliebenen Fragmente von Elle und Speiche, ziehen daraus Rückschlüsse auf deren Länge und können anhand der gesamten Messdaten ein ganz gutes Ergebnis erzielen. Ich schätze mal so plus/minus drei Zentimeter, wahrscheinlich weniger."

„Klasse", sagte Wolf, „das ist doch schon mal was."

„Und zusammen mit den anderen Daten aus der DNA-Analyse sowie der Blutgruppenbestimmung werden wir irgendwann sicher sein, wen wir hier vor uns haben", fügte Nadja hinzu. „Zunächst würde ich dir also raten, nach einer weiblichen Person in den Zwanzigern zu suchen, die auch schon länger verschwunden sein kann oder bereits seit einiger Zeit tot ist. Solltet ihr einen alten Fall haben, wo der Verstorbenen die Hände und mindestens ein Auge fehlen, dann wäre das eine ganz heiße Spur."

Wolf Hetzer horchte auf. „Auge? Was meinst du damit? Hast du ein Auge in der Gefriertüte gefunden?"

„So ungefähr", sagte Nadja, „ich, oder besser gesagt Enno, hat Zellen gefunden, die nur im Auge vorkommen. Ob eins oder gleich beide in dem Beutel waren, kann ich dir nicht mehr sagen. Alles ein Brei, wenn du verstehst ..."

„Ich weiß nicht, ob ich das verstehen will", gab Wolf mit einem Stöhnen zurück. „Wir müssen also davon ausgehen, dass der Täter dem Opfer nicht nur die Hände abgesägt, sondern auch die Augen entfernt hat?"

„Ja", holte Dr. Liebermann aus, „wir haben Amakrinzellen gefunden. Nervenzellen ohne Axon, die nur im Auge vorkommen."

Hetzer hatte mit einem Mal das Gefühl, dass er alt wurde. Zu alt für solche Vorstellungen, wie sie sich gerade in seinem Gehirn manifestierten. Was waren das für Menschen, die anderen so etwas antaten. Er war immer gut klargekommen damit, dass er in seinem Beruf mit Dingen konfrontiert wurde, die nicht jeder ertragen konnte. Das lag daran, dass er sein Privatleben ohne Probleme vom Dienst trennen konnte. Da war eine Schranke, hinter die er die schrecklichen Erlebnisse nicht mitnahm. Neuerdings jedoch schienen diese Grenzen zu verschwimmen. Ob das daran lag, dass die alte Geschichte mit Charlotte beide Bereiche betraf? Er wusste es nicht. Jetzt musste er dringend die Gedanken an einen Teelöffel oder andere Werkzeuge verdrängen, die dazu geeignet waren, einen Augapfel aus seiner Höhle zu entfernen.

Moni staunte nicht schlecht, als sie mehrere Stapel feinsäuberlich mit der Hand geschriebener Briefe in dem Karton fand. Ihre Schwester Gisela hatte sie mit unterschiedlichen, farbigen Bändern zusammengehalten. Also mussten sie ihr etwas bedeutet haben. Die blauen waren von einem Olaf, fand Moni heraus, als sie die eine Schleife gelöst hatte. Nur Olaf, nichts weiter, kein Nachname, keine Adresse. Bisher jedenfalls, das konnte sich noch ändern, hoffte sie.

Diese Umschläge waren zum Teil schon leicht vergilbt. Sie versuchte, das Datum auf dem Stempel zu erkennen. Oh je, das waren Jugendbriefe. Sie wunderte sich, dass ihre Schwester die aufgehoben hatte. Moni versuchte sich zu erinnern, ob ihr ein Olaf einfiel. Gisela hatte sich damals einige Zeit mit einem jungen Mann getroffen, der Judoka war. Aber wie der geheißen hatte, wusste sie nicht.

Ein anderer Stapel war mit orangem Band umschlungen. Diese Briefe schienen nicht so alt zu sein. Moni wendete ihn. Geschrieben hatte eine Viktoria.

Den nächsten Packen kannte sie gut. Das waren Umschläge mit ihrer eigenen Handschrift. Viele waren es nicht, das gab sie vor sich selbst zu, aber das lag eben daran, dass sich die Schwestern nicht allzu nahegestanden hatten. Im Nachhinein, jetzt zum Schluss hatte sie alles wiedergutgemacht, fand Moni. Sie hatte sich nichts vorzuwerfen. Freunde konnte man sich aussuchen, Verwandte eben nicht.

In einer kleinen Schachtel weiter unten fand sie sogar ältere Zettel, die Isabella ihrer Mutter geschrieben haben musste. Sie waren lose gesammelt worden. Daher vermutete Moni, dass sie aus der Zeit stammten, als Mutter und Tochter noch zusammenwohnten.

Moni wusste nicht, ob sie ein schlechtes Gewissen haben sollte. Sie grub hier ganz tief in der Vergangenheit ihrer Schwester und hatte keine Ahnung, ob Gisela das überhaupt recht gewesen wäre. Es war aber auf der anderen Seite irgendwie auch der Versuch, einen nahen und doch so fernen Menschen kennenzulernen, jetzt, wo es zu spät war. Vielleicht würde es ihr aber leichter fallen, für das eine oder andere Verständnis aufzubringen. Doch was, wenn sie Dinge erführe, die niemand hatte wissen sollen. Obwohl, so dachte sie bei sich, dann hätte Gisela diese Unterlagen auch verschwinden lassen können.

Da sie innerlich noch immer damit haderte, tiefer in den intimen Nachlass ihrer Schwester einzutauchen, beschloss sie, einen Waldspaziergang mit Lady Gaga, der Schäferhündin ihres Nachbarn Wolf Hetzer, zu machen. Die frische Luft würde ihr guttun und die Bewegung ihre Gedanken ordnen. Es hatte sich vor Jahren so ergeben, dass sie sich mit um die Lady kümmerte, wenn Wolf dienstlich verhindert war. Jetzt steckte sie den Haustürschlüssel in die Tasche, den er ihr überlassen hatte, und freute sich auf den Übermut ihrer vierbeinigen Gefährtin.

„Wolf“, sagte Nadja und riss ihn damit aus seinen grässlichen Fantasien. „Hast du gehört, was Enno gesagt hat?“

„Wenn ich es richtig verstanden habe, seid ihr der Ansicht, dass sich in dieser Tüte nicht nur Hände, sondern auch Augen befinden. Ist das korrekt?“, fragte Wolf.

„Zumindest eins“, bestätigte Nadja, „aber es könnte sein, dass wir das später noch genauer eingrenzen können.“

Wolf schüttelte es innerlich. „Ich nehme an, dass ihr dann auch wissen werdet, ob sie von einem Menschen stammen oder beispielsweise von einem Schwein.“

„Eher nicht“, fügte Dr. Liebermann an. „Die Zellen kommen in den Augen von Wirbeltieren, einigen Schnecken und Tintenfischen vor. Es ist aber wohl unwahrscheinlich, dass sie von einem Schwein stammen, wenn wir sie in einem Zellgemenge mit den Knochen einer menschlichen Hand finden, denken Sie nicht?“

„Bestimmt, auch wenn ich die Vorstellung schrecklich finde“, sagte Wolf.

Liebermann zuckte mit den Achseln „So fest sitzen die gar nicht.“

„Es ist auch nicht besser oder schlechter, als die Hände mit einer Säge abzutrennen“, wandte Nadja ein. „Mit den Augen hast du ein mentales Problem. Das ist verständlich.“

„Habt ihr sonst noch was?“, wollte Wolf wissen.

„Vorerst nicht“, erklärte Nadja, „manche Untersuchungen dauern einfach.“

„Könntest du mich noch zur Tür begleiten?“, bat Wolf und fügte in Ennos Richtung an: „Ist was Persönliches, Doktor. Nichts für ungut, danke für Ihre Sachkenntnis.“

Nadja, die den kleineren Kommissar untergehakt hatte, schielte auf die Akte unter seinem anderen Arm, während sie in Richtung Ausgang gingen.

„Hat das was mit diesem Fall zu tun, den du da unter der Achsel eingeklemmt mit dir herumträgst und die ganze Zeit nicht aus den Augen gelassen hast?“

„Hmm, ja ... gut beobachtet.“

„Und worum geht es da?“

„Ich möchte, dass du dir diesen Obduktionsbericht einmal anschaust. Ist schon älter. War noch vor deiner Zeit. Würdest du das für mich tun?“

„Eher dienstlich oder mehr privat?“, fragte Nadja süffisant mit einer Unschuldsmiene.

„Beides!“

„Okay, das hört sich ja spannend an. Schieß los!“

„Es geht um Charlotte.“

„Deine Verlobte, die damals erschossen worden ist?“

„Ja.“

„Und was kann ich da für dich tun?“

„Bitte lies dir den Bericht durch, den Mica damals angefertigt hat.“

„Kannst du mir ein bisschen mehr dazu sagen?“ Nadjas Miene war ernst geworden. „Bezweifelst du die rechtsmedizinischen Ausführungen meiner Vorgängerin? Dann sollten wir die Staatsanwaltschaft einschalten.“

„Bloß nicht die Kukla“, Wolf schnappte nach Luft. „Ich wollte dich erst mal ganz inoffiziell bitten. Aus

Freundschaft oder Nächstenliebe oder nenn' es wie du willst."

„Verstehe", sagte Nadja, „dann sehe ich es als eine Art spannende Bettlektüre an. Wenn ich aber Ungereimtheiten entdecken sollte, müssen wir Frau Dr. Kukla informieren. Was hast du eigentlich gegen sie?"

„Ach nichts, jedenfalls nichts Konkretes. Die Chemie stimmt wohl irgendwie nicht. Sie liegt mir nicht."

„Wusstest du, dass man sich nur mit Menschen einlässt, deren Geruch einem sympathisch ist? Es gibt tatsächlich welche, die man ‚nicht riechen kann'. Wir werden also in gewisser Weise immer noch von unseren Urtrieben geleitet. Dagegen ist die gesamte Parfümindustrie machtlos. Ich habe neulich eine Studie gelesen …"

„Du entschuldige", unterbrach Wolf den Monolog, „aber ich müsste jetzt wieder los, auch wenn deine Ausführungen sehr interessant sind. Das können wir doch demnächst mal bei einem gemeinsamen Essen zu viert vertiefen."

„Gerne", schmunzelte Nadja, die sehr wohl wusste, dass ihm weitere Erklärungen jetzt zu ausführlich geworden wären. „Sag mir noch, ob du irgendeinen Verdacht wegen Charlotte hast, ob es Ungereimtheiten gegeben hat, weswegen du eine weitere Meinung willst."

„Ich weiß nicht, ob man es so nennen kann, sagen wir mal Merkwürdigkeiten, die mir erst im Nachhinein aufgefallen sind. Wahrscheinlich ist das verständlich, denn Charlottes Tod hat mich in einen Ausnahmezustand versetzt. Weißt du, sie starb in meinen Armen. Einfach so. Ich konnte nichts für sie tun, als sie zu halten. Sie war mein einziges Glück. Eine Liebe wie wir sie teilten, ist, glaube ich, selten. Wir waren alles füreinander. Nicht nur Liebende, auch Freunde, Geschwister, mal Mutter, mal Vater. Unser Leben war untrennbar miteinander verbunden. Diese winzige Kugel hat also nicht nur sie, sondern auch mich getötet. Der einzige Unterschied ist, dass ich noch da bin und sie nicht."

Nadja hatte den Eindruck, dass seine Augen feucht wurden und unterbrach ihn, bevor er sich zu sehr in seiner Traurigkeit - oder war es Selbstmitleid - verlor. „Es wurde also vor deinen Augen auf sie geschossen? Wo traf sie die Kugel denn? Hatte sie keine schusssichere Weste an?"

„Doch! Aber sie wurde laut Bericht im Kopfbereich getroffen. Ich hörte das Pfeifen der Schüsse, dann schrie sie auf und fiel. Ein Wahnsinn, das Blut überall, aber da war ich schon bei ihr und habe sie in den Arm genommen. Herrgott, das ging alles so schnell."

„Wie hast du bemerkt, dass sie tot war?", fragte Nadja vorsichtig.

„Sie sah mich mit einem ganz fernen Blick an, bevor ihr Kopf zur Seite sackte und ihr Körper mit einem Mal unerträglich schwer wurde. Aber da haben sie mich auch schon weggerissen. Dickmann und Mensching. Sonst wäre ich auch tot. Ich musste sie fallenlassen. Verstehst du? Sie haben mir keine Chance gelassen, mein Versprechen zu halten."

„Welches Versprechen?", fragte Nadja.

„Immer bei ihr zu sein, sie zu schützen, zu halten und eben NICHT im Stich zu lassen. Liebe bis in den Tod!"

Wolf lehnte sich an die Wand.

„Was ist denn passiert, nachdem Dickmann und Mensching dich da weggezogen haben?", wollte Nadja wissen.

„Diese beschissene Drogen-Drecks-Karre ist in die Luft gegangen", fluchte Wolf.

„Passiert so etwas heute nicht eher selten? So leicht brennt doch ein Wagen nicht, geschweige denn explodiert er", wandte Nadja ein. „Das hat mir Seppi von der SpuSi mal erklärt."

„Kann sein, aber der Wagen war voller Benzinkanister", erwiderte Wolf abwesend. „Sie hätten mich dortlassen sollen."

„Es war weder logisch noch sinnvoll, dich auch noch sterben zu lassen. Deine Kollegen haben richtig gehandelt, als sie dich aus der Situation befreiten. Der Schusswechsel hätte dich auch noch treffen können", sagte Nadja.

„Nein, im selben Moment, als Charlotte fiel, sind die Drogenhändler abgehauen. Ein paar Schüsse fielen noch, dann war alles zu Ende", erklärte Wolf.

„Das haben deine Kollegen vielleicht nicht so schnell überblicken können", überlegte Nadja.

„Vielleicht", wandte Wolf ein, „aber es ist schon erstaunlich, wie das alles zusammengepasst hat. Kaum dass sie mich rausgezogen hatten, explodierte der Wagen. Ich wollte zu ihr zurück. Sie haben mich nicht gelassen."

„Hast du sie später noch mal gesehen?"

„Nur auf Fotos in diesem Sektionsbericht", sagte Wolf und streckte ihr die Akte hin.

Nadja nahm sie an sich und fragte: „Wer hat sie denn identifiziert?"

„Dickmann."

„Wieso warst du überhaupt dabei? Das war gar nicht dein Fachgebiet."

„Wir waren als Unterstützung von Hannover angefordert worden, weil die Übergabe, also der Drogendeal in Ahnsen stattfinden sollte, quasi vor unserer Haustür. Na ja, eigentlich hätte ich keinen Dienst gehabt ..."

„Wieso warst du dann da?“

„Ulf Hofmann war krank geworden. Ich bin eingesprungen.“

„Okay, dann wärst du ursprünglich gar nicht vor Ort gewesen.“

„Stimmt“, bestätigte Wolf, „aber so konnte ich sie wenigstens in ihren letzten Sekunden im Arm halten.“

Nadja, die sich bereits ihre eigenen Gedanken machte, nickte Wolf zu und unterdrückte eine Äußerung, die ihr gerade in den Sinn kam.

Peter und Detlef hatten inzwischen ihre Listen erstellt. Die Datenbank „Vermi/Utot“ bot unter anderem Auskunft. Europaweit gab es aktuell sechs Vermisste, von denen allerdings niemand so recht ins Bild passen wollte. Zu jung, zu alt, falsches Geschlecht. Auch fünf ungeklärte Mordfälle, zwei davon Kinder, halfen den Beamten nicht weiter. Die, die zu lange her waren, ließen sie außer Acht. Sieben unbekannte Tote hatte Detlef noch mit aufgenommen, die aber auch alle vom Alter und Geschlecht nicht infrage kamen.

Irgendwie hatte keiner daran geglaubt, dass es sich nicht um eine Frau handeln würde. Jetzt kam die Bestätigung. Wolf hatte noch aus dem Auto heraus auf der Dienststelle angerufen und die wichtigsten Ermittlungsergebnisse mitgeteilt, die jetzt schon vorlagen.

„Tja, wenn wir jetzt so einen ganz speziellen Fall haben, dann wären wir schon fündig geworden“, sagte Peter. „Abgetrennte Gliedmaßen und herausgenommene Organe sind doch eher selten.“

„Man hätte sich auch gemerkt, wenn man so einen Fahndungsaufruf schon gelesen hätte, oder sich zumindest daran erinnert“, bestätigte Detlef.

„Fazit: Es handelt sich um einen außereuropäischen Mord oder die Person wird bisher weder vermisst noch ist sie aufgefunden worden.“ Peter rollte auf seinem Schreibtischstuhl zurück.

„Wir könnten diese neuen Daten mal in die ViCLAS Datenbank eingeben. Vielleicht hat es in der Vergangenheit schon einen solchen Perversen gegeben, der aktenkundig geworden ist", schlug Detlef vor und füllte Wasser in die Kaffeemaschine.

„Ja, die Idee hatte ich auch schon", flunkerte Peter und ärgerte sich, dass er nicht selbst darauf gekommen war.

Als der Kaffee begann, sich duftend in die Kanne zu ergießen, saßen Detlef und Peter vor dem Rechner und warteten darauf, was die Maschine ausspucken würde. Zuerst suchten sie nach Mördern, die ihre Opfer verstümmelt hatten, aber das waren zu viele. Sie gaben zusätzlich noch den Suchbegriff „Säge" beim Tatwerkzeug ein. Da wurde die Auswahl schon kleiner.

„Manchmal finde ich unseren Beruf schon sehr gewöhnungsbedürftig", sagte Detlef und atmete tief ein.

„Wegen der aufgesägten Schädeldecke, oder weil der hier alles an Extremitäten entfernt hat, was möglich war?", wollte Peter wissen.

„Ja, alles, ich kann mir überhaupt nicht vorstellen, wie man überhaupt auf solche Ideen kommt."

Die Äußerung, die Nadja unterdrückt hatte war die fatale Überlegung: „Was, wenn sie gar nicht tot gewesen war? Oder erst durch die Explosion starb - oder gar nicht?"

Etwas war schon merkwürdig an der Geschichte rund um Charlottes Tod. Aus den Gedanken, die sie vor Wolf nicht genau ausgesprochen hatte, resultierten einige Fragen, die sie nach seinen Erzählungen beschäftigten. Warum hatte man ihn noch von Charlotte weggerissen, wenn der Schusswechsel doch schon beendet war? Wieso hatte man nicht auch sie herausgezogen? Für ihren Tod konnte es keine hundertprozentige Sicherheit geben, aber man hatte sie im Gegensatz zu Wolf einfach liegenlassen. War Wolf ohnehin nur zur falschen Zeit am falschen Ort gewesen? Oder sollte er vielleicht absichtlich dort sein, um ihr Sterben mitzuerleben? Warum, und vor allem wie, hatte Dickmann den verkohlten Leib identifiziert? War das überhaupt möglich gewesen? Nadja hatte sich die Fotos angesehen. War darüber hinaus eine DNA-Probe angefertigt worden? Das musste sie nachsehen.

Nadja atmete tief durch. Wolf hatte sie angesteckt mit seinem Misstrauen. Und in der Tat waren hier einige Dinge seltsam. Sie war schon immer ein neugieriger Mensch gewesen, was ihr auch damals bei ihrer journalistischen Tätigkeit zugutegekommen war, mit der sie ihr Studiendasein monetär aufgebessert hatte. Sei es, wie es sei. Eins war sicher, sie würde sich den Bericht ganz besonders genau ansehen. Zuerst wollte sie aber mit Peter am Abend darüber sprechen. Vielleicht hatte er noch weitere Informationen für sie oder sich auch schon seine Gedanken gemacht. Wolf würde mit seinem Kollegen und Freund die Sache bestimmt schon besprochen haben. Das vermutete sie wenigstens.

Eine Zeit lang hatte er sich so leer gefühlt. Wie eine Hülle ohne Inhalt. Er selbst konnte durch sich hindurchsehen. Die Tage waren grau gewesen. Sie hatten nach nichts geschmeckt. Es war kein Leben, nur ein Existieren.

Doch jetzt, mit einem Mal war alles anders geworden. Und das lag nicht daran, dass sich die Jahreszeit schon ändern wollte. Es geschah in ihm, nachdem er sie gesehen und gerochen hatte. So süß war sie, wie ein leichter Frühlingsduft, der noch nichts von der Üppigkeit des Sommers weiß. Zart, wie ein durchscheinender Stoff, der zugleich Farbe zeigt und dennoch flüchtig ist. Er konnte sein Glück kaum fassen, dass es ihn so ergriffen hatte. Sein Schwur, sich nie wieder mit einer Frau einzulassen, schwebte noch in der Winterluft und mahnte ihn zur Vorsicht. Er hauchte ein eisiges „Du weißt doch, sie sind alle gleich!" in seinen Nacken. Ihn fröstelte und dabei lief ihm ein Schauer den Rücken hinab. Widerwillig schüttelte er sich und damit alle schlechten Gedanken ab, denn wenn er die Augen schloss, roch er ihren Duft und nichts anderes war mehr wichtig. Nur eins noch, er musste sie wiedersehen.

Wolf war froh, dass schon ein Kaffee im Büro duftete, als er zurückkam. Er nickte seinen Kollegen zu und sagte ihnen, dass er gleich Zeit für sie hätte. In der Hoffnung, dass Detlef ihn gekocht hatte, nahm er sich eine Tasse und setzte sich in Ruhe an seinen Schreibtisch im Nebenraum, um seine Gedanken zu sortieren. Er wollte sich sammeln. Das ging am besten allein.

Im Grunde hatte er zwei Fälle, die ihn beschäftigten, aber beide waren schlecht greifbar. Eine richtige Spur hatte sich aus den Datenbanken des LKA und BKA nicht ergeben, obwohl Detlef und Peter auch schon nach möglichen Täter via ViCLAS geschaut hatten. Und in Sachen Charlotte tappte er völlig im Dunkeln.

Der Kaffee tat gut. Er weckte die schon verloren geglaubten Lebensgeister wieder, ließ aber auch die Gedanken sprudeln.

Wer hackte, nein, sägte einer jungen Frau die Hände ab und entnahm ihr die Augen? Bei Bewusstsein oder ohne? Wobei er sicher war, dass man es dann sowieso verlor. War die Frau schon tot gewesen? Starb sie anschließend? Oder deswegen? Falls nein, wie war sie zu Tode gekommen?

Er grübelte auch noch darüber nach, was Nadja in einem Nebensatz gesagt hatte. Möglicherweise waren die Körperteile auch einige Zeit eingefroren gewesen. Das machte es nicht einfacher, denn dadurch konnte die Tat auch Jahre zurückliegen.

Auf eine Idee waren sie überhaupt noch nicht gekommen und wenn er nicht über Charlottes Exhumierung nachgedacht hätte, wären seine Überlegungen auch nicht in diese Richtung gegangen. Vielleicht hatten sie es mit einem nekrophilen Spaßvogel zu tun. Ein makaberer Bestatter oder dessen Mitarbeiter konnten natürlich jederzeit an einer Leiche herumhantieren, ohne großartig aufzufallen. Wenn die verstorbene Person dann erkennungsdienstlich unbekannt war, hatten sie kaum eine Chance dahinterzukommen, wer da seiner Hände und Augen beraubt worden war. Dann wäre es auch kein Mord, höchstens Störung der Totenruhe und Sachbeschädigung.

Genauso wenig kämen sie weiter, falls sie es mit einer Vermissten zu tun hatten, deren Verschwinden noch niemandem aufgefallen war. Hetzer seufzte innerlich und trank den letzten Schluck seines Kaffees. Das war nun seine ruhige Pause gewesen. Er stand auf und ging in das Büro von Peter und Detlef.

„Ich bin ehrlich gesagt ein bisschen ratlos", gab er seinen Kollegen gegenüber zu.

„Ja, es passt nix zusammen", bestätigte Detlef, „wie soll man da weitermachen oder vorgehen?"

„ViCLAS habt ihr auch schon durchforscht, hörte ich?"

„Wir haben zwei Axtmörder, übrigens beides Frauen, aber die eine hat sich aufgehängt und die zweite ist in Haft. Die Hände sind ja auch abgesägt und nicht abgeschlagen worden", fügte Peter hinzu.

„Vorhin kam mir noch ein ganz aberwitziger Gedanke. Was, wenn ein Bestatter sein gruseliges Spiel mit uns treibt?", fragte Wolf.

„Das ist jetzt nicht dein Ernst, Wolf, oder?" Peter bedachte ihn mit einem skeptischen Blick. „Wir wollen doch mal die Kirche im Dorf lassen. Und wie willst du das auch überprüfen? Deutschlandweite Massenexhumierung? Alle Leichen der letzten fünf Jahre? Ich hoffe, du hast dabei keine Hintergedanken."

Wolf lächelte. „Hast ja recht, Peter. Aber möglich wäre es immerhin."

„Möglich schon, aber eher unwahrscheinlich", konnte Detlef gerade noch sagen, da stürmte Frau Dr. Kukla ins Büro.

„Schon Neuigkeiten, Ergebnisse, meine Herren?"

„Leider nein", musste Wolf zugeben, „wir tappen völlig im Dunkeln. Alle Abfragen haben bisher nichts erbracht. Nicht den Hauch einer Spur."

Die Staatsanwältin nickte und schweifte gedanklich zu den Pralinen ab, die mit einer Karte in ihrem Briefkasten gelegen hatten. Absender unbekannt. „Hab' ich mir schon gedacht. Die Sache ist völlig mysteriös. Ob wir da überhaupt jemals auf eine Aufklärung hoffen können? Bleiben Sie dran und informieren mich von Zeit zu Zeit, ja?" Mit diesen Worten nickte sie den Kommissaren fröhlich zu und entschwand lasziv durch die Tür.

„Was ist mit der denn los?", fragte Peter, der völlig verdattert war. „Kein Gemecker, keine Vorhaltungen? Sogar Verständnis? Ich wusste gar nicht, dass Wasser auch bergauf fließen kann."

„Mit dem nötigen Druck geht das schon", lachte Detlef, als die Kukla fort war. „Ich habe dich noch nie so erstaunt gesehen, Peter. Du guckst wie 'ne Kuh, wenn's donnert."

„So fühle ich mich auch."

„Ist sie denn sonst anders?"

„Sagen wir es mal positiv", mischte sich Wolf ein, „sie hat im Allgemeinen Haare auf den Zähnen."

„Und zwar solche, aus denen du schon Zöpfe flechten kannst", fügte Peter hinzu.

„Okay, so gut kenne ich sie noch nicht", erklärte Detlef.

„Wirst du noch", sagte Peter und zu Wolf gewandt. „Wollen wir jetzt Feierabend machen? Ich bin platt und Detlef muss doch noch nach Nienburg."

„Ja, klar, haut ab", sagte Wolf, der noch ein bisschen bleiben wollte. Er hatte Moni versprochen, ihre Nichte ausfindig zu machen.

Als die beiden aus der Tür waren, holte er den Zettel aus der Tasche, den Moni ihm gegeben hatte. „Isabella Gruber" stand darauf. Das war wenigstens kein Allerweltsname. Mit dem Geburtsdatum zusammen sollte das eine einfache, wenn auch nicht ganz legale Geschichte werden, denn es war kein ermittlungstechnisches Interesse vorhanden. Na ja, was sollte es. Ein kleiner Freundschaftsdienst, der niemandem schadete. Er hatte Zugriff auf die Daten der Einwohnermeldeämter, gab den Namen ein und schwupp, da hatte er sie auch schon. Sie hieß jetzt mit Nachnamen Ahlers und wohnte Alter Postweg 33 in Esens. Damit konnte er ihr heute Abend ganz bestimmt eine Freude machen. Er wollte es ihr wie eine Überraschung präsentieren. Am besten bei dem Glas Wein, das sie hatten teilen wollen. Dazu würde sie etwas Leckeres gekocht haben, wie sie es ihm später vorgeschlagen hatte, um ihn zu entlasten.

Das Leben könnte so schön und einfach sein, dachte er bei sich. Warum genoss er es nicht? Wieso hing er immer noch dieser alten Geschichte nach? Das war doch nicht normal. Er klappte seinen Laptop zu und steckte ihn in die Tasche. Wieder einmal grübelte er darüber nach, ob er Moni in sein Dilemma einweihen sollte. Er kam sich ihr gegenüber so unehrlich vor. Vielleicht war es besser, ihr reinen Wein einzuschenken, nicht nur ins Glas.

Bevor er losfuhr, rief er sie kurz an. Sie freute sich und erzählte ihm, dass sie schon mit Lady Gaga unterwegs gewesen war.

„Was gibt es denn heute?", fragte er neugierig und hörte sie am anderen Ende der Leitung lachen.

„Das errätst du nie!"

„Nun sag schon ..."

„Ich habe einen Hirschbraten auf dem Markt gekauft. Der ist natürlich nur für dich. Dazu gibt es frisch gekochten Rotkohl und selbst gemachte Steinpilzknödel. Ich brate mir zwei Grünkernfrikadellen."

„Wow", entfuhr es Hetzer, „Hirsch, extra für mich. Das ist aber lieb. Na, darauf wäre ich wirklich nicht gekommen. Ist heute etwas Besonderes?"

„Jeder Tag ist besonders", antwortete sie.

„Der heutige hatte es jedenfalls in sich", sagte Wolf, „aber das erzähle ich dir erst nach dem Essen."

„Also etwas Appetitraubendes ... Um halb sieben bei mir? Bring doch bitte den Wein mit."

Hetzer bestätigte, fühlte in Gedanken den Barolo auf seiner Zunge und legte auf.

Sie war ein Schatz, eine wirklich gute Freundin, ja, sie war sogar mehr als das. Er liebte sie und wollte sie nicht verlieren. Aber war es so, wie es zwischen Mann und Frau sein sollte, die Liebende waren? Heiß und voller Begehren? Verrückt und unendlich? Betete er sie an? Seine Hand würde er für sie ins Feuer legen, bestimmt auch zwei, aber würde er für sie sterben wollen?

Die Liebe zwischen ihnen beiden war ruhig und sanft wie ein beständiger Fluss, der zwei Ufer verband. Durch sie hindurch lief das Leben mit mehr oder weniger Tempo, aber immer gleichmäßig. War das genug? Er erinnerte sich an ganz andere Gefühle, aber vielleicht war das so, wenn man älter wurde, dass sich auch die Art des Liebens änderte.

Bei diesen aufwühlenden Gedanken fuhr Wolf die Serpentinen zwischen Kleinenbremen und Todenmann, die ihn unter der A2 hindurchführten, etwas zu schnell und musste in der Kurve, in der es nach Eisbergen abging, ziemlich abbremsen. Er schimpfte mit sich selbst. Bei Glatteis hätte er ganz schön alt ausgesehen.

Ziemlich erschöpft fuhr er auf den Hof und schaute auf die Uhr. Zehn nach sechs. Er hatte noch ein paar Minuten, um die Kater zu begrüßen. Die Ragdolls Max und Moritz waren sehr gemütliche Hausgenossen. Wolf vermutete sie schlafend auf der Chaiselongue, wenigstens bis er mit der Futterdose klapperte. Dann entwickelten sie eine erstaunliche Energie, die man ihnen im Allgemeinen nicht zutraute, wenn man sie dösen sah.

Heute standen sie schon an der Tür und das hatte etwas von einer Wachablösung. Seine Schäferhündin, die ihn sonst sehnsüchtig erwartete, war wohl schon bei Moni geblieben.

„Kommt Jungs“, sagte er, „ich habe noch ein bisschen Hähnchenbrust. Wenn ich schon verwöhnt werde, sollt ihr auch nicht leer ausgehen.“

Die Kater, die er nach Charlottes Tod bei sich behalten hatte, folgten ihm mehr als bereitwillig in die Küche und verspeisten in Windeseile eine der dünnen Scheiben. Wolf streichelte sie und nahm den Rotwein aus dem Regal. Zum Hirsch musste es schon etwas Feines sein, fand er. Dann ging er nach nebenan und klingelte bei Moni. Von Ferne hörte er, wie sie ihm zurief: „Moment, ich komme gleich!“ Hinter der Scheibe stand schon Lady Gaga. Ein Tuten zeigte den Eingang einer neuen Mail auf seinem Smartphone. Er hätte es in der Tasche lassen sollen, aber die Neugier siegte, als er keinen Absender ausmachen konnte. Ihm wurde heiß und kalt, dann öffnete er das Briefsymbol. Die Mail lautete „Sie lebt noch immer weiter in Angst“.

Frau Dr. Kukla schwebte derzeit wie auf Wolken. Sie nahm auch die Herren der Schöpfung ganz anders wahr, denn jeder im halbwegs passenden Alter konnte ihr heimlicher Verehrer sein. Im Gespräch forschte sie ganz genau im Gesicht ihres Gegenübers, ob sich jemand durch ein Augenzwinkern, einen glühenden Blick oder gar durch besonders charmantes Verhalten verriet.

Als sie jetzt aus dem Wagen stieg und sich auf ihren wohlverdienten Feierabend freute, überlegte sie, ob sie ihn am liebsten mit einem Mann geteilt hätte. Ihren eigenen hatte sie schon vor Jahren zum Teufel gejagt. Noch heute kostete es sie Überwindung, den Namen Michael über ihre Lippen kommen zu lassen und das war nicht ganz einfach, da er sehr häufig war und daher auch strafrechtlich gelegentlich relevant wurde. Wenigstens hatte sie damals ihren Mädchennamen Kukla wieder angenommen, sodass sie nicht täglich an ihn denken musste, wenn jemand sie ansprach.

Diese Niete, diese negative Null, dieser Endlosstudierer hatte sie schon kurz nach ihrer Promotion wegen einer brünetten, jungen Schnecke verlassen. Einem Weib ohne Format – von den Titten einmal abgesehen.

Ihr Verehrer jedoch hatte welches. Seine Geschenke waren dezent und geschmackvoll. Sie hatten Niveau und Esprit.

Karin Kluka öffnete noch vor ihrer Tür den Briefkasten und hoffte, wieder etwas vorzufinden. Der Puls ging schneller, aber das Fach war leer und die Enttäuschung groß. Ihre Laune sank. Etwas schwermütig stieg sie aus ihren viel zu hohen Schuhen und ärgerte sich über sich selbst. „Wie ein Schulmädchen benimmst du dich", schimpfte sie mit ihrem Spiegelbild, das ihr im Flur entgegenstarrte.

In der Küche fand sie noch eine halbe Flasche Grauburgunder und beschloss, eine Pizza Diavolo zu bestellen. Zum Teufel mit den Kerlen, dachte sie und meinte das nicht ganz ernst. Wer wirklich Interesse an ihr hatte, würde schon nicht so schnell aufgeben.

Genüsslich ließ sie sich aufs Sofa fallen und rief den Pizza-Service an. Dabei sah sie auf die Uhr. Schon zwei vor sieben, na prima, dann konnte sie gleich die Nachrichten einschalten. Sie lehnte sich vor und wählte das zweite Programm.

Der Mann draußen vor dem Fenster beobachtete mit demselben Genuss, wie sich die Staatsanwältin auf ihrem Polster räkelte, um nach der Fernbedienung zu greifen. Gleich würden ihre Brüste aus dem Kleid fallen, schmunzelte er, doch da war die Augenweide auch schon passé. Wen sie wohl angerufen hatte? Es war ein kurzes Gespräch gewesen. Leise schlich er ums Haus und stellte eine Flasche Montes vor ihrer Tür ab. Durch das Fenster hatte er beobachtet, dass sie diesen Rotwein gerne trank. Doch noch bevor er das Kärtchen am Hals der Flasche befestigen konnte, hielt ein Auto vor dem Haus. Der Fahrer stieg aus. Lautlos fluchend verließ der Mann das Grundstück durch den Garten und versteckte sich hinter einer Hecke. Heute würde er nicht noch einmal zurückkehren, aber er nahm sich vor, sie später wissen zu lassen, dass auch der Wein ein Präsent von ihm war.

Karin Kukla öffnete dem Pizzaboten, der neben der Pappschachtel auch noch eine Flasche in der Hand hielt.

„Ich habe keinen Wein bestellt", sagte Frau Dr. Kukla.

„Der stand hier vor Ihrer Tür. Ich wollte nur nicht, dass ihn jemand umwirft", sagte der junge Mann. „Diavolo con tutto, zwölf Euro siebzig."

Karin nahm ihm den Karton und den Montes aus der Hand. Dann gab sie dem Pizzaboten fünfzehn Euro und sagte: „Stimmt so!"

Und während er ein erstauntes „Oh ... vielen Dank" stammelte, hatte sie schon die Tür geschlossen.

Als Nadja nach Hause kam, saß Peter schon in seinem Ohrensessel und kaute Chips zur „heute-Sendung". Er hatte sie nicht kommen hören und wurde rot, als sie ihn mit der Tüte erwischte.

„Sind mit Gemüse", sagte er schuldbewusst, „Cheese and Onion."

„Und ich bin das Christkind", lachte Nadja, „Zwiebelpulver als Gemüse zu bezeichnen. Das ist wirklich ein Witz. Ich glaube eher, du sorgst dafür, dass dein Cholesterinspiegel keinesfalls absinkt."

„Nicht wieder dieses böse C-Wort, Schatz!"

Nadja streichelte ihm über den Kopf. „Ich liebe meinen kleinen Vielfraß doch."

„Eben."

„Du, ich will mir heute Abend noch eine alte Akte anschauen. Hast du was dagegen?", fragte Nadja.

„Nö, kommt doch Fußball", antwortete Peter und öffnete sein Kellerbier mit einem lauten Ploppen. „Ah, ahhh ... der erste Schluck ist der beste."

Nadja schüttelte mit gespielter Entrüstung den Kopf. „Trinken auch noch. Ist das jetzt dein Abendbrot, oder was? Chips und Bier?"

„Nur die Vorspeise", gab er zurück, „ich denke, wir braten uns noch ein paar Schnitzel."

„Salat, Peter, es gibt heute Salat mit Thunfisch und Baguette. Das hatten wir so vereinbart."

„Na gut", Peter gab nach, „was hast du denn da? Die Akte, die Wolf dir gegeben hat? Diesen Sektionsbericht von Charlotte?"

„Du weißt davon?"

„Schon, aber ich halte das Ganze für Quatsch."

„Warum?", wollte Nadja wissen.

„Sie wurde erst erschossen und dann in die Luft gejagt. Toter geht es doch wohl nicht, so schlimm das auch ist. Ich verstehe ja, dass ihn das immer noch beschäftigt, aber dass er jetzt denkt, sie lebt noch, das ist doch Humbug."

„Vielleicht, aber es schadet doch auch nicht, wenn ich da mal reinlese, so aus rechtsmedizinischem Interesse."

„Er hat dich angesteckt", stöhnte Peter und schlug sich die Hände vor's Gesicht. Dabei fiel die Chipstüte herunter, deren Inhalt sich zu seinen Füßen verteilte.

„Viel Spaß beim Saugen, Schatz", sagte Nadja mit einem Luftkuss, „da kannst du gleich ein paar von den Kalorien wieder verbrauchen, die du dir angefressen hast. Den Salat können wir nachher zusammen kleinschnippeln."

Peter erhob sich brummend aus seinem geliebten Sessel, der ihn eben noch so warm umfangen hatte wie der Arm einer Mutter. Nadja, die froh war, das gemütliche Plätzchen ergattert zu haben, ließ sich dort quer hineinfallen und legte die Akte auf ihre Knie.

Sie las darin, dass die Leiche der Charlotte S. so verkohlt gewesen war, dass bei der Sektion auf eine komplette Körperöffnung verzichtet worden war. Alles andere hatte man akribisch in Augenschein genommen und dokumentiert. Die Einschusslöcher konnten zum Teil noch durch Veränderungen auf der verbrannten Haut gefunden werden. Röntgenbilder gaben darüber Aufschluss, dass Charlotte von drei, vielleicht vier Kugeln getroffen worden war. Zwei im Unterleib, von denen eine ein Steckschuss gewesen war, die andere hatte den Beckenknochen durchdrungen. Man konnte davon ausgehen, dass beide nicht primär letal gewesen waren.

Als tödlich war von der damaligen Rechtsmedizinerin Mechthild von der Weiden eindeutig der Steckschuss in den Kopf bezeichnet worden, bei dem ein Stück der hinteren Schädelplatte herausgedrückt worden war, als die Kugel den Knochen passieren wollte und eventuell ein Streifschuss am Hals, der wahrscheinlich die rechte Seite samt Schlagader zerfetzt hatte, aber das hätte auch durch die Explosion entstehen können, falls ein scharfes Teil sie getroffen hatte.

Nadja klappte den Ordner zu. Sie hörte, dass Peter schon angefangen hatte, in der Küche zu werkeln. Auf den ersten Blick schien der Bericht wasserfest zu sein. Sie konnte nichts feststellen, was sie gestört oder misstrauisch gemacht hätte, aber es war in diesem Fall auch schwierig, weil die Leiche durch die extreme Temperatureinwirkung zu stark verändert worden war. Die Identifizierung hatte damals Bernhard Dickmann übernommen, wobei sie sich fragte, wie das bei einer Inaugenscheinnahme des Leichnams möglich gewesen sein sollte. Es war nichts mehr zu erkennen. Sie hatte die Fotos ja gesehen. Keine Muttermale, keine Haarfarbe, keine Augäpfel waren mehr in der Lage, etwas über die Person zu verraten. Alles war der Hitze zum Opfer gefallen. Nun konnte man den inzwischen leider ebenfalls verstorbenen Dickmann nicht mehr fragen. Ein Dilemma.

Merkwürdig war, dass Wolf ganz fest am Tod seiner Verlobten zu zweifeln schien. Nadja nahm diese innere Intuition ernst. Und in der Tat gab es einige Fragezeichen rund um das Geschehen an Charlottes Todestag. Wenn man aber wollte, ließ sich ebenfalls auch eine logische Erklärung finden. Falls Wolf recht hatte, konnte die Tote nicht Charlotte sein. Hier war der einzige Ansatzpunkt zu einer möglichen und endgültigen Aufklärung der Situation und damit auch der einzige Schritt zum sicheren Frieden für Wolf.

Nadja legte die Akte auf den Couchtisch und ging in die Küche zu Peter.

„Na, mein fleißiger Schatz, du hast ja schon angefangen", sagte sie und küsste ihn auf die Nasenspitze.

„Du warst so vertieft, da wollte ich dich nicht rausreißen", antwortete er und schnitt einem Radieschen den Kopfputz ab. „Bist du dir sicher, dass sich die gerne essen lassen? Vielleicht hat das Gemüse auch eine Seele, von der wir nur noch nichts wissen."

„Keine Sorge", lachte Nadja, „ich habe noch keine Karotte gesehen, die gezuckt hätte oder eine weinende Kartoffel."

„Ich hörte, dass Alraunen schreien können sollen", widersprach Peter.

„Nur im Märchen, mein Schatz", sagte sie, „da gehen Wahrheit und Fantasie Hand in Hand."

„Fast wie im richtigen Leben!" Peter schien seine philosophische Minute zu haben. „Und was ist nun die Wahrheit im Fall Charlotte?"

„Schwer zu sagen", seufzte Nadja, „Dickmann hat eine stark verkohlte Leiche als die von Charlotte identifiziert. Das hätte jeder sein können, der von der Größe und dem Geschlecht her gepasst hätte."

„Hast du denn im Bericht etwas Zweifelhaftes entdeckt?", wollte Peter wissen.

„Nein, überhaupt nicht", gab sie zu.

„Dann sollten wir diesen Mist beenden und Wolf endlich von seinem Albtraum erlösen", schlug Peter vor.

„Noch nicht, so einfach ist das nicht, denn er wird immer weiter daran glauben, solange er nicht den Beweis hat, dass die Tote auch seine Verlobte war."

„Willst du sie jetzt auch exhumieren?" Peter schüttelte den Kopf und riss den Deckel der Thunfischdose mit etwas zu viel Schwung ab. Das Öl ergoss sich über seine Hand. Er fluchte. „Nicht mit mir!"

„Nun warte doch mal, du Hitzkopf. Davon habe ich doch gar nicht gesprochen. Ich werde in den Asservaten nachschauen, ob es dort noch etwas gibt, woran Charlottes DNA haftet. Sie müsste sich natürlich isolieren lassen."

Nadja schüttete Olivenöl in ein Glas und etwas Balsamico.

„Irgendwie kann ich es schlecht sehen, wenn du mit Flüssigkeiten hantierst", sagte Peter und wischte seine Hand mit einem Papier der Küchenrolle ab, „und deine Idee kannste gleich vergessen."

„Wieso?"

„Weil du – falls Wolfs Vermutung richtig ist – nicht davon ausgehen kannst, dass die DNA der Leiche, die auf Micas Tisch gelegen hat, mit der von Charlotte übereinstimmt."

„Eben, du Schlaumeier. Die DNA von der Leiche habe ich doch. Sie wird grundsätzlich archiviert."

„Das weiß ich. Hast du aber schon mal daran gedacht, dass der, der ein Interesse daran haben könnte, es so aussehen zu lassen, dass Charlotte tot ist, auch dafür gesorgt hat, die DNA auszutauschen?"

„Das wäre ja kriminell", sagte Nadja entrüstet.

„Oder es wäre dazu geeignet, eine Person zu schützen, die in ein Zeugenschutzprogramm aufgenommen worden ist. Und in die Richtung geht Hetzers Vermutung ja wohl. Alles andere macht keinen Sinn."

„Dann ist Exhumieren wirklich die einzige Möglichkeit, es sicher zu wissen, ob Wolfs Verlobte im Grab liegt. Und das auch nur, falls er noch etwas von ihr hat, woraus ich ihre DNA analysieren kann."

„Genau, vielleicht hat er noch ein benutztes Taschentuch von ihr oder eine Locke in einem Liebesbrief."

„Du bist albern, Peter", sagte sie betrübt und ging aus der Küche. „Und du nimmst weder mich noch Wolf ernst. Das macht mich traurig. Ich glaube, ich schlafe heute im Höppenfeld."

Peter fuhr es durch Mark und Bein. Bloß nicht. Das hatte er nicht gewollt. Wieder so eine kalte und leere Nacht. Er musste schnell reagieren.

„Nicht böse sein, Nadeschda, du weißt doch, dass ich es nicht so meine. Ich glaube, Wolf verrennt sich da in was, weil er die Vergangenheit noch nicht verarbeitet hat."

„Kann sein, aber würde es dir nicht genauso gehen, Peter? Wie würdest du reagieren? Wenn wir es hier tatsächlich mit Lug und Trug zu tun haben, wäre das schon eine heiße Nummer."

„Schau, ich möchte doch nur, dass unser Freund Wolf einen Haken an diese unselige Geschichte machen kann."

„Dann hilf ihm, ganz sicher zu sein", bat Nadja, „egal ob sie tot ist oder nicht."

„Wahrscheinlich hast du recht, mein Schatz, du bist so schlau", sagte er beschwichtigend und nahm sie in die Arme. „Bleib bitte hier heute Nacht! Vielleicht fällt uns etwas ein, wie wir weiterkommen, ohne die Leiche auszugraben."

„Ich habe da schon eine Idee, aber lass mich erst noch darüber nachdenken", bat sie.

„Das kannst du am besten nachts in meinem Arm“, versuchte Peter sein Glück, weil sie sich immer noch nicht geäußert hatte.

„Ist schon gut, du alter Brummbär, ich bleibe ja, aber hör mit dem Gesäusel auf. Das passt so überhaupt nicht zu dir.“ Sie zwickte ihn in die Wange. „Und jetzt lass mich nachdenken!“

Er betrachtete sie, wie so oft. Ihre Schönheit war makellos und er hatte lange dafür gesorgt, dass das so blieb. Kein Zeichen der Zeit konnte ihr hier etwas anhaben. Weder Sorgen noch Nöte würden ihr Gesicht durch Falten verunstalten. Nur gelegentlich musste er ihr den Raureif aus dem Gesicht streichen. Er hatte es mit der Sanftheit eines Liebhabers getan.

Die Trauer um sie hatte schon vor ihrem Tod begonnen und lange Zeit nicht enden wollen. Noch immer lebte er in diesem Dilemma, sie zu besitzen und auch nicht.

Aber seit ein paar Tagen bedeutete sie ihm auf einmal nichts mehr. Nichts, rein gar nichts. All die Sehnsucht, der Schmerz, die Tränen, die er vergossen hatte, waren vorbei und vergessen. Fast konnte er sich nicht mehr erklären, jemals so viel für sie empfunden zu haben. Jetzt war sie nur noch eine schöne Puppe, eine Skulptur, ein Bildnis, das er besaß. Nur hatte er es nicht wie andere Menschen an der Wand oder im Schrank, sondern bewahrte es in einer Tiefkühltruhe auf.

Kunst konnte man in den Keller beiseite stellen, oder auf den Dachboden verbannen, wenn man ihrer überdrüssig geworden war. Mit ihr war das jedoch etwas anderes. Sie nicht zu behalten, warf größere Probleme auf, für die er heute noch keine Lösung wusste. Solange sie nur vermisst wurde, war sie nicht tot. Da gab es keinen Mord und weder Opfer noch Täter. Er wollte, dass das so blieb, aber genau dieser Wunsch brachte ihn in den nächsten Zwiespalt. Ihr Dasein war notwendig und zugleich auch eine Last.

Am liebsten hätte er sie in die Weser geworfen, damit sie ein für alle Mal davontrieb, auch aus seinem Leben. Je intensiver er sie betrachtete, desto mehr Makel fand er an ihr. Jetzt begann auch der Gefrierbrand ihrer Haut zuzusetzen. Was er vorher übersehen hatte, weil er sie mit den Augen der Liebe betrachtet hatte, trat nun auf einmal viel zu deutlich zutage. Das Muttermal auf ihrer Wange war riesig, die Haare viel zu dünn. Aber wie konnte er jemanden loswerden, den er behalten musste?

Selbst diese Überlegungen waren ihm lästig. Er hatte keine Zeit für diese Gedanken, denn er war erneut entflammt. Das lästige Übel musste warten.

Der Flug verlief ruhig und war wie immer schneller vorbei, als man in Erinnerung hatte. Im Grunde war es nur ein kleiner Hüpfer. Der Pilot Daniel witzelte immer, dass man mit dem Starten und Landen mehr zu tun hatte, als mit dem reinen Flug. Wie bei einer Heuschrecke, meinte er. Sprung ansetzen, gleiten und landen. Wahrscheinlich hatte er recht. Die großen Höhen und langen Strecken blieben ihm erspart. Manchmal buchten die Touristen Rundflüge über die Inseln. Das war schon spannender, aber alles in allem war Daniel zufrieden, denn er konnte jede Nacht in seinem eigenen Bett schlafen und das schätzte er sehr, denn darin befand sich auch seine Frau Tissy. Tissy war die Abkürzung für Christa, einen Vornamen, den seine Angetraute weder mochte noch aussprechen konnte, weil sie das „R" so rollte. Gelegentlich wurde sie von Freunden und Nachbarn oder auch Verwandten deswegen geneckt. Ein beliebter Spaß war es, Tissy darum zu bitten, doch einmal das Wort „Porree" zu sagen. Die teuflische Inkarnation eines Buchstabengeflechts mit Doppel-R. Mittlerweile hatte sie jedoch die richtige Antwort parat und sagte grinsend: „Lauch!" Daniel, der eigentlich gelernter Bootsbauer war und seinen Lebensunterhalt durch die Fliegerei aufbesserte, freute sich, dass dies sein letzter Flug für heute gewesen war und verabschiedete sich mit einem süffisanten Blick auf den attraktiven Mann an Isabellas Seite mit einem „Na, denn schönen Abend, ihr zwei!" Dabei beschloss er, auch einen mit seiner Tissy zu genießen und wollte ihr auf dem Weg nach Hause eine Rose kaufen. Auch die Liebe musste gepflegt werden, wenn man sie sich erhalten wollte.

Isabella quittierte die Anspielung mit einem Augenzwinkern. Diesen Doktor würde sie wirklich nicht von der Bettkante stoßen, falls er zufällig dort gelandet wäre. Ob er es wert war, dass sie sich anstrengte, dass er dorthin gelangte, hatte sie noch nicht herausgefunden. Sie hatte so ihre Ansprüche an die männliche Spezies. Bisher gab es allerdings noch nichts Störendes an ihm. Mal abwarten, dachte sie und überlegte, wie sie mehr über ihn herausfinden konnte, ohne sich verdächtig zu machen. Doch der Zufall spielte ihr einen Ball zu.

Nachdem sie Dr. Pettenkofer in Bensersiel abgesetzt hatte, ließ sich Isabella nach einigem Anstandszögern von dem Tierarzt zu einem Cappuccino im Café Schlicky Becker in Esens überreden. Sie selbst parkte am Friedhof. Vor der Eingangstür trafen sie sich wieder. Die Sonne war doch noch durch die Wolken gebrochen, und im Wintergarten des Cafés hatte man schon eine Ahnung, dass die Tage länger wurden und der Frühling in greifbare Nähe rückte.

Pettenkofer erzählte ihr ganz bereitwillig von sich. Dass er aus dem Schaumburger Land stamme und mittlerweile in Bad Nenndorf wohne, dass er nicht nur die Schweine ganz Norddeutschlands besame, sondern auch dem Zoo in Hannover und Hamburg aushelfe.

Eine eigene Praxis sei für ihn bisher noch nicht infrage gekommen, erklärte er Isabella, weil er es genösse, ortsungebunden zu agieren.

„Na, da sind wir uns ja in gewisser Weise ähnlich. Wir stehen nur jeweils am anderen Ende des Prozesses", lachte Isabella. „Sie leiten die Schwangerschaften ein und ich die Geburten. Aber ich bin auch froh, dass ich selbstständig bin und als freie Hebamme ostfriesische Kinder auf dem Festland und den Inseln entbinden kann."

Dr. Pettenkofer nickte zustimmend. „Wir sind auch beide von den weiblichen Gezeiten abhängig, wenn Sie mir diesen Vergleich erlauben. Deren Zyklus bestimmt unsere Tätigkeit."

„Das stimmt wohl. Sind Sie denn auf Urlaub hier?", wollte Isabella wissen.

„Nein, wir haben eine Tagung zum Thema ‚Tiermedizinische Geburtshilfe' in Krögers Hotel in Esens. Ich war nur an meinem freien Nachmittag auf Langeoog und wollte eigentlich einen Espresso mit Blick aufs Meer genießen."

„Wie passend. Das hat ja gut geklappt mit dem Mocca ...", sagte Isabella ironisch.

„Den halben konnte ich noch genießen, bis Ihr Arne kam. Wie heißt er noch gleich mit Nachnamen?"

„Lorenzen", antwortete sie, „mir war es aber lieber, dass er nach einem Arzt suchen ging. Auf Dr. Reineking konnte ich nicht zählen. Ich wusste, dass er nicht auf der Insel war. Dieser angewinkelte Arm des Babys hätte ein Problem werden und echte Schwierigkeiten verursachen können. In den Gaststätten ist meist irgendein Arzt zu finden. Da hab' ich ihn losgeschickt."

„Vielleicht hatten Sie in diesem Fall sogar Glück, dass ich Tierarzt bin und kein Augenarzt oder Dermatologe oder so", stellte Pettenkofer fest, „denn ich habe wenigstens Ahnung vom Richten ungeborener Gliedmaßen. Kommt bei Kälbern oder Lämmern auch oft vor. Da muss man schon mal hinten reingreifen und die Sache zurechtrücken."

„Genau", bestätigte Isabella, „der Lütte wäre mir sonst eventuell steckengeblieben, sobald der Kopf geboren gewesen wäre. Das war eine gute Kooperation."

„Würden Sie mir denn daraufhin die Freude machen, am morgigen Tag zwei einsamen Herren den Abend zu versüßen? Ich muss jetzt leider los. Es gibt heute um neunzehn Uhr noch einen offiziellen Empfang im Hotel. Aber ich würde Ihnen gerne meinen Freund und Kollegen vorstellen, wenn Sie erlauben und unsere Bekanntschaft vertiefen. Er ist ein schriller Typ, so eine Art Tierflüsterer. Wir sind gemeinsam auf diesem Seminar. Vielleicht haben Sie Lust?"

„Das klingt wirklich sehr verlockend", sagte Isabella bedauernd, „aber ich kann noch nichts versprechen. Sie wissen doch, die weiblichen Gezeiten!"

„Machen wir es doch ganz unkompliziert. Lieben Sie Fisch?", wollte Pettenkofer wissen.

„Immer doch!"

„Dann werde ich morgen mit meinem Kollegen im Landhotel Bauernstuben zu Abend essen und vorher einen Tisch für drei Personen reservieren. Falls Sie können, kommen Sie einfach dazu, ja? Wir sind ab neunzehn Uhr da."

„So können wir es machen", stimmte sie zu, „und wenn ich es doch nicht schaffen sollte, dann grüßen Sie bitte die Familie Esen von mir und Olaf, den Kellner."

„Geben Sie einfach ein bisschen Oxytocin Nasenspray, falls eine Geburt dazwischenkommen sollte. Dann geht alles schneller vonstatten", witzelte Pettenkofer.

„Ist das nicht eher gegen männliche Untreue?", konterte Isabella.

„Woher soll ich das wissen?", sagte Pettenkofer entrüstet und stand mit einem Augenzwinkern auf. „Bis morgen also!"

Auf dem Weg nach draußen zahlte er bei der Bedienung, die sich über das üppige Trinkgeld freute.

Isabella blieb noch einen Moment sitzen, rührte ihren Cappuccino um und ließ die Begegnung auf sich wirken. Schon lange hatte kein Mann mehr in ihrer Gegenwart so eine Ausstrahlung besessen. Innerlich wehrte sie sich, zu sehr fasziniert zu sein, denn es hatte sie nur das Eine gestört - dass er am nächsten Abend nicht allein kam.

Wolf war verstört, als er die Mail auf seinem Smartphone gelesen hatte. Er hätte sich jetzt gerne in Luft aufgelöst und wäre vor Monis Haustür verschwunden, die dahinter mit so viel Liebe für ihn gekocht hatte. Doch sie hatte ihm schon zugerufen, dass sie gleich da sei und so blieb ihm nur noch ein kurzer Moment des Luftholens, um sich wenigstens so weit zu besinnen, dass die Farbe in sein Gesicht zurückkehrte. Massiv versuchte er alle Gedanken zu verdrängen, die diese Nachricht aufwarf.

„Hallo Wolf, ich freue mich so, dass du da bist", sagte Moni mit der Tür in der Hand und Lady Gaga an ihrer Seite. Dann stutzte sie. „Oh weh, war dein Tag so schlimm? Du bist ja ganz blass."

Wolf nickte, bückte sich zu seiner Schäferhündin, die mit dem ganzen Körper wedelte und war heilfroh, dass er seine Verfassung auf den ungelösten Fall schieben konnte.

„Na, dann komm doch erst mal rein und setz dich", schlug Moni mit besorgtem Blick vor.

„Hier", sagte Wolf, „ich habe Wein mitgebracht. Kannst du mir den Öffner geben, damit er noch atmen kann?"

„Aber klar doch", antwortete sie und brachte neben dem Korkenzieher auch gleich zwei Gläser mit.

Wolf hatte sich unterdessen auf Monis Couch niedergelassen, was ein eher schwieriges Unterfangen war, weil das Designerstück aus den Siebzigerjahren zwar einladend und gemütlich war, man aber quasi direkt auf dem Boden saß.

„Hast du schon mal darüber nachgedacht, dir ein anderes Sitzmöbel zu kaufen?“, wollte Wolf wissen und rückte seine Knochen zurecht.

„Keinesfalls“, lachte Moni, „ich komme gut rein und raus. Du solltest einfach mehr Sport treiben. Das Togo ist klasse und man kann auch gut ein Nickerchen darauf machen. Es steht sogar im Musée des Arts décoratif in Paris und ist das meistverkaufte Möbel Frankreichs. Nicht nur französischer Wein ist gut!“

„Dann lass uns später darauf trinken, denn wenn man erst drin ist, ist es wirklich gemütlich, da muss ich dir recht geben“, lenkte Wolf ein, als er merkte, wie wichtig Moni diese immer noch futuristisch anmutenden Sofateile waren. „Es könnte allerdings sein, dass ich mich schwer wieder aufraffen kann nach Hause zu gehen.“

Sie zwinkerte ihm zu. „Ich sagte doch, dass man hervorragend darauf schlafen kann.“

„Ist das eine Einladung?“, hätte Wolf fast gefragt und fand sich selbst richtig blöd.

„Du weißt genau, dass du hier immer willkommen bist“, beantwortete sie seinen Gedanken. „Und jetzt sag mir endlich, was los ist. Ich kenne dich lange genug, um zu wissen, dass es nicht nur der Fall sein kann, der dich beschäftigt und so aus dem Ruder bringt. Du bist richtig niedergeschlagen. Also raus damit.“

Wolf seufzte. „Können wir uns darauf einigen, dass ich erst noch ein bisschen denken darf, bevor wir darüber reden? Dann erzähle ich dir gerne alles. Ich muss mir nur selbst über manches klarwerden.“

„Geht es um uns?“, fragte sie und wurde rot.

„Auch, aber nicht nur. Bitte hab' Geduld mit mir“, bat er.

„Wolf“, sagte sie fast flüsternd und er legte seinen Finger auf ihre Lippen.

„Nichts sagen, einfach nur spüren, dass der eine für den anderen da ist, ja?"

Moni nickte. Die Steinpilzknödel und das Rotkraut samt Hirsch hatte sie auf 95°C zum Warmhalten im Ofen. Das konnte warten. Sie spürte ganz deutlich, wie sehr Wolf litt. Fast so, als sei sie selbst in seiner Haut. Nachdem sie die Gläser auf dem Tisch abgestellt hatte, setzte sie sich neben Wolf und legte ihren Arm um ihn. Wolf ließ seinen Kopf auf ihre Schulter sinken. So saßen sie eine ganze Weile, bis er sich schließlich aufsetzte.

„Es tut mir leid, Moni, ich komme mit meinen Gedanken alleine kein Stück weiter. Peter ist mir leider momentan keine große Hilfe. Er denkt, dass ich spinne, aber ich wollte dich ungern damit belasten." Sie sah, wie er mit sich selbst rang.

„Mein lieber Freund", begann sie, „und das bist du doch schon seit einiger Zeit, ich bin nun fast sechzig und habe viel erlebt. Was glaubst du, könnte mich derart umhauen, dass du mit mir nicht darüber sprechen kannst? Dass du eine andere liebst? Oder Schlimmeres? Mich würde jetzt höchstens die Ungewissheit quälen, wenn ich wüsste, dass du mit etwas nicht zurechtkommst und ich hätte davon keine Ahnung."

„Es sind mehr die Schatten aus der Vergangenheit", erklärte Wolf.

„Okay", sagte sie, „die haben wir alle. Schieß los!"

Wolf atmete tief ein. „Also gut. Es geht um Charlotte und damit ja irgendwie auch um mich und um uns. Ich habe Zweifel daran, dass sie tatsächlich tot ist, denn ich bekomme immer noch diese mysteriösen E-Mail-Nachrichten und glaube, sie sind von ihr."

„Charlotte ist deine verstorbene Verlobte? Der Name war mir jetzt so nicht mehr im Kopf. Du sprichst ja auch nicht über sie."

„Das stimmt wohl. Peter meint, dass ich ihren Tod noch immer nicht verarbeitet habe."

„Damit wird er richtig liegen", sagte Moni, „sonst wäre es längst zu einem Teil deiner Vergangenheit geworden, über den du hättest erzählen können. Aber ich kann mich nicht erinnern, dass du das irgendwann einmal getan hast."

„Hab' ich auch nicht", bestätigte Wolf, „ich komme einfach nicht damit klar, dass ich sie im Stich gelassen habe."

„Hast du das wirklich?"

„Es fühlt sich so an ..."

„Warum?"

„Nach den Schüssen hielt ich sie in meinen Armen, bis ihr Kopf zur Seite fiel. Dann haben sie mich weggezogen. Anschließend ist einer der Wagen in die Luft gegangen. Überall nur noch Feuer und eine irre Hitze. Sie ist bis zur Unkenntlichkeit verbrannt ... Herrgott, ich weiß nicht, ob sie wirklich tot war, oder ob sie erst durch die Explosion gestorben ist, oder ...", er holte tief Luft, „... oder eben gar nicht."

„Ich rekapituliere", begann Moni, „du bist dir nicht ganz sicher, dass Charlotte durch die Schüsse gestorben ist."

Wolf nickte heftig. „Vielleicht hätte ich sie einfach packen und wegziehen müssen. Kein Mensch hat es verdient, so zugerichtet zu werden. Und falls sie noch gelebt hat, bin ich für ihren Tod verantwortlich."

„Warum haben die Kollegen sie nicht mit rausgezogen?", fragte Moni. „Das verstehe ich nicht."

„Es ging alles so schnell. Ich glaube, Mensching sicherte und Dickmann packte mich. Er schrie, ich solle sie loslassen. Sie dachten wohl, sie sei tot. Er musste irgendetwas in dieser Zuhälterkarre gesehen haben, mit der die Drogendealer unterwegs gewesen waren. Vielleicht einen der Benzinkanister oder Kunststoffbehälter. Es war eine Falle. Ich wollte noch zurück, aber Dickmann hielt mich fest. Die Explosion war gigantisch. Ich spüre die Hitze immer noch, wenn ich daran denke."

„Aber du ziehst auch die Möglichkeit in Betracht, dass dies alles eine große Finte war. Eine fingierte Situation. Dafür könnte es ja nur einen Grund geben. Sie wollten Charlotte schützen und ihr eine neue Identität verschaffen. Sehe ich das richtig?", überlegte Moni laut. „Das kann ich mir nicht vorstellen. Nicht mit so einem Tamtam und so vielen Mitwissern."

„Na ja, die Mitwisser sind sehr dezimiert worden, wenn ich das mal vorsichtig so ausdrücken darf. Mica und Dickmann sind verstorben, Mensching ist wegen Alzheimer in Frühverrentung."

„Und Seppi von der SpuSi?"

„Der muss nicht zwingend eingeweiht gewesen sein. Ich könnte mir vorstellen, dass die beiden Drogendealer beispielsweise Beamte vom BKA waren."

„Das hört sich für mich wirklich ein bisschen nach einer Räuberpistole an", sagte Moni, „bitte verzeih meine Ehrlichkeit, aber es ist schon sehr unwahrscheinlich. Gibst du mir einen Schluck Wein?"

„Oh ja, entschuldige, Moni", antwortete Wolf, stand mühsam aus dem Sofa auf und holte die Flasche.

„Wir sollten auch etwas essen. Es ist sonst schade um den Hirsch. Wir können doch dabei weiter überlegen", schlug Moni vor.

„Ja, tut mir leid, ich bin echt ein Trottel. Du kochst für uns und ich nerve dich mit meinen Theorien. Dabei habe ich das Essen völlig vergessen. Warte ich helfe dir!", rief Wolf ihr nach.

„Nein, setz dich schon mal“, kam es aus der Küche.

Wolf zuckte mit den Achseln und nahm am Esstisch Platz. „Ich komme mir wie ein egoistischer Idiot vor, der sich etwas einbildet oder vormacht. Wahrscheinlich sollte ich den Mist einfach vergessen. Wenn nur die Mails nicht wären.“

„Was hat dich denn daran nur so umgehauen?“, fragte Moni und füllte die Teller. „Du bekommst diese Nachrichten doch schon länger. Was war anders?“

„Es wurde doch immer ein Satz weitergebildet. Mit jeder Mail kam ein Wort hinzu. Zuletzt waren wir bei *Sie lebt noch immer weiter in ...* und da hatte ich eigentlich gedacht, dass nun ein Ort folgt.“

„Und?“

„Kurz bevor du die Tür geöffnet hast, kam eine weitere Nachricht auf meinem Smartphone an und das nächste Wort war *Angst*“, sagte Wolf und seufzte. „Verstehst du mich jetzt? Mir wurde sozusagen suggeriert, dass SIE noch immer nicht in Sicherheit ist.“

„Wenn es denn Charlotte überhaupt betrifft und nicht jemand anderen, den du kennst“, gab Moni zu bedenken, „oder jemanden, der dir bisher noch völlig unbekannt ist. Möglicherweise ein neuer Fall? Vielleicht hat es auch gar nichts zu bedeuten und dir will nur jemand den Schlaf rauben.“

„Du hast recht, Moni. Ich bin vollkommen vernagelt und fixiert. Mir fehlt der Weitblick.“

„Man kann sagen, du hast dich regelrecht verbissen in diese alte Geschichte. Wahrscheinlich wäre es gut, wenn sich tatsächlich beweisen ließe, dass Charlotte tot ist, damit du endlich Ruhe findest, beziehungsweise nur mit deinen eigenen Selbstvorwürfen kämpfen musst. Aber auch daran solltest du arbeiten. Jede Entscheidung geschieht in Sekundenbruchteilen. Und egal, wer oder was dafür gesorgt hat, dass du da heil rausgekommen bist. Ich bin froh darüber!"

„Du glaubst also auch nicht, dass an meiner Vermutung etwas dran ist?"

„Nein, denn ich kann mir nicht vorstellen, dass ein Mensch das alles überleben kann. Und noch weniger will ich daran glauben, dass eine Frau für tot erklärt wird und anderswo mit einer anderen Identität weiterlebt. Ich weiß, dass es so etwas tatsächlich gibt. Aber was für ein Leid für die Angehörigen und auch für den Betreffenden, wenn er nie mehr Kontakt mit seiner Vergangenheit aufnehmen kann, mit Menschen, die er lieb gewonnen hat, die er vermisst. Alles hinter sich zu lassen, was für eine Katastrophe. Eine entwurzelte Existenz. Ehrlich gesagt empfinde ich das nicht viel anders, als ob man tatsächlich gestorben wäre, vielleicht mit dem kleinen Unterschied, dass man ein zweites Leben hat, aber ob man darin glücklich wird?"

„Das kann ich mir auch nicht vorstellen", antwortete Wolf schwermütig, „auf jeden Fall habe ich Nadja die Sektionsunterlagen von Charlotte gegeben und sie gebeten, einen kritischen Blick darauf zu werfen. Falls was merkwürdig ist, dachte ich ..."

„Darf ich noch etwas dazu sagen? Aber nicht böse sein", bat Moni und nahm einen Schluck aus ihrem Glas.

„Nur zu", ermunterte Wolf sie.

„Könntest du denn noch etwas für eine Frau empfinden, die dir das angetan hat, die dich so belogen und betrogen hat? Ich meine, falls du mit deiner Theorie recht hast."

„Darüber habe ich auch schon nachgedacht. Ehrlich gesagt weiß ich das nicht so genau. Es kommt auf die Umstände an, die dazu geführt haben, aber es bliebe wohl immer eine Verletzung zurück und ich wüsste nie, ob ich ihr vertrauen könnte."

„Also nein?", bohrte Moni nach.

„Sagen wir es so", teilte Wolf seine Gedanken, „ich könnte ihr vielleicht verzeihen, würde aber Abstand halten wollen. Die Enttäuschung wäre zu groß."

„Dann mach einen Haken dran", schlug Moni vor, „du kannst nichts gewinnen. Auch nicht, wenn deine Vermutung stimmt. Lass sie endlich in dir ihre letzte Ruhe finden. So oder so. Lass sie los! Wenn sie durch Kugeln oder Flammen starb, war es ein Schicksal, das du nicht verhindern konntest. Falls sie irgendwo weiterlebt, ist es ein Schicksal, das sie nicht verhindern wollte."

„Du bist so weise, Moni", sagte er und strich ihr über die Wange.

„Nur leidgeprüft, glaub mir, in den vielen Jahren."

„Wahrscheinlich ist es das Beste, jetzt einen Schlussstrich zu ziehen. Nur Nadjas Beurteilung möchte ich jetzt noch abwarten. Und was ist mit diesen Mails?"

Moni sah ihn mitfühlend an.

„Du bist noch längst nicht so weit. Höre auf deine eigenen Worte."

„Doch, doch. Versuchen wir also, diese Mails mal aus einem ganz anderen Blickpunkt zu sehen", schlug Wolf vor. „Dazu gehen wir aber am besten auf dieses Seniorenfoltergerät namens Sofa zurück, wenn wir aufgegessen haben."

Sie saßen gerade in der bequemen Mulde der tiefen Sessel, als sie sahen, wie ein Schatten am Fenster vorbeihuschte, ohne dass die vierbeinige Lady etwas davon mitbekam. Sie schlief und jagte in anderen Sphären einem imaginären Hasen hinterher.

Es war nur ein Gefühl, das Isabella hatte, als sie zu Hause die Tür aufschloss. Es war das Empfinden, dass sie beobachtet wurde. Vorsichtig sah sie sich um und tat dabei so, als sähe sie nach den Frühlingsblühern, die bereits erste Triebe aus ihren Zwiebeln gestreckt hatten. Sie atmete auf. Da war definitiv niemand. Sie hätte den Psychothriller nicht lesen sollen, der noch auf ihrem Nachttisch lag, lieber einen Liebesroman, aber das machte sie auch nicht glücklich, denn da war keiner, mit dem sie sich anschließend zusammenkuscheln konnte. Insofern war beides schlecht für's Gemüt. Das eine machte Angst, das andere traurig.

Müde stieg sie im Flur aus den Schuhen und schlüpfte in die Filzlatschen, in denen sie sich warme Füße und damit etwas Wohlbefinden wünschte. Der nahende Abend war frisch. Sie überlegte, noch in die Sauna zu gehen, verwarf die Idee aber und beschloss, wenigstens den Kaminofen anzumachen. Sie sehnte sich so sehr nach Wärme. Das war das, was ihr in ihrem eigenen Leben am meisten fehlte. Die vorhandene, die aus ihr selbst kam, gab sie den ganzen Tag weiter an Mütter, Väter, Neugeborene, Schwestern oder Ärzte. Mit ihrer beständigen und immer gleichbleibend ausgeglichenen Art war sie sehr beliebt. Nichts konnte sie wirklich aus der Ruhe bringen, so schien es und wenn doch, merkte man es ihr nicht an.

Bei ihrer Freundin Vicky war das anders. Ein Lächeln huschte über ihr Gesicht, als sie an den Wirbelwind dachte. Sie besaß die Energie eines Vulkans. Schon seit der Kindheit kannten sich die beiden

Frauen. Die Verbindung hatte über all diese Jahre gehalten, auch wenn sie mal mehr, mal weniger intensiv war. In ihrer Unterschiedlichkeit ergänzten sich die Freundinnen gut. Sie waren fasziniert von ihrer Andersartigkeit und konnten einander immer wieder neue Impulse geben. Was beide darüber hinaus auszeichnete, war eine unendliche Toleranz. Man kann vielleicht sagen, dass jede bei der anderen eine Art Narrenfreiheit besaß, die aus der intensiven Zuneigung resultierte. Nur in einem waren sie richtig egoistisch. Wenn es um begehrenswerte Männchen ging, war sich jede selbst die Nächste. Darum verwarf Isabella ihre Idee sofort, Vicky zu dem Essen mitzunehmen, denn es hätte ja sein können, dass ihr ausgerechnet der Mann gefiel, den sie selbst ins Auge gefasst hatte. Wahrscheinlich war es sogar ungeschickt, der Freundin überhaupt davon zu erzählen, bis sie ganz sicher sein konnte, dass sein Interesse nur ihr galt. Vicky konnte den anderen haben, oder wen auch immer.

Als der Ofen endlich brannte, stellte sie sich vor, wie es sei, wenn sie nicht alleine davor säße. Es war lange her, dass sie sich in jemandes Arm wohlgefühlt hatte. Bei ihrem Beruf hielten es die Männer nicht lange mit ihr aus. Einmal war sie sogar verheiratet gewesen, aber auch Robert hatte nach ihren Fehlgeburten irgendwann das Weite oder besser gesagt eine Frau gesucht, die für ihn Zeit hatte und nicht ständig nachts raus musste. Isabella kompensierte den Schmerz mit ihrer Arbeit. Den Nachnamen Ahlers hatte sie behalten, weil sie ohnehin froh gewesen war, ihren Mädchennamen Gruber loszuwerden, der sie immer nur an ihre Mutter erinnerte. Und auf diesen Teil ihrer Vergangenheit konnte sie gut verzichten. Auf Robert war sie nicht böse. Sie verstand ihn irgendwie. Nur die Einsamkeit schmerzte. Vor allem abends.

Sie seufzte. Seit einiger Zeit nahm sie auch das Ticken ihrer biologischen Uhr immer stärker wahr. Jeden Tag wurde sie mit der Nase darauf gestoßen, was das Leben in seinen Grundfesten bedeutete: Fortpflanzung und darüber hinaus das Gründen einer Familie. Wofür hatte denn sonst das Dasein einen Sinn, wenn man es nicht mit anderen Menschen teilen konnte und das am besten glücklich. Dabei hatte sie selbst lange nicht gewusst, ob sie sich jetzt überhaupt noch eigene Kinder wünschen sollte. Die Erfahrungen aus ihrer eigenen Kindheit und Jugend waren nicht geeignet, ihr rosige Unbeschwertheit vorzugaukeln. Und die erlittenen Fehlgeburten machten es schwer, den Mut aufzubringen. Mist, dachte sie, jetzt war sie wieder genau bei den Gedanken, die sie nicht haben wollte. Viel lieber wollte sie sich vorstellen, diesen charmanten Besamer – sie kicherte innerlich – und Tierarzt wiederzusehen. Wie er sich wohl anfühlte und wie er roch, wenn sie ihm näherkam. Dass er ordentlich manikürte Finger hatte, war ihr sofort aufgefallen. Sie legte viel Wert auf gepflegte Hände und wünschte sich, sie könnte jetzt danach greifen oder sie auf sich spüren. Mit diesem wohligen Empfinden, das sich in die Ofenwärme mischte, schlief sie ein, bis sie jäh erwachte, weil sie ein Geräusch gehört hatte und sich wieder beobachtet fühlte.

Er war es leid, mit Füßen getreten und verlacht zu werden. Erst war sie ein paar Mal mit ihm ausgegangen und hatte sich aushalten lassen. Dabei hatte sie ihn ermuntert und ihm zugelächelt. Er war abwartend und zurückhaltend geblieben, weil er gelernt hatte, dass Frauen anders tickten.

Diese hatte es übertrieben mit ihren Gesten und Verlockungen. Hatte ihn zu sich nach Hause eingeladen und dann den Termin immer wieder verschoben, bis sein Hunger auf sie ins Unermessliche gestiegen war. Aber er hatte durchgehalten auf dieser Durststrecke, weil er sicher war, dass sie ihm erliegen würde.

Sehnlichst wartete er auf den Moment, wo sie zugänglich werden, wo sie erst ihre seelischen und dann ihre kleidungstechnischen Hüllen fallen lassen würde. Es war immer dasselbe Spiel. Und viele Male hatte es danach ausgesehen, als ob er fast am Ziel war. Er durfte sie nur nicht verschrecken, so kurz vor dem Moment des Siegens.

Während der ganzen Zeit beobachtete er sie, sah wie sie sich wusch, wie sie kochte und aß, ja selbst wie sie ihre Toilettengänge absolvierte. Er sah ihr beim Telefonieren zu und staunte, wie unglaublich lange sie mit dem Mobilteil in der Hand auf dem Sofa lag. Wieder und wieder, mehrmals am Tag. Wer sie wohl angerufen hatte, oder ging es von ihr aus? Richtig sauer wurde er, als er sah, wie sie ungeniert so ganz für sich allein onanierte, wo sie doch dieses Erleben mit ihm hätte teilen können. Er fühlte sich betrogen und suchte nun umso mehr ihre Nähe, damit er endlich teilhaben konnte. Als Lohn sozusagen für sein dezentes Verhalten und seine Rücksichtnahme.

Die kleinen, unsichtbaren Webcams installierte er immer als Erstes, wenn er von Neuem entflammt war. Die Frauen ahnten nicht, wie leicht es war, in ihrer Abwesenheit in die Wohnungen oder Häuser und damit in ihre Intimsphäre einzudringen. Der Winter mit seinen dunklen Stunden war ihm ein guter Begleiter. Mittlerweile überlegte er auch, in die Kameras noch kleine Wanzen zu integrieren, damit er hörte, was seine Angebetete sprach und damit er noch besser wusste, was sie sich vorstellte oder erträumte, um schneller ans Ziel zu kommen.

Heute Abend war er wieder mit Rosi verabredet. Mal sehen, ob es diesmal klappte. Sie hatte ihn eingeladen und wollte ihn mit einem leckeren Menü verwöhnen. Hoffentlich nicht nur damit, dachte er bei sich, denn sein Hunger war groß. Die Sehne auf dem Bogen seiner Geduld war bis zum Zerreißen gespannt. Sein Appetit konnte nur durch bedingungslose Hingabe und vollständige Kapitulation gestillt werden. Wer war aber dazu schon bereit? Doch er musste es wieder und wieder versuchen, seine zweite Hälfte zu finden. Die Ergänzung seines unvollständigen und damit sehnsüchtigen Ichs. Ganz devot musste sie sein, leise und anschmiegsam, damit er sie beherrschen konnte. In ihr witterte er so einen Menschen, denn sie war Krankenschwester und das Dienen gewohnt. Dieses Wissen schürte seine Lust auf sie ins Unermessliche.

Nachdem Peter Kruse mit langen Zähnen das Grünzeug gegessen hatte, das er mit Nadja zubereitet hatte, war er sehr schweigsam und in sich gekehrt.

Das war so gar nicht seine Art. Grund war auch nicht die gesunde Speise, denn er hatte noch eine zweite Dose Thunfisch aufgemacht, damit Nadja nicht in die Röhre schauen musste. So hatte er es wenigstens begründet. Sein Salat war dadurch entschieden proteinlastig und wurde daher mit einem Seitenblick der rechtsmedizinischen Augen gestraft, der es in sich hatte. Aber sie sagte nichts und beschloss nur ihn zu necken, weil sie merkte, dass ihn etwas jenseits des Essens beschäftigte.

„Hast du eine Fischvergiftung, oder warum sagst du nichts?"

„War der Thunfisch nicht mehr gut?", wollte Peter mit Panik im Blick wissen. Er hatte schon Erfahrungen auf dem Gebiet und erinnerte sich ungern an das Tartar von vor drei Jahren, das ihn, den Hünen, innerhalb weniger Stunden so umgehauen hatte, dass eine Infusion notwendig geworden war.

„Du hast die Dosen doch frisch aufgemacht und wir hatten sie erst gekauft, also beruhig dich wieder", sagte Nadja, „und erzähl mir jetzt, was dir über die Leber gelaufen ist."

Peter brummte vor sich hin.

„Soll das eine Antwort sein?", fragte Nadja.

„Nein", sagte er leise, „ich glaube, ich hab' Wolf ziemlich abgebürstet."

„Wieso?"

„Na, ich hab' ihm klar und deutlich gesagt, was ich von seiner Theorie wegen Charlotte halte und ihn ein bisschen auf die Schippe genommen", erklärte Peter.

„Und jetzt hast du ein schlechtes Gewissen?"

„Kann sein", brummte Peter, der das nicht so direkt zugeben wollte.

„Dann schlage ich dir vor, du regelst das sofort. Unerledigte Dinge schaden einem nur. Ruf ihn an!"

Peter nickte und wählte Wolfs Nummer. Doch er erreichte ihn weder auf dem Festnetz noch auf dem Handy.

„Es wird ihm doch nichts passiert sein", sagte Peter und seine Fantasie malte ihm die verrücktesten Dinge.

„Vielleicht ist er mit dem Hund unterwegs", beruhigte ihn Nadja.

„Dann hat er das Handy dabei."

„Nicht immer", antwortete Nadja, „du weißt, dass er es oft vergisst."

„Das war früher, sein Smartphone vergisst er eigentlich nie, weil er die Mails auch dorthin kriegt."

„Dann fahr hin, wenn du dir Sorgen machst", schlug Nadja vor.

„Kommst du mit?"

Nadja lächelte. Sie fand ihn süß, ihren großen Brummbären, der manchmal wie ein kleiner Junge sein konnte. „Na, dann los, bevor es noch später wird."

Es war dennoch schon kurz vor neun, als Peter an Wolfs Haustür Sturm klingelte und nichts erreichte. Innen war alles dunkel.

„Er ist nicht da", sagte Nadja.

„Vielleicht ist ihm was passiert."

„Aber nicht im Haus, denn der Hund schlägt nicht an. Da wird er unterwegs sein."

„Stimmt! Vielleicht ist er bei Moni", sagte Peter erleichtert, „wir schauen am besten mal nach."

„Halt", bremste ihn Nadja, „ob wir da stören sollten? Um diese Uhrzeit?"

„Ich schau mal durch's Wohnzimmerfenster", rief Peter ihr zu und war schneller über den Zaun gesprungen als seine Freundin ihn aufhalten konnte.

Wolf und Moni war es kalt den Rücken heruntergelaufen, als sie den Schatten von Peter an der Scheibe vorbeihuschen sahen, denn es war zu dunkel. Sie erkannten ihn nicht. Reflexartig griff Wolf an seine Brust. Die Waffe lag zu Hause. Doch dann klingelte es und sein Kollege stand vor der Tür.

„Warst du das eben da am Fenster, du Idiot?", fragte Wolf. Moni war noch ganz blass.

Peter grinste. „Hast du mich echt gesehen?"

Wolf schüttelte den Kopf und sah, dass Nadja am Treppenabsatz stand.

„Nun kommt schon rein", sagte er, „wo drückt der Schuh, dass ihr uns nachts auflauert?"

„Nicht ihr, sondern Peter, ich habe anständig im Hof gewartet", stellte Nadja mit einem Schulterzucken klar. „Du kennst ihn ja." Moni nahm Nadjas Mantel und hängte ihn an die Garderobe.

„Jetzt lass sie doch erst mal reinkommen", bat Moni, „dann wird er uns schon alles erklären. Wollt ihr noch Hirsch und Steinpilzknödelauflauf?"

„Nein danke!", sagte Nadja entschieden, Peters wehmütigem Blick zum Trotz, „wir haben schon gegessen. Aber du könntest mir mal deine Getreidemühle zeigen. Ich überlege, ob es vielleicht sinnvoll wäre, sich eine anzuschaffen." Dabei zwinkerte sie

Moni zu und die verstand sofort, dass dies ein Hinweis war, die beiden Männer allein zu lassen.

„Raus damit, was ist los", sagte Wolf, als die beiden weg waren.

„Ich hab' mir Sorgen um dich gemacht, weil ich zu dir so bescheuert gewesen bin und dich nicht richtig ernst genommen hatte wegen Charlotte und so."

„Und warum hast du dann nicht angerufen?", wollte Wolf wissen. „Stattdessen schleichst du hier ums Haus. Das ist bescheuert."

„Du bist nicht rangegangen, du Hirni!"

Wolf zog sein Smartphone aus der Tasche und sah, dass er tatsächlich auf lautlos gestellt hatte. „Stimmt, ist echt aus. Da muss ich aus Versehen drangekommen sein und den Schalter zur Seite geschoben haben. Tut mir leid."

„Mir tut's leid", sagte Peter.

„Ach was", gab Wolf zurück, „ist ja auch eine bekloppte Geschichte. Wenn nur diese Mails nicht wären. Moni meinte, ich solle die mal aus einer anderen Perspektive sehen. Wer weiß schon, wer die schreibt. Bei den gefakten IP-Adressen kann das jeder sein."

„Also bist du nicht sauer auf mich?", fragte Peter.

„Nö, ich weiß doch, dass du ein ignorantes, unverbesserliches Arschloch von einem Dickschädel bist, aber genau darum mag ich dich auch. Du sagst deine Meinung und kriechst mir nicht hinten rein."

Peter atmete auf. „Nee, das ist mir zu eng und die Luft ist so schlecht." Er schlug seinem Kollegen auf die Schulter.

„Wollt ihr auch Wein?", fragte Wolf.

„Haste auch Bier, das vertrage ich besser und so ein klitzekleines Stückchen Hirsch? Seit wann kocht Moni denn Fleisch? Hat sie ihrem Vegetarismus abgeschworen?"

„Nein, sie selbst hat Grünkernfrikadellen gegessen. Der Hirsch war nur für mich ... und für dich jetzt, wenn du willst."

„Geht das vielleicht ein bisschen heimlich?", bat Peter.

Wolf lachte und lockte die Frauen mit der Frage, was sie denn trinken wollten, aus der Küche. Nadja entschied sich für den Rotwein und Wolf suchte in Monis Speisekammer nach dem Bier. „Welche Sorte willst du denn?", rief er.

„Warte, ich komme", antwortete Peter, dem bereits das Wasser im Mund zusammenlief. Hirsch war etwas ganz Feines. Er hatte seit Ewigkeiten keinen mehr gegessen.

Hinter der Küchentür stand Wolf schon mit einer Gabel, auf die er das Fleisch gespießt hatte. Peter war selig.

Blitzschnell vertilgte er, was von dem Wild noch übrig war und bewaffnete sich mit der Bierflasche, die Wolf für ihn bereithielt.

Moni und Nadja hatten sich an den Esstisch gesetzt, worüber Wolf froh war, denn er konnte sich Peter in diesem Sofa einfach nicht vorstellen. Oder besser gesagt, er konnte sich die komische Figur zu genau vorstellen, die er abgeben würde, wenn er versuchte hinein- oder wieder herauszukommen. Ein schier unmögliches Unterfangen.

„Wenn wir schon hier sind und euch euren Abend stehlen, dann kann ich dir auch gleich erzählen, dass nichts Auffälliges in dem Sektionsbericht zu finden war", sagte Nadja zu Wolf. „Das ganze Drumherum fand ich trotzdem merkwürdig."

Peter rollte innerlich mit den Augen, denn der erste Teil ihres Satzes hätte vielleicht dazu geführt, dass Wolf seine Nachforschungen aufgab und das Unweigerliche akzeptierte. Der zweite Teil allerdings nährte wieder seine Zweifel.

„Meinst du, weil sie Wolf rausgezogen, die tote Kollegin aber liegenlassen haben?“, wollte Moni wissen.

„Ja, zum Beispiel“, antwortete die Rechtsmedizinerin, „wer konnte denn mit Sicherheit sagen, dass Charlotte tot war? Bewusstlosigkeit oder Koma lassen den Muskeltonus so weit erschlaffen, dass derjenige wie ein nasser Sack wirkt. Meiner Meinung nach ist das spontan und schon gar nicht in so einer Situation von einem Exitus zu unterscheiden. Entschuldige Wolf, ich weiß, dass dir das zusetzen wird, aber du hast darum gebeten, dass ich mich der Sache annehme – als Freundin. Und Freunde sind ehrlich zueinander. Das ist leider manchmal ziemlich schonungslos.“

„Ist schon in Ordnung, Nadja“, sagte Wolf sanft, „du kannst dir vorstellen, dass mir dieser Gedanke seit jenem Tag zu schaffen macht: Was, wenn sie nicht tot war?“

„Also, das kann ich dir sagen, falls dich das beruhigt. Wenn sie bewusstlos oder komatös war, wird sie von dem Rest, also der Explosion nichts mehr mitbekommen haben. Da kannst du dir sicher sein. Und falls der Körper, der hier in der Sektion beschrieben ist, tatsächlich Charlotte ist, dann war sie zu diesem Zeitpunkt höchstwahrscheinlich tot, denn einen Steckschuss, der zudem die Schädelplatte teilweise herausdrückt, überlebt man eher nicht. Kommt auf die Hirnregion an, die verletzt wird. Mechthild von der Weiden hat diese Kugel und ihre Folgen als ursächlich für das Ableben von Charlotte beurteilt. Ich stimme ihr zu.“

Wolf schüttelte den Kopf. „Ich kann mich nur an den Streifschuss am Hals erinnern. Das hätte ich doch merken müssen, wenn ..."

„Das sind Sekundenbruchteile", gab Peter zu bedenken, „vergiss nicht, dass immer noch geschossen wurde. Vielleicht ist sie auch noch mal kurz vor der Explosion getroffen worden."

„Möglich", stimmte Wolf zu. „Es ging alles so rasend schnell."

„Lässt sich denn nun mit Sicherheit herausfinden, dass die obduzierte Tote wirklich Charlotte war?", wollte Moni wissen.

„Danke Moni", sagte Nadja, „damit kommst du zum Wesentlichen zurück. Das ist das Einzige, was geklärt werden muss. Alles andere sind verständliche, sentimentale Regungen und Überlegungen, die uns aber nicht weiterbringen. Wir haben auch keine Chance auf eine offizielle Untersuchung, denn wir stützen uns nur auf Vermutungen. Da wird keine Staatsanwaltschaft mitziehen und eine Exhumierung befürworten. Und auf die Idee selbst zu graben, seid ihr doch hoffentlich nicht gekommen, oder?"

Nadja sah zu Wolf und Peter hinüber, die beide aus unterschiedlichen Gründen rot wurden. Peter, weil er sich darüber aufregte, dass sie ihm das zutraute und Wolf, weil er sich ertappt fühlte.

„Also ja", schmunzelte Nadja, „dachte ich es mir doch!"

Peters abwehrendes Brummen überhörte sie.

„Das könnt ihr mal gepflegt vergessen. Sonst bin ich raus aus der Nummer!"

„Ja", gab Wolf zu, „ich hatte mal darüber nachgedacht, aber Peter hat mir gleich den Kopf gewaschen, da habe ich die Idee erst mal wieder verworfen."

Nadja warf einen anerkennenden Blick zu Peter, der gleich um mehrere Zentimeter wuchs und dadurch über zwei Meter kam.

„Brauchst du auch nicht“, sagte sie geheimnisvoll, „denn mein Gehirn steht auch nicht still und ich glaube, ich habe eine gute Möglichkeit zum Abgleich gefunden. Dazu brauche ich drei Dinge. Hundertprozentig sichere DNA von Charlotte. Dabei zähle ich auf dich, Wolf, und hoffe, du hast irgendwo noch welche. Denk mal drüber nach. Zweitens werde ich die im Institut hinterlegte DNA zum Vergleich heranziehen. Ich schätze allerdings, dass diese jetzt mit der echten von ihr übereinstimmt, selbst wenn sie vorher ausgetauscht worden war. Woran aber vielleicht niemand gedacht hat, weil keiner den Tathergang offiziell bezweifelt hat ist, dass noch DNA-Spuren der verkohlten Leiche an den Asservaten haften könnten. Die müssten dann genetisch identisch sein mit Charlotte. Sind sie es nicht, tja, dann hättet ihr einen neuen Fall, der unglaublich brisant ist. Ich weiß gar nicht, ob ich euch das wünschen sollte. Eine andere Möglichkeit wäre noch, dass sie sich so sicher waren, dass sie die DNA der verbrannten Toten belassen haben. Dann brauche ich umso dringender hundertprozentig sicheres Genmaterial von Charlotte. Dreht es wie ihr wollt, so oder so könnten wir der Sache auf die Spur kommen.“

Moni nickte und fragte sich, was nun wohl in Wolf vorging, doch er beantwortete die ungestellte Frage selbst.

„Ich will Klarheit“, sagte er mit Nachdruck, „auch wenn ich damit einen Stein ins Rollen bringe. Es gibt noch ein paar Sachen, die ich aufbewahrt habe. Vielleicht haben wir Glück und du kannst ihre DNA isolieren.“

„Ja“, stimmte Peter zu, „falls du das wirklich so unauffällig herausfinden kannst, bin ich auch dafür. Und wenn es nur dazu dient, dass Wolf endlich einen Haken an die Sache machen kann.“

„Das wäre wirklich gut für Wolf“, meinte Moni, „jeder von uns würde unter so einer ungeklärten Situation leiden.“

„Also abgemacht“, sagte Nadja, „du besorgst mir genetisches Material. Bürste, Zahnbürste, Taschentuch, eventuell Kleidung, aber das ist schwieriger wegen möglicher Fremdspuren. Vielleicht gibt es noch eine Handtasche mit einem Lippenstift oder eine Brille. Aber das muss ich dir ja nicht sagen. Ich organisiere den Rest. Bedenkt aber bitte alle, dass das schon einige Zeit dauern wird, auch nachdem die drei Proben vorliegen. Sei es wie es sei, wenn Wolf nichts findet, haben wir keine Chance.“

„Hoffen wir auf's Beste“, sagte Moni.

„Dann lasst uns darauf anstoßen“, schlug Wolf vor. Die beiden Frauen erhoben ihr Glas, während Peter nur sehnsüchtig in die Bierflasche schaute, aber dann so tat, als ob noch etwas drin war.

„Seid mir nicht böse“, bat Nadja, „aber es ist gleich elf und ich muss jetzt wirklich in die Horizontale. Wollen wir los, Peter?“

„Mit dem größten Vergnügen, Madame“, sagte er und bot ihr den Arm an, worüber sie lachte und ihn schubste. Er selbst war bei dem Wort „horizontal“ längst in Gedanken zu Hause und freute sich auf den Moment, in dem Nadja die Hüllen fallen ließ.

Wolf, der ursprünglich auf Monis Sofa einschlafen wollte, fand das nun irgendwie unpassend. Nachdem er ihr den Zettel mit Isabellas Adresse mit einem Zwinkern zugesteckt hatte, murmelte er etwas von „früh Rausmüssen“ und gab ihr nach einem überschwänglichen Lob für den Hirsch einen Kuss auf die Stirn. Dann pfiff er nach Lady Gaga, die schon lange in tiefstem Schlummer weilte und nur schwerfällig auf die Beine kam.

Dem jähen Erwachen folgte der Hunger. Sie schimpfte mit sich, dass sie wieder mal auf der Couch eingeschlafen war, weil der Kaminofen sie so schön gewärmt hatte. Darüber war das Abendessen ganz in Vergessenheit geraten. Jetzt lohnte es sich auch nicht mehr, noch Kalorien zu sich zu nehmen, dachte Isabella, zumal sie am späten Nachmittag noch ein Stück Kuchen bei Schlicky Becker gegessen hatte. Das reichte dann ja auch. Genüsslich streckte sie sich und setzte sich auf. Irgendwie war sie jetzt wach. Sie entschloss sich, ihren Hebammenkoffer doch jetzt schon wieder neu zu bestücken und nicht erst am Morgen. Dann war alles fertig. Die benutzten Gerätschaften hatte sie schon vorhin ins Desinfektionsbad gelegt. Vielleicht würde sie auch den Steri noch anmachen. Sie schaute in ihren Kalender. Was für Geburten waren in den nächsten Tagen zu erwarten? Frau Hansen aus Carolinensiel war schon drei Tage über Termin, aber es war das erste Kind. Das konnte sich auch noch hinziehen. Silke Spieker auf Juist war zwar erst in der sechsunddreißigsten Woche, bekam aber Zwillinge und war darum ihre heißeste Kandidatin für eine baldige Niederkunft. Eigentlich hatte sie Frau Spieker überreden wollen, aufs Festland zu kommen, falls es bei der Entbindung zu Komplikationen kommen könnte, aber sie ließ sich nicht von ihrem Entschluss abbringen, zwei echte Juister zu bekommen. In diesem Fall war es gar nicht so einfach, rechtzeitig vor Ort zu sein, denn vom Flugplatz Harle flogen sie Juist eigentlich nicht an, aber wenn sie erst nach Norddeich hätte fahren müssen, um von dort mit den Inselfliegern zu starten, verlor sie zu viel Zeit. Daher hatte sie mit Daniel vereinbart, dass seine Albatross am Boden bleiben würde. Er konnte ihr zwar nicht versprechen, dass er dann Zeit haben würde. Möglicherweise war er gerade in der Luft, aber ein Pilot wäre immer verfügbar und der würde sie ausnahmsweise auch von Harle nach Juist bringen. Silke Spieker sah das ohnehin locker. Die Babys lagen regelrecht und es war nicht ihre erste Geburt. Das Abnabeln kriegte sie notfalls auch noch hin, hatte sie ihr bei der letzten Schwangerschaftsuntersuchung erklärt. Schließlich kam sie vom Bauernhof in Ochtersum und hatte schon das eine oder andere Kalb auf die Welt geholt.

Isabella traute ihr das durchaus zu, war aber überzeugt davon, dass es besser war, wenn sie dabei sein konnte und hatte der Schwangeren eingebläut, dass sie sich bei den ersten Geburtswehen melden sollte. Lieber saß sie ein paar Stunden auf der Insel fest, als dass etwas schief ging. Insofern war es gut, wenn alles bereit war. Manche Babys zogen es vor, in der nächtlichen Ruhe oder den frühen Morgenstunden das Licht der Welt erblicken zu wollen.

Nachdem sie das Licht im Wohnzimmer gelöscht hatte, ging sie in den Anbau, in dem sie ihre kleine Hebammenpraxis eingerichtet hatte. Er war direkt vom vorderen Flur aus erreichbar. Sie hatte das kleine Haus damals unter anderem aus diesem Grund gekauft. Ihre werdenden Mütter konnte sie so gleich in die passenden Räume leiten, ohne dass sie in ihren Wohnbereich mussten. Den hatte sie gerne für sich allein.

Im Steriraum wusch sie noch schnell die Spekula, die Nabelklemmen und die Schere ab, dann schweißte sie alles in Tüten ein und gab die Instrumente in den Sterilisator. Sie hatte das kleine Gerät damals von einem Hausarzt in Norden übernehmen können. Es war nicht mehr ganz neu, arbeitete aber hervorragend und reichte für ihre Nutzung ganz und gar aus.

Als sie den Riegel überlegte und die Tür des Sterilisationsgerätes schloss, flog etwas gegen die Scheibe. Isabella zuckte zusammen und drehte sich um. Das konnte doch kein Vogel gewesen sein. Dafür war es zu dunkel. Sie spähte durchs Fenster, konnte aber nichts erkennen. Vielleicht ein Zweig, dachte sie und ging wieder zum Steri, um ihn anzustellen. Da gab es erneut ein klackendes Geräusch, das sie nicht einordnen konnte. Das komische Gefühl fiel ihr wieder ein, das sie vorhin gehabt hatte, als ob sie jemand beobachtete. Jetzt war es wieder da. Schnell machte sie das Licht aus und wartete. Lange Zeit geschah nichts, dann hörte sie, wie sich Schritte entfernten und schlich zum Fenster zurück. Gab es hier in Esens jetzt auch solche bekloppten Spanner? Gut, dass sie nicht rausgegangen war. Sie hätte überfallen werden können.

Aber nun war sie gewarnt. Isabella beschloss, dass sie in Zukunft grundsätzlich bei Einbruch der Dämmerung alle Plisseerollos hoch- und alle Gardinen zuziehen würde. Dann verging dem geilen Schwein bestimmt schnell das Interesse. In diesem Punkt sollte sie sich allerdings gänzlich irren.

Sie hatte nicht abgesagt, diesmal nicht. Endlich würde es zu dem lang ersehnten Treffen kommen. Ob er sie heute schon besitzen konnte? Man durfte nicht vergessen, wie wichtig das war, wenn man eine Frau ganz für sich wollte. Die komplette Hingabe, wenn sie nackt und schutzlos waren, musste man ausnutzen. Niemand wusste das besser als er. Ihm ging es dabei zunächst gar nicht um seine eigene Lust, vielmehr darum, die Kontrolle zu übernehmen. Das machte ihn wesentlich schärfer, als nur seinen Schwanz irgendwo reinzustecken und abzuspritzen. Ihm ging es um Macht. Eine Frau besitzen zu wollen, hatte bei ihm ganz andere Dimensionen. Er meinte das wirklich im ureigensten Sinn und darüber hinaus sollte sie zu seinem Eigentum werden, mit dem er tun und lassen konnte, was er wollte.

Mit einem Rosenstrauß und einer Flasche Grauburgunder stand er vor Rosis Haus, das etwas abseits an einem Feldweg in Obernkirchen lag. Er sah gut aus. Fast zu schön, um wahr zu sein, dachte Rosi, als sie die Tür öffnete. So ein Sahnestück von einem Mann, und der wollte auch noch was von ihr.

„Hallo Rosi", sagte er und sah ihr tief in die Augen, „schön, dich zu sehen. Oh, es duftet schon ganz lecker. Ich hoffe, der Wein passt dazu."

Er hatte durch die Webcam gesehen, dass sie Lachs machte.

„Weißwein ist klasse, es gibt Fisch", antwortete Rosi und trat zur Seite, um ihn hereinzulassen.

„Echt“, staunte er, „dann hatte ich ja den richtigen Riecher.“ Er lächelte und reichte ihr die Blumen. „Wenn es sich nicht so kitschig anhören würde, hätte ich gesagt, sie werden deinem wunderschönen Namen nicht gerecht. Rosi ist doch bestimmt nur ein Spitzname. Wie lautet er denn komplett?“

„Muss ich das sagen? Ich konnte ihn noch nie leiden“, erklärte Rosi.

„Musst du nicht, aber ich würde mich freuen“, sagte er und sah nun zum zweiten Mal ihr Wohnzimmer im Original. Als er die Webcams versteckt hatte, war ihm nicht viel Zeit geblieben. Jetzt sog er die Atmosphäre ein. Auch sie gehörte zu ihr.

„Na gut, aber wir bleiben dann trotzdem bei Rosi“, bestimmte sie und er dachte, dass sich das noch herausstellen würde, „mit vollem Namen heiße ich Rose Margarita. Dafür könnte ich meine Eltern heute noch lynchen.“

„Dann hat es wohl wenig Zweck, wenn ich dir sage, dass mir der Name trotzdem gefällt. Er ist sehr außergewöhnlich für eine junge Frau.“

„Stimmt, vorne Blume, hinten Pizza, aber ich weiß, dass du mir damit etwas Nettes sagen möchtest. Setz dich doch schon mal. Wie wäre es mit einem Prosecco vorweg? Wir sollten darauf anstoßen, dass es endlich geklappt hat.“ Sie hatte die Flasche schon in der Hand und goss, als kein Widerstand kam, einfach ein.

Er lächelte. „Über deine Einladung habe ich mich wirklich sehr gefreut. Trinken wir auf einen schönen Abend und einen interessanten Austausch.“

„Ich hoffe, du magst Lachs?“, fragte sie vorsichtig.

„Am liebsten als Lasagne mit Spinat“, schwärmte er und grinste in sich hinein.

„Das ist ja krass!“

„Wieso?"

„Genau das gibt es heute Abend!"

„Nicht zu fassen. Kannst du hellsehen?" Er musste aufpassen, dass er nicht zu sehr übertrieb.

„Na, da bin ich ja gespannt, was für Gemeinsamkeiten wir sonst noch haben", sagte Rosi, die sich sauwohl in seiner Gegenwart fühlte.

„Finde es doch heraus", antwortete er mit einem süffisanten Unterton in der Stimme.

„Das werde ich bestimmt, denn ich habe ein ganz besonderes Gespür für Menschen", erklärte Rosi und ließ den letzten Schluck aus ihrem Sektglas die Kehle herunterfließen. „So, dann hole ich jetzt mal die Lasagne."

„Gerne, und ich gieße den Wein ein. Er ist schön kühl, genau richtig jetzt."

Er beobachtete sie, wie sie vom Stuhl aufstand, mit welcher Weichheit sie ihre Hüften schwang. Ganz besonders freute es ihn, wie sie ihn bediente. Das machte sie doch schon ganz gut. So konnte es weitergehen. Er fühlte sich wohl.

Der Grauburgunder perlte jetzt scheinbar in beiden Gläsern, doch was sie nicht wusste war, dass er keinen trinken würde. Damit es nicht auffiel, dass er ihn mied, schenkte er sich schnell noch Prosecco aus Rosis Flasche nach, bevor sie wieder aus der Küche kam und rührte mit der Gabel etwas Kohlensäure aus der Flüssigkeit.

Nach kurzer Zeit erschien sie völlig arglos mit der Auflaufform, aus der es köstlich duftete. Den Schwindel mit dem Inhalt seines Glases bemerkte sie nicht. Auch darum hatte er den eher goldfarbenen Weißwein ausgewählt. Man sah fast keinen Unterschied. Dass sie Prosecco gekauft hatte, wusste er ja.

Er hatte das Ketamin bei sich zu Hause mit der Spritze durch den Korken in die Flasche injiziert. Die kleine Einstichstelle im Metall war ihr nicht aufgefallen. Geöffnet hatte er sie ohnehin. Nun musste er nur noch abwarten. Und darin war er gut. Rosi war zwar im Vorfeld eine harte Nuss gewesen. Bei ihr hätte er fast aufgegeben, aber darin hatte auch ein gewisser Reiz gelegen. Heute würde er endlich ernten, was er in langen Wochen gesät hatte.

Allerdings musste er aufpassen, dass sie nicht zu viel von dem Wein trank. Er hatte ihr Körpergewicht geschätzt und die Dosis ungefähr so berechnet, dass sie nur ein Glas brauchen würde, um willenlos zu werden. Es war leider zu erwarten, dass sie die Lachslasagne wieder von sich geben würde, aber das hatte er einkalkuliert. Mit diesem Moment begann sein Einsatz.

Da sie den Wein zum Essen trank, fiel ihr überhaupt nicht auf, dass das Getränk leicht metallisch schmeckte. Er prostete ihr zu und ließ sich die Lasagne munden, die wirklich hervorragend war. Schließlich musste er sich stärken, er hatte eine lange Nacht vor sich.

Es dauerte knapp eine Viertelstunde, bis die Wirkung langsam einsetzte. Zuerst hielt sie sich den Kopf, dann ließ sich ihr zunehmendes Unwohlsein nicht mehr verbergen.

„T'schuldige, mein Schädel, mir ist irgendwie schwindelig. Bin gleich wieder da", sagte sie und hatte Mühe normal zu gehen und zu sprechen. Mit leichtem Schwanken erreichte sie die Badezimmertür, die sie offen stehen ließ.

Dann hörte er, wie sie sich übergab. Jetzt war sein Zeitpunkt gekommen.

„Rosi", rief er, „geht es dir nicht gut, brauchst du Hilfe?"

Sie stöhnte und erbrach sich erneut. Da war er auch schon an der Badezimmertür und klopfte an den Rahmen.

„Kann ich reinkommen?"

Aber sie hatte keine Gelegenheit zu antworten, also nahm er ein Handtuch von der Wand, machte es leicht nass und tupfte ihr die Stirn. Dann betätigte er die Klospülung, um den säuerlichen Geruch zu minimieren.

Rosi hing ein wenig hilflos über der Toilettenschüssel und spuckte noch etwas Schleim. Dann fing sie plötzlich an zu kichern und ließ sich nach hinten fallen. Er konnte sie gerade noch auffangen, bevor sie mit dem Kopf an die Kante des Türstocks stieß.

„Was ist denn so witzig?", fragte er.

Sie kicherte. „Du bist Medizinmann!"

„Ja, und, was ist daran lustig, mir scheint, den brauchst du jetzt, stimmt's?"

„Geeeeenaaaau", lallte sie, „gaaaanz doll." Dabei versuchte sie aufzustehen.

„Warte, ich helfe dir doch", sagte er und ließ sie einfach weiterkichern. „Ich bringe dich lieber ins Bett. Du hattest wohl zu viel von dem Prosecco."

„Lecko, Secco", sang sie. Ohne seine Unterstützung konnte sie überhaupt nicht laufen und auch so knickten ihr bisweilen die Beine weg.

„Gleich haben wir es geschafft", sagte er, ohne dass sie ihm zuhörte.

„Bissu auch faliept?", grölte sie und hängte sich an seinen Arm wie ein nasser Sack. „Ich schooohon!"

„Jetzt legen wir dich erst mal schön aufs Bett und ziehen dich aus, ja?"

Sie grinste breit. „Jaaaaa ..." Mehr war an verbalen Äußerungen nicht mehr möglich.

„Bist du ein braves Mädchen? Und machst du alles, was ich will?", fragte er gierig.

Sie nickte langsam, lächelte und schien völlig entrückt zu sein.

Nun wollte er sein Geschenk auspacken. Ganz langsam Stück für Stück befreite er den bewegungsunfähigen Körper vom Stoff.

Am nächsten Morgen fiel Moni das Aufstehen schwer. In der Nacht hatte sie über die verschiedensten Dinge gegrübelt. Es war auch spät geworden am letzten Abend, aber sie war froh, mal wieder mit Nadja und Peter zusammen gewesen zu sein. Sie beschloss also, keine größeren Räumaktionen zu starten und wollte sich lieber den Briefen widmen, die sie in Giselas Sekretär gefunden hatte, weil sie sich etwas mehr Aufschluss über das Leben ihrer Schwester versprach.

Das Bündel mit den Umschlägen von Viktoria fiel ihr als Erstes in die Hand und sie dachte, dass das vielleicht Schicksal sein müsste. Also wollte sie mit diesen beginnen, obwohl ihr die der Herren interessanter vorkamen. Was würde sie über das Liebesleben ihrer Schwester erfahren?

Moni stellte fest, dass die Briefe nach Datum geordnet waren und nahm sich den ersten vor. Interessanterweise fand sie heraus, dass diese Viktoria eine Freundin von Isabella war, die scheinbar einen guten Draht zu Gisela gehabt hatte. Ob ihre Nichte das wusste? Sie setzte sich aufrecht hin, denn das schien nun wirklich spannend zu werden. Sie wusste kaum etwas über Isabella, nur dass sie nach ihrem Abitur nach Oldenburg gegangen war.

Nach und nach erfuhr sie, dass ihre Nichte gar nicht studiert hatte, sondern zunächst Krankenschwester geworden war und dann noch eine Hebammenausbildung absolviert hatte. Etliche Briefe handelten von der zum Scheitern verurteilten Ehe, in der sich Isabella befunden haben musste. Viktoria schilderte den Schmerz und die Einsamkeit ihrer Freundin so eindrücklich, dass man den Eindruck hatte, sie habe es selbst durchlitten. Die zwei Fehlgeburten, aber auch, dass sich danach keine Schwangerschaft mehr einstellen wollte, mussten wohl dazu beigetragen haben, dass sich die Ehepartner kontinuierlich entfremdet hatten. Isabella hatte dies mit immer mehr Engagement für ihren Beruf kompensiert. Anstatt sich Stütze zu sein, war es wohl vornehmlich darum gegangen, die Schuld beim anderen zu suchen. Den Verletzungen waren also die Vorwürfe gefolgt, bis man sich gegenseitig nicht mehr ertragen konnte. Wie so oft hatte ein gemeinsamer Weg an einem jähen Abgrund geendet, in den beide gestürzt waren.

Ein paar Briefe später schrieb Viktoria, dass Isabellas Exmann weggegangen war. Weit weg nach Neuseeland. Sie hatte seinen Namen nicht nur als Andenken behalten, sondern auch, um den ungeliebten Mädchennamen loszuwerden.

Warum schrieb diese Freundin das, fragte sich Moni verwundert. Das warf doch kein gutes Licht auf Isabella, jedenfalls aus Giselas Sicht. Und woher kam die Vertrautheit zu jener Frau? Wie alt war sie überhaupt, und woher kannte sie Isabella?

Das konnte sie beim besten Willen nicht herausfinden, aber diese Verbindung war schon merkwürdig. Mutter und Tochter sind sich nicht grün, aber beider Freundin berichtet. Ob sie auch Isabella etwas über ihre Mutter erzählt hatte? Solche Briefe waren nur leider hier nicht zu finden, aber aus manchen Äußerungen konnte sie schließen, dass sich Gisela der Schreibenden durchaus auch anvertraut hatte. Einige handschriftliche Seiten später fand sie auch die Verbindung. Beide hatten einen deutlichen Hang zur Esoterik. Für Moni war das alles schwer nachzuvollziehen.

Viktoria legte Engel- und Tarotkarten für Gisela. Sie befragte auch ein Pendel zum Gesundheitszustand der Älteren, als diese krank wurde. Dass ihre Schwester auf mehr Lebenszeit zurückblicken konnte, wusste sie nur aus einer einzigen Zeile. In einem Satz hieß es, dass Viktoria mehr als ein Jahrzehnt jünger sei.

Gegenseitig mussten sich die beiden Frauen in ihrer entrückten Welt gefördert und unterstützt haben. Besuche bei Geistheilern waren an der Tagesordnung. Aus einem Brief erfuhr Moni, dass ihre Schwester an einer Rückführung teilgenommen hatte. Damit konnte sie zunächst überhaupt nichts anfangen, doch dann begriff sie im Verlaufe des Briefes, dass es darum gegangen war, in frühere Leben zurückzukehren, die man schon einmal durchlitten hatte. Den Glauben an die Wiedergeburt fand Moni schon sehr speziell, vor allem weil Viktoria das schlechte Mutter-Tochter-Verhältnis zwischen Gisela und Isabella auf ein Ereignis im sechzehnten Jahrhundert zurückführte. Sie kam sich vor wie in einem schlechten Film und war froh, dass das nicht noch detaillierter beschrieben worden war.

Da unterhielten sich zwei über eine Dritte, die davon vielleicht keine Ahnung hatte. Moni fand das schäbig, war aber auf der anderen Seite froh, dass sie ein paar Informationen über Isabella bekam. Die waren zwar stark persönlich eingefärbt, ihr ging es aber nur um die nackten Tatsachen.

Sie freute sich, als sie las, dass ihre Nichte nach dem Auswandern ihres Mannes, der ihr – und dafür hatte Moni Hochachtung – alles Hab und Gut gelassen hatte, eine eigene Hebammenpraxis in Esens aufgebaut hatte und seitdem im gesamten Küstenbereich aktiv war. Wahrscheinlich hatte sie dadurch außerdem ihre Fehlgeburten verarbeitet, vermutete Moni, aber wer kam schon unbeschadet durchs Leben. Das war niemandem vergönnt.

Vorsichtig fühlte sie in ihrer Hosentasche nach dem Zettel, den Wolf ihr zugesteckt hatte. Auf ihm stand auch Isabellas Telefonnummer. Irgendwie fühlte sie plötzlich einen starken Wunsch, diese Nummer anzurufen. Durch den Einblick, den diese Viktoria ihr in das Leben ihrer Nichte gewährt hatte, war sie ihr irgendwie nah. Ob sie es wagen sollte? War es besser, hinzufahren und einfach vor der Tür zu stehen? Würde sie am Telefon auflegen, wenn ihr bewusst wurde, wer dran war? Moni hatte immer ein gutes Verhältnis zu Isabella gehabt, solange sie Kontakt hatten. Manchmal gingen Lebenswege einfach auseinander, ohne besonderen Grund und ohne dass Menschen es wollten. Vielleicht freute sie sich auch, von ihrer Tante zu hören. Sie beide waren immerhin die letzten Grubers.

Moni seufzte und setzte sich auf einen noch geschlossenen Umzugskarton. Dann nahm sie allen Mut zusammen und rief die Nummer an, die auf dem Zettel stand.

„Ahlers", meldete sich Isabella am anderen Ende und Moni verschluckte sich. Sie hatte nicht wirklich damit gerechnet, jetzt am Vormittag jemanden zu erreichen.

Sie hustete.

„Entschuldigung, ich habe mich verschluckt. Hier ist deine Tante Monika."

Stille am anderen Ende.

„Bitte leg nicht auf, Isabella. Wir haben uns doch immer gut verstanden."

„Hallo Moni, ich habe schon mit deinem Anruf gerechnet. Der Notar hat mir geschrieben. Du hast hoffentlich Verständnis dafür, dass ich keine große Trauer fühle. Der Tod meiner Mutter ist mir egal. Genauso egal, wie ich es ihr gewesen bin. Wenn ich es nicht für meine Praxis brauchen würde, hätte ich auf nachträgliche Zuwendungen gesch... Entschuldige die unfeine Wortwahl."

„Schon gut, Isabella. Ich denke, wir wissen beide, dass Gisela ein schwieriger Mensch war. Wirst du direkt zur Testamentseröffnung kommen, oder haben wir noch etwas Zeit, die wir miteinander verbringen können?"

„Ich muss schauen, wie ich das einrichten kann", sagte Isabella im Hinblick auf ihre werdenden Mütter und den Mann, der ihr den Kopf verdreht hatte. Dabei fiel ihr ein, dass er in Bad Nenndorf wohnte. Das war entschieden näher an Todenmann als an Esens, falls ihre Tante dort noch wohnte.

„Du bist hier jedenfalls jederzeit herzlich willkommen. Das wollte ich dir mit meinem Anruf sagen."

„Danke! Wohnt ihr noch dort am Wald?", wollte die Nichte wissen.

„Nur noch ich, dein Onkel ist schon vor längerer Zeit gestorben", erklärte Moni.

„Oh, das tut mir leid. Dann bist du ja in dem großen Haus ganz alleine."

„Ach, ich komme gut zurecht. Ich habe eine nette Nachbarschaft und manchmal den Hund von nebenan als Gesellschaft. Durch das Yoga kenne ich auch viele Leute. Einsam bin ich also nicht, keine Bange."

„Das ist schön. Na gut, dann schaue ich mal, ob ich hier ein paar Tage verschwinden kann. Falls ja, rufe ich dich noch an. Der Termin ist schon nächste Woche, sehe ich gerade. Ich wäre sonst nur kurz zur Eröffnung gekommen."

„Du, ich würde mich riesig freuen, wenn wir ein bisschen Zeit zum Reden hätten. Dann könntest du auch die Sachen durchschauen, die ich aus Teneriffa mitgebracht habe", sagte Moni und bereute es sofort.

„Ob ich dazu Lust habe, weiß ich nicht", kam nach einem kurzen Schweigen zurück, „aber dich wiederzusehen wäre schon schön."

„Verstehe. Musst du ja auch nicht. Das war nur so eine Idee, falls du etwas davon haben willst."

„Ganz bestimmt nicht. Also, ich melde mich dann. Warte, ich schreibe eben deine Telefonnummer vom Display ab", sagte Isabella.

„Ich freue mich auf dich", erwiderte Moni noch, „und ich wünschte, du hättest positivere Erinnerungen an deine Jugend. Wir hätten gerne ein Kind gehabt ... aber es hat nicht sollen sein."

„Manch einem ist es nicht vergönnt", sagte Isabella bitter, „und die mit Nachwuchs Gesegneten wissen es manchmal nicht zu schätzen. Tschüss Moni!"

Ein bisschen wehmütig verabschiedete sich Moni. Es war gut, dass sie zusammenkommen würden. Immerhin hatten sie beide unter Gisela gelitten.

Lange hatte er überlegt. Wieder und wieder war er zur Truhe gegangen, hatte sich über sie gebeugt und mit ihr gesprochen.

Sie hatte ihren Schwur nicht gehalten. Aber ein Liebesschwur war allmächtig. Er durfte nicht gebrochen werden. Und doch hatte sie es getan und damit alles zerstört.

„Liebes", sagte er zu ihr, „wir hatten eine so schöne Zeit, erinnerst du dich? Ich weiß noch, wie du im Sommerkleid durch die Dünen zum Strand gelaufen bist. Einfach hinreißend. Ich musste dich haben. Kein anderer sollte dich besitzen, außer mir. Und du wolltest mich auch. Nach unserem ersten Abend, wo ich dir näher war als du selbst erahnen konntest, hast du mir vertraut, weil du dich unberührt und umsorgt dachtest. Aber ich hatte mir lange zuvor genommen, was ich haben wollte, bevor du freiwillig bereit warst, dich mir hinzugeben. Mehr und mehr bist du mir verfallen, Geliebte, und wurdest zu der Frau, die ich lieben und begehren konnte. Einer Frau, die sich meinem Willen bedingungslos beugte. Kannst du dich erinnern, wie schön es war, als du nach und nach zu meiner Sklavin wurdest? Du hattest es gut bei mir. Ich habe dich umsorgt und gepflegt, wenn du brav und gehorsam warst. Die Strafen, wenn du nicht folgen wolltest, haben dir gutgetan. Ich erinnere mich, wie du dich hinterher bedanktest, wenn deine Knie wund waren oder dein Rücken ein Muster zeigte, das die Lederschnüre auf ihn gemalt hatten. Als du endlich so weit warst, habe ich dich schwören lassen, dass du mit mir Arm in Arm bis ans Ende der Welt gehen würdest.

Ganz feierlich haben wir diesen Akt des unwiderruflichen Versprechens begangen. Du hast ihn schließlich mit deinem Herzblut besiegelt, als ich dich beschlief. Deine lustvollen Schmerzensschreie krönten die Erlösung, die ich fühlte, als du in diesem Erguss endgültig mein wurdest.

Nun aber musste ich dich noch strenger bewachen, dass du dich daran hieltest.

Wie brav und rührend du warst, als deine Verletzungen heilten. Da warst du Wachs in meiner Hand. Ich habe dich gefüttert und verbunden, bis du wieder zu Kräften kamst. Wie konnte ich ahnen, dass du nicht begriffen hattest! Hast du geglaubt, ich sähe dich nicht? Dein Schreien, dein Rütteln an der Tür, dein Fortstreben von mir, wenn ich nicht sichtbar war? Du aber warst es alle Zeit für mich, und ich musste schmerzlich erkennen, dass du deinen Schwur gebrochen hattest."

Erneut vom Gefühl des Verrats gepeinigt, warf er den Deckel der Kühltruhe wieder zu.

Die Fahrten von Nienburg nach Bückeburg gingen ihm langsam auf die Nerven. Je nach Verkehrs- und Wetterlage brauchte er zwischen siebzig und neunzig Minuten, um an seinen Arbeitsplatz zu kommen. Das war kein Dauerzustand. Seit geraumer Zeit überlegte er schon, ob er umziehen sollte. Er musste jetzt endlich einen Entschluss fassen.

In Nienburg hatte er nur einen ältlichen Onkel. Den konnte er auch so gelegentlich einmal besuchen. Im Internet musste er allerdings entdecken, dass die Mieten in der ehemaligen Residenzstadt viel höher waren als an seinem jetzigen Wohnort. Entnervt schloss er die Internetseite mit den Immobilienangeboten und verschob seine Umzugsidee wieder einmal. Anfangs war er sich überhaupt nicht sicher gewesen, ob er hierbleiben wollte, aber mittlerweile waren ihm die Kollegen ans Herz gewachsen. Peter hatte ihn zwar anfangs ziemlich blöd behandelt, doch darüber konnte er heute nur noch schmunzeln und Wolf war ein richtig guter Chef. Ehrlich, rechtschaffen und absolut vertrauenswürdig.

Vielleicht war es eine gute Übergangslösung, wenn er sich zwischendurch ein Feldbett besorgte, das er aufstellen konnte, wenn es abends zu spät oder das Wetter zu schlecht geworden war. Duschen konnte er unten im Keller bei den Zellen. Das war zwar kein Wellnessbereich, aber als Notlösung durchaus akzeptabel. Er musste einfach immer eine Garnitur für den nächsten Tag in petto haben und ein Handtuch. Dann war er unabhängig. Die anfängliche Idee, auch in einer

Zelle zu schlafen, hatte er wieder verworfen. So weit wollte er es nun doch nicht kommen lassen.

Ein bisschen ärgerte er sich, dass er das Feldbett noch nicht hatte, denn er war am Abend mit Mimi von der SpuSi verabredet. Heimlich natürlich, denn er wollte nicht, dass seine Kollegen gleich etwas davon mitbekamen, dass er Interesse an der rassigen Frau hatte. Eigentlich waren Feldbetten in greifbarer Nähe. Die Kaserne lag gegenüber der Wache, aber er konnte wohl schlecht hingehen und fragen, ob man eins für ihn übrig hatte, oder ihm eins verkaufen wollte.

Sei's drum, dachte er, es würde sich bestimmt alles finden. In der letzten Nacht hatte er überhaupt nicht schlafen können. Das lag wohl an der Verabredung, die er vor sich hatte. Ja, er war aufgeregt, gestand er sich selbst ein, denn es war schon einige Zeit her, dass er mit einer Frau einen Abend geteilt hatte. Die senile Bettflucht konnte es jedenfalls noch nicht sein, die ihn so früh aus den behaglichen Federn getrieben und veranlasst hatte, seinen Wagen schon gegen sechs Uhr in Richtung Bückeburg zu lenken. Er saß also bereits eine ganze Zeit am Schreibtisch, als nach und nach Wolf und Peter eintrudelten.

„Hast du kein Zuhause?", fragte Peter und schlug ihm auf die Schulter. „Kaffee hast du auch schon gekocht, sauber." Er startete den Rechner und goss sich einen Becher ein.

Wolf nickte Detlef zu und sagte: „Vielleicht solltest du doch mal darüber nachdenken, deine Zelte hier aufzuschlagen."

„Genau das habe ich eben gemacht und dann recherchiert, dass die Mieten hier unglaublich hoch sind."

„Es wird sich trotzdem rechnen, wenn du die Spritkosten bedenkst", mischte sich Peter ein.

„Wenn es ein bisschen wärmer wird, komme ich mit dem Motorrad, denke ich, das spart wenigstens etwas. Außerdem habe ich mir überlegt, ein Feldbett anzuschaffen. Zur Not, meine ich, wenn es mal spät wird oder schneit oder so. Was haltet ihr davon?"

„Nix", sagte Peter, „da hängt man unten und oben drüber. Erinnere mich bloß nicht daran. Du kannst notfalls bei mir pennen. Sag ich jetzt mal so, ohne Nadja gefragt zu haben, aber sie hat bestimmt nichts dagegen."

„In Lady Gagas Korb ist auch immer ein Plätzchen frei, die schläft nämlich oben bei mir im Schlafzimmer", lachte Wolf, „wenigstens eine Frau, die ich dazu bewegen kann. Die Kater machen dir bestimmt auf der Chaiselongue fünf Zentimeter Platz. Da hast du es dann auch noch schön warm."

„Ihr seid entzückend", sagte Detlef gerührt, „aber wenn ich doch mal verabredet bin oder so, dann kann ich schlecht des Nachts bei euch hereinmarschieren und eine Schlafstatt fordern."

„Nee, dann kannste auch bei der Schnecke pennen, Alter", gab Peter zurück und sah ihn forschend an. „Gibt es da irgendwas, was wir noch nicht wissen?"

Detlef winkte ab.

„Nun lass ihn doch", sagte Wolf, „und wenn, kriegst du es schon noch früh genug mit."

Das Telefon klingelte. Es war der diensthabende Beamte von unten.

„Hallo Wolf, Gero hier. Vor mir steht eine alte Dame mit einem Rollator und ein Herr von der Friedhofsverwaltung. Könnte einer von euch mal runterkommen?"

„Klar", sagte Wolf und legte auf, „einer von uns soll mal nach unten kommen. Da ist jemand von der Friedhofsverwaltung. Bestimmt wegen des Fundes von neulich."

„Mache ich", schlug Detlef vor, der froh war, der Situation entrinnen zu können, aber er machte sofort wieder kehrt, als er das Treppenhaus betrat. Ein übler Geruch schlug ihm entgegen. Nicht schon wieder er, dachte er. Wie blöd, dass er von sich aus aufgestanden war. Mit einem Schwung stieß er die Tür zum Büro wieder auf, als sei er auf der Flucht und spätestens jetzt war es für alle klar: Da stank etwas!

„Bitte, kann einer von euch gehen?", fragte Detlef mit gelbbleichem Gesicht, „mein Magen lässt das um diese Uhrzeit noch nicht zu. Ihr wisst, wie empfindlich ich bin und außerdem hatte ich neulich erst das Vergnügen, etwas nach Stadthagen zu bringen."

Peter zuckte mit den Schultern und wandte sich zur Tür. „Von mir aus", sagte er, „was haben die denn da unten? Bringen die uns von der Friedhofsverwaltung jetzt ihre Kunden direkt hier vorbei, oder was? Das tut doch nicht Not."

„Puh, der ist ja völlig schmerzfrei", stöhnte Detlef, „dass der das so abkann ..."

„Wer mit einer Rechtsmedizinerin liiert ist, den kann wohl nix so leicht schocken", gab Wolf zu bedenken. „Ich finde es auch nicht so lecker. Keine Sorge, da bist du nicht der Einzige."

Wieder klingelte das Telefon. Wolf verzog das Gesicht. Geros Apparat. Es war Peter.

„Kommt mal beide runter, ist wichtig", sagte er. „Gib mal dem Weichei was von der Mentholsalbe, die noch im Schrank steht."

Detlef blieb nichts anderes übrig. Neben dem dicken Streifen Mentholsalbe unter seiner Nase steckte er noch eine Gefriertüte ein, falls er sich übergeben musste. Wolf nahm ebenfalls etwas Salbe. Dann gingen sie nach unten. Peter hatte inzwischen dafür gesorgt, dass die Dame mit dem Rollator und der Friedhofsbeamte in ein Verhörzimmer gebracht wurden. Er selbst war mit dem, was der Korb des Rollators befördert hatte, nach draußen hinter das Polizeigebäude gegangen.

„Mannomann!", sagte Peter, „das ist krass. Da findet die alte Frau das hier auf dem Friedhof und denkt, dass es vergessen worden ist bei einer Beerdigung. Sagt der Friedhofsfritze."

Wolf und Detlef starrten auf die XXL-Gefriertüte, in der sich ein gebeugter, nicht mehr ganz frischer Arm und zwei Füße befanden. Alle fünfzehn Nägel waren lackiert, was das Ganze vollkommen absurd aussehen ließ. Detlef, der froh war, an der frischen Luft zu sein, musste nun doch das Beet aufsuchen und düngte die Frühlingsblumen. Seine Gesichtsfarbe hatte inzwischen einen grünlichen Ton angenommen.

„Das lassen wir abholen", bestimmte Wolf, „das bringt keiner von uns nach Stadthagen!"

Peter nickte und Detlef war zu nichts in der Lage.

„Die Frau hat die Tüte auf einem frischen Grab gefunden. Sie wollte wohl ein paar Blumen ‚abstauben' und auf die Ruhestätte ihres Mannes legen. Beim Stöbern mit einem Stock stieß sie an den Beutel, wurde neugierig und dachte, diese Leichenteile seien beim Begräbnis vergessen worden. Darum ist sie damit zum Kirchenbüro in die Stadt gegangen. Da ist die Friedhofsverwaltung", erzählte Peter. „Die sind dann sofort mit ihr zur Polizei."

„Gut", sagte Wolf, „Peter, du bleibst hier draußen, Detlef, du rufst in Stadthagen an. Sie sollen jemanden schicken, der das abholt und auch gleich die SpuSi verständigen. Ich spreche mit der alten Dame."

Völlig aufgelöst saß Lina Siebenhagen im Verhörzimmer. Man hatte sie dort untergebracht, weil der Geruch da nicht so störte. Er haftete ihrem Rollator noch an. Im Büro wollte man ihn ungern in der Nase haben. Der Friedhofsbeamte, der ja nicht weiter an dem Geschehen beteiligt war als dass er Frau Siebenhagen zur Wache gebracht hatte, war bereits wieder entlassen worden.

Die Seniorin bekam schwer Luft und hatte ein Taschentuch in der Hand.

„Geht es Ihnen nicht gut, Frau Siebenhagen?", fragte Wolf. „Möchten Sie vielleicht ein Glas Wasser?"

Sie schniefte und sagte leise: „Bin ich jetzt verhaftet?"

„Wie kommen Sie denn darauf?", wollte Wolf wissen. „Haben Sie den durchsichtigen Beutel denn zum Friedhof gebracht und dort hingelegt?"

„Nein, wie kommen Sie denn darauf", erwiderte Lina Siebenhagen mit zitternder Stimme, „er lag auf dem Grab unter den Kränzen."

„Kannten Sie den Frischverstorbenen?"

„Ja, das war Tilly. Tilly Schwarze, meine Nachbarin. Ich wollte ein Gebet für sie sprechen. Die arme Frau!"

„Und da haben Sie die Kränze neu geordnet?", wollte Wolf wissen und baute ihr damit eine Brücke. Sie hatte ihn aber scheinbar nicht verstanden.

„Die Blumen waren noch so schön", schwärmte sie, „und ich habe doch so wenig Geld. Ich wollte meinem Fritz welche aufs Grab legen. Tilly hätte bestimmt nichts dagegen gehabt. Muss ich jetzt ins Gefängnis, Herr Wachtmeister?"

Wolf schmunzelte innerlich, blieb aber ernst. „Sie haben die Blumen aber nicht genommen, oder doch?"

„Nein, Herr Wachtmeister, weil ich beim Stochern die Tüte gesehen und daran gezogen hatte. Es stank so schrecklich aus dem Grab. Ich bekam schon Angst, dass sie Tilly nicht richtig vergraben hatten. Den Geruch kenne ich noch aus dem Krieg. Das vergisst man nicht, wissen Sie."

„Aber es muss Ihnen doch komisch vorgekommen sein, dass diese Körperteile in einer Plastiktüte lagen?", hakte Wolf nach.

„Können Sie sich vorstellen, was für ein Riesenschreck das war, als ich Tillys lackierte Finger zwischen den Kränzen fand? Darüber habe ich in dem Moment doch gar nicht nachgedacht."

„Sind Sie denn sicher gewesen, dass es sich um die Hand Ihrer Nachbarin handelte? Ich meine, haben Sie sie erkannt?"

„Natürlich, Herr Wachtmeister, was denken Sie! Tilly hatte immer rote Fingernägel und so einen Ring."

„Fanden Sie es nicht merkwürdig, dass ein Arm und zwei Füße nicht mit im Sarg liegen sollten? Woran ist Ihre Nachbarin denn gestorben, und wie alt war sie?"

„Ach, Herr Wachtmeister, ein schrecklicher Verkehrsunfall! Er hat die junge Frau mitten aus dem Leben gerissen. Sie war erst siebenundvierzig. Ich dachte, der Bestatter hätte vielleicht vergessen ..."

Sie stockte, weil es ihr plötzlich selbst so unwahrscheinlich vorkam. „Oh Gott, wenn es nicht Tillys Hand war ..."

„Wir werden das herausfinden", sagte Wolf mit beruhigender Stimme, „darf ich fragen, wie alt Sie sind, Frau Siebenhagen?"

„Ich werde im Sommer achtundachtzig."

„Leben Sie noch allein?"

„Ja, mit meinem Sohn, aber der ist mir keine große Hilfe, er schläft bis mittags und geht abends in die Kneipe. Da, wo früher der alte Ostbahnhof war."

„Ach so, ins ‚Minchen'", sagte Wolf, „das kenne ich. Da geht er bestimmt zur Feierabendbierzeit hin. Wegen der Blumen machen Sie sich übrigens keine Sorgen. Ich hätte nur eine Bitte, dass Sie uns genau zeigen, wo Sie den Beutel gefunden haben. Wäre das möglich? Wir würden Sie zum Friedhof fahren und dann auch wieder nach Hause bringen."

Lina Siebenhagen fiel ein Stein von der Seele. „Danke, Herr Wachtmeister, die Stelle zeige ich Ihnen gerne. Haben Sie jetzt vielleicht doch einen Schluck Wasser für mich? Die Aufregung ..."

„Selbstverständlich! Kommen Sie mit nach vorne. Ich gebe Ihnen ein Glas."

Detlef, der inzwischen Rechtsmedizin und SpuSi verständigt hatte, kam wieder dazu, als Lina Siebenhagen ausgetrunken hatte. Der Geruch war jetzt erträglicher.

„Die SpuSi ist unterwegs. Sie schicken auch einen, der die Tüte abholt", sagte er.

„Gut, dann sollten wir uns die Fundstelle mal ansehen. Frau Siebenhagen wird uns begleiten und genau erklären, wie alles gewesen ist", erklärte Wolf und nahm die Autoschlüssel aus der Hosentasche.

Peter stand noch immer draußen und hielt Abstand von dem nasenverstörenden Beutel.

„Es kommt gleich jemand, Peter, dann bist du erlöst. Hältst du hier die Stellung, bis wir wieder da sind?", bat Wolf.

„Klaro, wenn ihr mir auf dem Rückweg ein paar Buletten aus der ‚Quickteria' mitbringt."

„Wir holen nachher was", versprach Wolf, „ich lade euch ein. Wird bestimmt später heute."

Detlef sah seine Verabredung mit Mimi davongleiten wie ein Stück Treibgut auf einem reißenden Fluss. Es war ungerecht, aber immerhin würde er sie gleich auf dem Friedhof sehen, hoffte er. Nicht ganz der romantische Ort, trotzdem besser als gar nichts.

„Wie der jetzt ans Essen denken kann", dachte Detlef laut weiter, als sie im Wagen saßen. Es war nicht ganz einfach gewesen, die alte Dame samt Rollator zu verstauen. Letzterer war im Kofferraum gelandet, wo er nicht störte - weder platz- noch geruchstechnisch. Frau Siebenhagen war zwar ein Leichtgewicht von schätzungsweise höchstens vierzig Kilo, sie hatte sich aber trotzdem schwergetan, in den BMW einzusteigen und entschuldigte sich sogleich.

Es war nur ein kurzes Stück geradeaus, bis sie am Haupteingang des Friedhofes an der Scheier Straße ankamen. Die Seniorin hatte ihnen gesagt, dass dies der Zugang war, der dem besagten Grab am nächsten lag. Das war zwar ein Irrtum gewesen, aber vielleicht hatte sie die Beamten auch nicht richtig verstanden. Vom Hintereingang über das Höppenfeld wären sie schneller gewesen, und dort stand auch schon der Wagen der SpuSi, als sie endlich mit Lina Siebenhagen am Grab ankamen.

Die alte Dame war am Ende ihrer Kräfte. Wolf ließ sich erklären, was sich zugetragen hatte und wo genau der Beutel zu finden gewesen war. Dann sorgte er dafür, dass sie nach Hause gebracht wurde und schärfte dem Beamten ein, dass er sich vergewissern sollte, dass sie sich sofort hinlegte. Dann ging er zu den anderen zurück.

„Mit den Leichenteilen von neulich kann der Fund hier kaum identisch sein", sagte Wolf zu Detlef, der irgendwie abgelenkt schien.

„Äh", antwortete er und ließ die Worte durch die Ohren in sein Gehirn sacken, „stimmt, drei Hände hat wohl keiner."

„Also fehlen uns zwei tote Frauen", kombinierte Wolf weiter.

„Vielleicht werden sie vergraben oder in Beton gegossen und damit man weiß, dass sie nicht mehr leben, lässt der Mörder Stücke von ihnen auftauchen, quasi als Todesversicherung", schlug Detlef vor.

„Schon möglich, aber wir wissen bei Nummer eins noch immer nicht, wer das sein könnte. Wenn Nummer zwei auch unbekannt bleibt, dann gute Nacht!"

„Es können doch nicht ständig Frauen verschwinden, die niemand vermisst", wandte Detlef ein.

„Sollte man meinen, aber die Gesellschaft wird immer anonymer, wer weiß ... Denkst du, einer geht zur Polizei, weil du drei Tage nicht in Nienburg auftauchst?"

„Bestimmt nicht, da weiß sowieso keiner, wie ich Dienst habe."

Wolf nickte. „Siehste! Lass uns mal kurz mit der SpuSi sprechen."

Während sich Wolf mit Seppi von der Lancken unterhielt, nutzte Detlef die Gelegenheit, Mimi zu fragen. „Es bleibt doch bei heute Abend, auch wenn es etwas später wird, oder?"

„Ja sicher", sagte sie und lächelte ihn an. So zahm kannte man sie sonst nicht. „Du hast doch meine Nummer, funk mich einfach an!" Er liebte es, wie sich ihre wirren Haare auf dem Kopf ringelten. Wenn er gekonnt hätte, hätte er gern eine Locke genommen und um seinen Finger gedreht. Doch das musste warten. Er hoffte, dass er es eines Tages in die Tat umsetzen konnte.

„Ich freue mich schon", sagte er und winkte ihr beim Fortgehen zu.

Als er bei Wolf ankam, verabschiedete sich dieser gerade von Seppi. Sie konnten aufbrechen.

Es war für Hetzer immer noch ein schwerer Gang, wenn er auf den Friedhof musste, vor allem, wenn er begann nachzudenken. Das blieb ihm unter anderem deswegen nicht erspart, weil er unweigerlich an ihrem Grab vorbeikommen würde. Nur mit einem Schlenker, den er hätte begründen müssen, konnte er der letzten Ruhestätte seiner Verlobten entkommen. Er schämte sich für dieses Empfinden. Nach ihrem Tod war er nur noch ein, zwei Mal dort gewesen, dann war ein Moment gekommen, da hatte er es nicht mehr ertragen. Auslöser war der Grabstein gewesen. Die aufgehäufte Erde hätte alles sein können, ein Beet, irgendjemandes Grab, aber die Schrift auf dem Findling war so endgültig, dass er komplett die Fassung verlor, als er zum ersten Mal auf die Buchstaben starrte. Auch jetzt versetzte es ihm wieder einen Stich, der bis ganz tief in seine Seele ging, als er sah, wie der Grünspan sich der rauen Oberfläche angenommen hatte und dem Sandstein Patina verlieh. Sie hatte den Obernkirchener Sandstein geliebt und sich eine Gartenmauer aus Bruchsteinen gewünscht. Dazu war es nicht mehr gekommen. Es berührte ihn auch, dass jemand das Grab so liebevoll pflegte. Hornveilchen und Osterglocken wollten den Anschein erwecken, als handele es sich hier um ein traumhaftes Frühlingsbeet. Charlottes Eltern hatte er seitdem gemieden. Er fühlte sich immer noch schuldig. Sie hatten es einige Zeit lang probiert, wieder Kontakt mit ihm aufzunehmen und dann irgendwann aufgegeben.

Liegst du da wirklich in der kalten Erde, fragte er Charlotte in Gedanken, oder haben sie dich ausgetauscht? Und wenn ja, wo bist du? Wie konntest du mich allein lassen, falls du noch lebst? Seitdem du fort bist, kann ich nicht mehr lieben. Niemanden mehr so wie dich. Vertrauensvoll und bedingungslos. Ich bin ein Liebeskrüppel geworden. Weißt du noch, wie ich dir unendliche Liebe versprochen habe? Dieses

Versprechen habe ich gehalten, weil du zwar starbst, aber unser Einssein bestand doch fort. Du hast mich ja nicht verlassen. Nicht mit der Seele, nur mit dem Körper. Oder doch andersherum? Ohne, dass ich es ahnte? Und jetzt stehe ich hier und weiß nicht, ob das da unten Haut und Knochen von dir sind. Ich stehe hier und zweifle, denn wenn es nicht du bist, die dort liegt, dann hast du den schlimmsten Verrat begangen.

Detlef, der die ganze Zeit dezent an der Seite gewartet hatte, begriff plötzlich, wer da vor ihm lag und stupste Wolf zart von der Seite an. Er hatte bemerkt, wie die Stürme in seinem Kollegen tobten, und da er von Peter um die Zweifel wusste, die ihn quälten, hielt er es für besser, Wolf von diesem Ort wegzulotsen.

„Sollten wir nicht ...?“, begann er.

„Ja, du hast recht, entschuldige bitte. Ich war seit langer Zeit nicht hier.“

„Soll ich vorfahren und du kommst zu Fuß nach?“, fragte Detlef.

„Auf keinen Fall“, sagte Wolf. Er war froh, nicht allein zu sein. „Wir halten bei der ‚Quickteria‘. Da lässt du mich aussteigen und ich besorge uns was zum Essen. Was willst du denn?“

„Ach, ich nehme Currywurst/Pommes und ein bisschen Mayo. Soll ich Peter anrufen, oder weißt du, was er nimmt?“

„Von allem etwas, nur ohne Salat“, antwortete Wolf, der seine Fassung wiedergefunden hatte, als sie das Friedhofstor passierten.

„Na, dann mal ran an das Hüftgold!“, sagte Detlef und stieg ein.

Als Bauer Schmöe am selben Tag seine Landfläche im Scheier Bruch nach langer Brache zum ersten Mal wieder pflügte, traute er seinen Augen nicht. Da hatte doch jemand mitten auf seinem Acker eine Schaufel stecken lassen. Die war doch letzte Woche noch nicht dagewesen. Wer grub da auf seinem Grund? Als er näher kam, sah er ein paar Schuhe, deren Spitzen aus der Erde ragten. Hatte etwa ein Volltrottel seinen Müll hier vergraben? Er versuchte, den Schuh herauszuziehen und musste dann aber erstaunt feststellen, dass ein Fuß darin steckte. Das war der Augenblick, in dem er sich entschied, die Polizei anzurufen und seinen Trecker auszustellen. Der Tag war gelaufen, fürchtete er.

Das war er auch für die drei Kommissare in der Ulmenallee, die eben ihre Burger, Pommes frites und Frikadellen aufgegessen hatten und wohlig gesättigt in ihren Stühlen hockten.

„Jetzt bin ich aber doch müde", sagte Detlef und gähnte, „der fehlende Schlaf macht sich bemerkbar."

„Nee, das ist die Fressnarkose", lachte Peter, „die hab' ich auch immer, wenn ich satt bin."

„So viel habe ich doch gar nicht gegessen", antwortete Detlef und verschluckte ein „wie du!".

Als das Telefon klingelte, nahm ein ebenfalls leicht schläfriger Wolf den Hörer ab und hoffte auf erste Erkenntnisse von Nadja. Er hatte vergessen, aufs Display zu schauen.

Aber es war Gero, der ihm mitteilte, dass er einen aufgeregten Landwirt in der Leitung hätte, der irgendwas von Schuhen faselte, die zu einem Toten gehören sollten.

Wolf übernahm. „Hetzer."

„Jau, hier is Schmöe. Schmöe aus Scheie. Da deit 'n Doter in mein Acker liegen. Ich kann nich weitermachen. Könnt ihr den da wechholen?"

Wolf setzte sich auf und stellte auf laut.

„Jetzt mal langsam. Sie sind Landwirt?"

„Watt sonst? Oder wer ackert sonst auf'm Acker?"

„Sie wohnen also in Scheie?"

„Sachte ich doch."

„Und auf Ihrem Feld haben Sie eine Leiche gefunden? Wo genau ist die Landfläche?"

„Also ich denk' mal, dass es 'ne Leiche is, jedenfalls stecken die Füße mit'n Schuh'n inner Erde. Es kieken nur die Spitzen raus. Soll ich den erst mal selber ausbuddeln oder was?"

„Nein, um Himmels willen! Bloß nicht! Wie haben Sie ihn gefunden?"

„Da steckte ein Spaten mitten in mein Acker drinne. Und da bin ich dann erst mal hin. Ich kann ja schlecht mit'm Pflug drüberfahren."

„Schon klar", sagte Wolf in die Muschel.

„Jo, und da seh' ich dann, dass neben dem Spaten zwei Schuhspitzen außer Erde spicken und denk', da hat jemand sein' Müll entsorgt. Ich zieh also an dem Schuh und nix geht. Der steckt fest, weil ein Fuß drinne is. Jo, und so mit'n Kopf inner Erde glaub' ich nich, dass die noch lebt."

„Die? Wieso denken Sie , dass es eine Frau ist?"

„Dat sind Frauenslüt-Schuhe, oder aber da leiht ein Kleiner, der annersrum is und Weibersachen anziehen tut." Heinrich Schmöe konnte sich das Lachen kaum verkneifen. „Also, watt is nu? Holt ihr sie oder zieh ich sie selber raus?“

„Bitte nichts anfassen!“, bat Hetzer mit eindringlichem Ton, „wir kommen gleich. Wo finden wir den Acker?“

„Na, dann kommt mal just innen Bohnenkamp. Da seh ich euch dann schon und winke.“

„Alles klar, Scheie, Am Bohnenkamp. Sie fassen bitte nichts an und bleiben noch kurz in der Leitung, damit der Kollege die ganzen Personalien schon aufnehmen kann.“

„Jau, bis gleich dann“, sagte Heini Schmöe, bevor aus dem Hörer Musik ertönte. Während der Landwirt in der Leitung wartete, bat Wolf Gero darum, sofort die KTU und die Rechtsmedizin anzufordern.

Detlef und Peter erhoben sich mühsam von ihren Stühlen. Dem Telefonat war nichts hinzuzufügen. Sie mussten raus. Wohliger Pommesduft lag noch in der Luft, jetzt war es aber eher lästig, einen Magen zu haben, in dem gerade die fetten Speisen verdaut wurden. Das machte träge.

Als die Kommissare nach draußen kamen, mussten sie feststellen, dass außerdem feiner Nieselregen eingesetzt hatte. Echtes Schietwetter.

„Na, das wird ja jetzt schön auf dem lehmigen Acker“, sagte Detlef und wünschte sich Gummistiefel.

„Ich hab’ immer die ollen Garten-Gummischuhe dabei, aber ich glaube, die helfen jetzt auch nicht weiter, wenn wir über’s frisch gepflügte Feld müssen“, wandte Wolf ein.

„In meiner Größe gibt es weder das eine noch das andere“, brummte Peter, „also stellt euch nicht so an!“

Schweigend fuhren sie am Scheier Friedhof vorbei. Nachdem sie die Bahnbrücke überquert und die Zufahrt zur B 65 hinter sich gelassen hatten, bog Wolf links in die Straße „Im Rumor" ein.

„So ein bekloppter Straßenname", sagte Peter, der irgendwie genervt schien. Vielleicht bekam er deshalb keine Antwort.

Über die Retholzstraße kamen sie schließlich in den Bohnenkamp. Dort endete der Asphalt. Nur eine Schotterstraße führte weiter ins Feld. Wolf fuhr im Schritttempo in Richtung Norden, und da sahen sie auch schon den Trecker auf dem Acker stehen. Heini stand daneben und winkte den Kommissaren durch den Nieselschleier zu. Es war ein Stück zu laufen. Glücklicherweise konnten sie den Teil des Feldes überqueren, der noch mit Pflanzen bewachsen war, aber auch das war schon ärgerlich, weil die Feuchtigkeit auf den Blättern dafür sorgte, dass die Hosenbeine nass wurden. Erst kurz vor der Fundstelle mussten sie die frisch aufgeworfene Erde umrunden. Hier hatte Heini aufgehört. Der Spaten, den jemand wie ein Ausrufungszeichen im Feld hatte stehen lassen, schien noch unberührt zu sein.

„Hallo Herr Schmöe", sagte Wolf, „der Spaten steckt noch so, wie Sie ihn vorfanden?"

Heini nickte. „Gutes Stück, scheint noch neu zu sein. Ich nehm' ihn gerne."

„Später vielleicht", zerschlug Wolf seine Hoffnungen, „jetzt ist er erst mal ein Beweisstück." Er fotografierte den Spaten aus mehreren Richtungen mit dem Smartphone und auch die Schuhspitzen, die nicht zu übersehen waren. Royalblau ragten sie aus der Erde und wirkten im Grün der Pflanzen wie zwei Blüten, die dort nicht hingehörten. Oben am Feldrand hielten mehrere Fahrzeuge.

„Donnerschlag", sagte Peter leise zu Detlef, „die sind aber schnell. Waren die gar nicht wieder nach Stadthagen gefahren?"

„Vielleicht haben sie auch hier irgendwo was gegessen", überlegte Detlef.

Wolf bat Heini Schmöe, seinen Trecker vom Acker zu fahren. Der war davon nicht sonderlich begeistert.

„Ich muss das Wetter ausnutzen, ich kann jetzt nich inner Stube hocken", sagte er und verschränkte die Arme vor der Brust. „Kann ich wenigstens aufs Nachbarfeld? Da is ein Graben zwischen."

„Ja sicher", antwortete Wolf, „wenn Sie für uns erreichbar bleiben. Hören Sie Ihr Handy trotz des Lärms?"

„Ich fühl es in meiner Hemdtasche zappeln", grinste Schmöe und klopfte sich auf die Brust.

Wolf nickte. Er hatte sich die Nummer vorsichtshalber schon im Büro aufgeschrieben, falls es schwierig gewesen wäre, den Landwirt auf seinem Feld zu finden.

„Dann will ich mal", sagte er nach kurzem Zögern, stieg auf seinen Trecker, um die Höllenmaschine zu starten und tuckerte in westlicher Richtung davon. KTU und Spurensicherung waren jetzt fast am Fundort.

„Dazu hätte ich auch keinen Bock", erklärte Peter, „immer mit dem Ding rumzukurven."

„Du wärst aber dein eigener Herr und könntest entscheiden, wann du es tust. Das können wir nicht. Unsere Täter bestimmen das Wo und Wann unserer Arbeit. Egal, ob du was vorhast, oder ob Wochenende ist ..." Detlef seufzte, als Mimi ihm mit traurigem Blick entgegenkam.

„Wird wohl doch nix heute“, flüsterte ihm der Lockenschopf im Vorbeigehen zu und bedachte Wolf mit einem bösen Blick, als ob er etwas dafürkonnte.

„Was ist mit der denn los?“, wollte Peter wissen. „Mit dir tuschelt sie und ihn wollen ihre Augen töten. Läuft da was zwischen euch?“

Wolf stand etwas abseits und machte sich Notizen. Er hatte nichts mitbekommen.

„Hallo Mimi“, sagte er, „ich bin gespannt, was ihr hier freilegt.“

„Wie's aussieht, wird es wohl 'ne Leiche sein und kein Gold“, erwiderte sie schnippisch.

Er überhörte ihre Stichelei und begrüßte Seppi, der schon mit seinem Koffer neben den Schuhspitzen kniete.

„Mit Fußspuren werden wir hier nicht viel Glück haben“, sagte er. Peter und Detlef waren näher gekommen. „Die Vegetation ist zu dicht, da wäre ein frisch gepflügtes Feld besser gewesen. Und hier direkt an der aufgeworfenen Erde haben wir zwar zwei Abdrücke. Die sehen aber so aus, als habe sich jemand etwas über die Schuhe gezogen.“

„Solche Folienüberzieher wie im OP oder bei der Rechtsmedizin? Die habt ihr doch auch“, überlegte Peter.

„Könnte sein“, sagte Seppi und nahm etwas Erde in die Hand. „Ich glaube, dass sie noch nicht lange hier liegt. Legt sie mal frei. Bitte großräumig ausgraben!“, bat er seine Kollegen von der SpuSi und erhob sich.

„Wir bleiben noch“, sagte Wolf, „ich will sehen, womit wir es hier zu tun haben und vor allem, ob sie noch alle Körperteile hat.“

„Füße hat sie jedenfalls“, wandte Seppi ein, „damit kann sie nicht zu den Leichenteilen von heute Morgen gehören.“

„Wir suchen noch eine Dame ohne Hände und Augen“, warf Detlef ein.

„Ach, das war in der anderen Tüte“, sagte der SpuSi-Experte.

„Zu erkennen war es jedenfalls nicht mehr“, fügte Peter an.

„Na, die hier ist auch frischer, denke ich.“ Seppi zeigte auf den Boden, der gerade etwas Grausiges zutage förderte.

„Eine Hand hat sie schon mal, wenn auch verkohlt“, erklärte Mimi und fegte mit einem Besen die Erde vom Körperteil.

Hetzer wurde ganz anders. Sofort erschienen ihm wieder die Bilder, die er nicht mehr sehen wollte. Nirgendwo! Aber er riss sich zusammen.

„Da stimmt was nicht“, rief Detlef. „So wie die Schuhe aus der Erde ragen, hat sie vorne zu viele Haare im Gesicht. Oh, nein!“, rief er, als ihm die Erkenntnis kam.

Auch die anderen hatten bemerkt, dass die Körperstellung nicht passte.

Die Frau lag auf dem Rücken, bis auf den Kopf zumindest. Den hatte ihr jemand um einhundertachtzig Grad herumgedreht, sodass die Nase zum Erdinneren zeigte.

„Echt ekeliger Anblick“, sagte Peter und fasste sich in den Nacken, der ihm spontan wehtat. Detlef trat drei Schritte zurück.

Inzwischen kam Nadja über den Acker auf sie zu.

„Oh“, entfuhr es ihr mit Blick auf die inzwischen weitgehend freigelegte Tote, „na, da habt ihr mir ja was Interessantes ausgegraben.“ Sie kniete nieder.

„Hallo Nadja“, sagte Wolf und atmete tief durch. Aber sie war schon mit der Leiche beschäftigt.

„Also über die Totenstarre ist sie schon hinaus", erklärte sie, „ansonsten sieht sie noch ganz gut aus. Bis auf die Hand natürlich. Die weist Verbrennung bis zum dritten Grad auf. Das ist schon heftig. Es ist fraglich, ob sie zu diesem Zeitpunkt schon tot war."

„Du meinst, jemand könnte ihr die Hand bei lebendigem Leib verbrannt haben?", fragte Detlef und schluckte.

„Möglich, das kann ich erst nach der Sektion sagen. Auch, ob ihr der Kopf vor oder nach ihrem Ableben umgedreht wurde, oder ob das ursächlich für ihr Hinscheiden war. Aber die Körpertemperatur würde ich gerne messen. Könnt ihr sie mal auf den Bauch legen?", bat Nadja.

Detlef war noch ein Stück zurückgetreten und verfolgte das Schauspiel lieber mit gebührendem Abstand.

„Die Wirbel müssen sich verkantet haben", erklärte die Rechtsmedizinerin, als der Kopf weiterhin rückenwärts fixiert blieb. „Ah, interessant, schaut euch mal die Wangen an!"

„Hmm, so komisch weißlich an einigen Flächen", stellte Peter fest.

„Und teilweise aufgeplatztes Gewebe", fügte Wolf hinzu, „was hat es damit auf sich?"

„Gefrierbrand!", sagte Nadja. „Das macht die Feststellung des Todeszeitpunktes nahezu unmöglich oder so vage, dass ihr damit nichts anfangen könnt. Aber immerhin gibt es damit eine kleine Gemeinsamkeit zu den Händen aus der Tüte. Die mit dem Ring meine ich. Zu eurem anderen Fund kann ich noch nichts sagen. Ihr lasst mir ja kaum Zeit zum Luftholen."

„Wenn sie gefroren war, kannst du dir das Temperaturmessen auch sparen", schlug Wolf vor.

„Keineswegs“, antwortete Nadja, „denn wenn sie noch deutlich im Minusbereich war, als sie vergraben wurde, könnte sie eine geringere Gradzahl aufweisen als die Umgebung.“

„Warum sollte er sie erst auftauen und dann einbuddeln?“, überlegte Peter laut.

„Weil sie dann vielleicht geschmeidiger zu transportieren ist und nicht nur wie ein Brett“, sagte Detlef und kam wieder näher. Er hatte sich langsam an die Situation gewöhnt. Selbst der Anblick des unnatürlich verrenkten Kopfes bereitete ihm nur noch Unbehagen, aber sein Magen blieb ruhig. In Nienburg war einfach nicht so viel passiert wie hier im Schaumburger Land.

„Da ist was dran“, murmelte Wolf und war gespannt, was Nadjas Thermometer sagte.

„Wenn er sie erst auftauen lässt, hat er aber andere Probleme mit Absonderungen und so. Wie warm oder besser gesagt kühl ist es denn heute?“, wollte Nadja wissen.

Peter zückte sein Smartphone und sagte: „Dreizehn Grad!“

„Und im Boden, Mimi?“, fragte die Rechtsmedizinerin.

„Moment“, bat die Beamtin der Spurensicherung und steckte den Fühler so weit sie konnte in die Erde, „da haben wir aktuell neun Grad.“

„So, seht ihr, und ich messe nur fünf Grad rektal. Sie ist also noch immer kälter als die Umgebung, was eindeutig dafür spricht, dass sie – wie auch immer – gekühlt worden ist. Die Totenflecken sind großflächig an den rückwärtigen Aufliegeflächen verteilt. Und auch im Gesicht. Das können wir immerhin noch sagen. So war sie auch gelagert worden, nachdem sie gestorben war.“

„Kannst du uns sonst noch was sagen?", fragte Wolf.

„Nicht viel. Das Alter schätze ich so um die dreißig, braune Haare, das seht ihr ja. Gepflegt, was so auf den ersten Blick auffällt. Das mit der verbrannten Hand ist irgendwie mysteriös. Vielleicht ist es auch zu einem häuslichen Unfall gekommen. Da müsst ihr mir jetzt mal ein bisschen Zeit lassen, das herauszufinden."

„Kein Problem", sagte Wolf.

„Doch, das ist immer eins", schmunzelte Nadja, „denn ihr wollt grundsätzlich lieber schon gestern wissen, wer morgen wie und warum gestorben ist. Also, packt sie mir ein. Was hat Priorität? Die Füße samt Arm oder die Tote?"

Wolf zuckte mit den Schultern. „Wir haben jetzt ja wohl drei Fälle, weil alles nicht zusammenpasst. Obwohl ich irgendwie das Gefühl habe, dass wir es mit demselben Täter zu tun haben. Ist doch merkwürdig. Es handelt sich immer um Körperteile. Insgesamt sind es fünf Hände, eine verkohlt. Wir wissen nicht, wer davon zuerst gestorben ist. Ich meine, aufgrund des Einfrierens ist eine Reihenfolge schwer festzulegen, oder?"

„Stimmt!", sagte Nadja.

„Möglicherweise war das hier die Erste, falls er erst danach begonnen hat, die Extremitäten abzutrennen", überlegte Wolf laut.

„Du sprichst von einer möglichen Steigerung und damit Eskalation des Tötens oder Verstümmelns?", fragte Peter.

„Genau, ich suche das Ei und nicht die Henne, also den Ursprung der Taten", bestätigte Wolf.

„All diese Frauen, drei inzwischen, die muss doch jemand vermissen", warf Detlef ein, „ich kann mir nicht vorstellen, dass die einfach so verschwinden können und niemand merkt was!“

„Ja, klingt logisch“, bestätigte Peter, „vielleicht sollten wir mal weiter zurückgehen bei unserer Suche nach vermissten Frauen.“

„Wieso?“, fragte Wolf ärgerlich. „Habt ihr etwa eine zeitliche Begrenzung angegeben?“

„Nun guck mal nicht so schräg“, brummte Peter, „die verwesten Knöchelchen mit dem Ring ließen nicht vermuten, dass da jemand seit Jahren tot ist. Wir werden die Suche jetzt ausweiten, keine Sorge. Ist auch keine Gefahr im Verzug. Die Angehörigen werden schon noch früh genug erfahren, dass ihre Verwandte doch einem Mörder zum Opfer gefallen ist.“

Nadja legte den Kopf schief. Ihr kreuz- und querstehendes Flachshaar nahm eine andere Form der Unordnung an. Sie konnte nicht glauben, was sie da gerade gehört hatte und nahm sich vor, Peter später ins Gewissen zu reden.

„Gut, dass ich weiß, dass du das nicht so locker nimmst, wie du jetzt tust“, sagte Wolf und knuffte Peter in die Seite. Dabei zwinkerte er Nadja zu, denn er hatte bemerkt, dass sie seiner Meinung war.

„Wir hätten vielleicht gleich ...“, fing Detlef an, „aber es sah wirklich so aus, als könne die Tat erst ein paar Wochen her sein.“

„Ist leider nicht mehr zu ändern!“ Wolf sah die beiden an. „Aber ich glaube, es wäre ganz gut, wenn ihr das jetzt schleunigst nachholt. Fahrt schon vor, ich lasse mich von irgendwem mitnehmen. Das hat absolute Priorität! Ruft mich sofort an, wenn ihr etwas rausfindet!“

„Schon okay“, sagte Peter etwas kleinlaut, „wir informieren dich umgehend.“

„Ich bin hier so weit fertig und kann die beiden mit in die Ulmenallee nehmen, dann bist du unabhängig, Wolf“, schlug Nadja vor.

„Gut, so machen wir das!“ Wolf fand, dass das die beste Lösung war und sah den zweien nach, wie sie in Begleitung der Rechtsmedizinerin davongingen.

Diese Trottel, dachte er bei sich, oder war es nur Faulheit, oder Gedankenlosigkeit? Egal was, sie mussten jetzt das Beste daraus machen, und er hatte das Gefühl, dass es den beiden sehr unangenehm war. Das würde hoffentlich dafür sorgen, dass so etwas nicht wieder passierte.

Sie war halb im Delirium, halb schlief sie. Zwischendurch ein Kichern, das später in ein abwesendes Grinsen überging. Er hatte Zeit. Sie würde noch lange in diesem Zustand bleiben und sich hinterher an nichts erinnern.

Nackt lag sie vor ihm, ein Bein leicht angewinkelt. Erst einmal wollte er ihren Anblick genießen, den sie so lange vor ihm hatte verbergen wollen und auf den er nur durch die Webcam gelegentlich einen Blick hatte erhaschen können. Das war anregend gewesen, aber kein Vergleich zu dem Bild, das er jetzt in 3-D vor Augen hatte mit dem zusätzlichen Genuss ihres Duftes und, was noch viel besser war, gleich würde er sie berühren. Langsam und ohne jeglichen Widerstand würde er sie zu seiner Frau machen. Diese Willenlosigkeit erregte ihn in besonderem Maß. Er spürte bereits, wie die Lust ihn ergriff, aber er wollte sich Zeit lassen. So, wie wenn man bei einem Butterbrot erst die Rinde aß, damit einem die köstliche Mitte bis zum Schluss blieb.

Fast zaghaft berührte er ihre Warzen, die von der kühlen Luft schon ganz üppig geworden waren und sich ihm entgegenschmiegten. Er sog die Luft ein. Nur nicht so schnell ... Um ihren Bauchnabel beschrieb er Kreise, fuhr anschließend mit dem Finger weiter nach unten und spreizte dann das zweite Bein noch etwas ab, damit er genauer sehen und riechen konnte, was sich zwischen den beiden verbarg. Sie war rasiert. Das war neu für ihn. Er nahm sich vor, dies ab jetzt für sie zu tun, denn er fand den Blick auf ihre Lippen schön und wollte bald herausfinden, wie sie sich küssen ließen.

Langsam, sagte er zu sich, als er sich endlich auszog, um nackt wie sie zu sein, damit er seinen Körper ganz nah an ihren legen konnte. Doch sein Mund gehorchte ihm genauso wenig wie seine Hände. Sie wollten berühren. Wollten ergreifen. Der Turm zwischen seinen Beinen hatte sich ganz aufgerichtet. Diesen Zustand wenigstens wollte er genießen und dessen Entladung möglichst lange hinauszögern.

Er musste sich ablenken von ihren Höhlengängen. Sanft nahm er ihre Knospen zwischen seine Lippen und saugte.

Wieder und wieder. Er leckte den Hof ihrer Warzen mit seiner Zunge nass und sah, wie ihr lächelndes Gesicht einen wohligen Ausdruck annahm. Sie schien es zu genießen. Das war ein guter Anfang.

Ihr Kopf interessierte ihn sonst nicht. Er war derzeit unbrauchbar. Weder konnte sie gezielt reagieren noch ihn in sich aufnehmen oder an ihm saugen. Das würden sie später nachholen. Außerdem war da noch der leicht säuerliche Geruch ihres Erbrochenen, wenn er ihm zu nahe kam, obwohl er ihr Gesicht gewaschen hatte.

Sein elfter Finger drängte immer mehr. Seine eigene Lust saß ihm im Nacken, doch noch bezwang er sie. Noch! Er atmete tief durch. All die anderen sollten zuerst über die Klaviatur ihres Körpers gleiten, auf ihr und in ihr furiose Sechzehntel spielen und so die Musik in ihm zu einem irren Crescendo werden lassen.

Ja, er war wahnsinnig. Wahnsinnig geil. Seine Hände ergründeten sie auf jegliche Art und Weise. Mit ihnen und seinen zehn Helfershelfern nahm er immer mehr Besitz von ihren Körperöffnungen, die er sich geschmeidig gemacht hatte. Es hatten so viele darin Platz. Die Bilder, die er schuf, betörten seine Sinne. Er stöhnte. Sie war so entspannt, so offen und so willig, dass sie alles zuließ und er in einen Rausch geriet. Wie von Sinnen drang er schließlich in sie ein und hätte das anale Finale beinahe vergeigt, weil er sich schon fast in ihren weiblichen Untiefen verloren hatte. Gerade noch rechtzeitig tauchte er ein in die einzigartig wohlige Enge, bevor er die Kuppel sprengte und sich in ihr hingab.

Nach dem Akt ließ er sich neben sie fallen und lauschte in die Stille. Die Stille nach dem Sturm der Sinne war die köstlichste. Sie war rein und vollkommen und ließ dem Denken keinen Raum. Sie senkte sich in ihn und wurde tiefe innere Ruhe, bevor sie aus all seinen Poren ins Universum stieg und ihn selig zurückließ. Eine ganze Weile lag er so da. Erfüllt und gesättigt, zufrieden und befreit durch das, was er aus sich hinausgeschleudert hatte.

Nur langsam kehrten die Geräusche und Gedanken zurück. Sie atmete in tiefer Bewusstlosigkeit. Er stellte sich vor, wie es einmal sein würde, wenn sie diese Lust gemeinsam genießen könnten. Doch noch war es zu früh.

Er lächelte, weil er genau in diesem Moment an Antoine de Saint-Exupéry denken musste. Ja, er musste sie zähmen, sie an sich gewöhnen. Dann würde sie zwar nicht die Farbe des Weizens gewinnen, aber den Duft des Gehorsams. Und der war so köstlich wie der wohldosierte Schmerz, der das Erleben im Orgasmus so einzigartig machte.

Er setzte sich auf und betrachtete sie. Seine Rose. Genau wie der kleine Prinz würde er sie hegen und pflegen. Sein Schutz und seine Kontrolle waren wie ein Wandschirm. Er sollte den Gegenwind der Welt dort draußen abwehren. Nur ihre Dornen, die waren gänzlich überflüssig und mussten entfernt werden. Er würde sie abknipsen, wenn die Zeit gekommen war.

Im Bad ließ er Wasser ein. Dort roch es noch leicht säuerlich. Ein, zwei Spritzer aus ihrem Parfümflakon schufen Abhilfe. Später breitete sich der Duft des Badeschaums im Raum aus und vertrieb den letzten Hauch des Erbrochenen. Vorsichtig fühlte er mit seiner Hand, ob das Badewasser nicht zu heiß war. Dann holte er sie. Auf seinem Arm war sie schwerer als er gedacht hatte, obwohl sie schätzungsweise nur knapp über fünfzig Kilo wog. Das lag an dem schwachen Muskeltonus. Als er sie hineingleiten ließ, öffnete sie kurz die Augen und verdrehte sie im nächsten Moment wieder. Das war gut, denn sie sollte erst aufwachen, wenn er mit ihr fertig war und sie wieder angekleidet im Bett lag. Dann würde sie keinen Verdacht schöpfen. Er war ihr Samariter, ihr Retter in der Not, ihr Beistand. Eine absolut vertrauenswürdige Person wollte er für sie sein und so nach und nach Besitz von ihr ergreifen. Wenn sie es bemerken würde, wäre es auf jeden Fall zu spät. Und dann würde sie ihn entweder lieben und ganz ihm gehören, oder den Weg all der anderen gehen, die ihn betrogen hatten.

Sie stöhnte leise und ließ sich noch tiefer in seinen Arm sinken. Er musste aufpassen, dass sie ihm beim

Haarewaschen nicht wegrutschte. Es war nicht so einfach, sie zu halten und gleichzeitig einzuschamponieren. Sie glitschte leicht weg. Am Ende zog er einfach den Stöpsel heraus, brauste sie ab, nahm ein Handtuch und trug sie darin aufs Bett. Nachdem er sie trocken gerieben hatte, zog er sie wieder an. Auch das war schön. Es brachte ihm zwar nicht denselben Genuss, aber eine Befriedigung anderer Art, wenn er sie versorgen konnte. Nachdem er sie zugedeckt hatte, beschloss er, auch eine Weile zu schlafen. Er war müde. Der Sex und die Badeorgie hatten ihn gefordert und angestrengt. Damit er sie sehen konnte, ließ er die Schlafzimmertür offen stehen und legte sich aufs Sofa. So konnte es ihm nicht entgehen, wenn sie wach wurde.

Etwas kleinlaut hatten sich Peter und Detlef in die Ulmenallee fahren lassen und sich dann ohne viele Worte von Nadja verabschiedet. Der Blick, den sie Peter beim Abschied zuwarf, konnte er nicht einwandfrei deuten. Es war eine seltsame Mischung aus Tadel und Trost.

„Wie viele Jahre gehen wir zurück?", fragte Detlef.

„Ich denke, mehr als fünf geht ja nicht, aber die sollten wir durchgucken. Was meinst du?"

„Auf jeden Fall", gab Detlef zurück, „wahrscheinlich würden auch weniger reichen, aber wir sollten jetzt lieber auf Nummer sicher gehen. Eine Blamage reicht mir fürs Erste."

Peter nickte. „Du ViCLAS und ich VERMI/UTOD?"

„Ist gut, aber ich mache uns erst einen ordentlichen Kaffee. Wer weiß, wie lange wir hier heute noch sitzen."

Peter war dankbar. Sein Kollege konnte aus den Ressourcen immer noch das Beste machen, selbst aus dieser betagten Kaffeemaschine. Das Pulver hatte er gleich entsorgt und neues besorgt, das ein vernünftiges Aroma hatte. Ein Wasserfilter sorgte außerdem dafür, dass es sich entfalten konnte. Als beide eine dampfende Tasse vor sich stehen hatten, kehrte Stille ein. Sie wurde nur durch das gelegentliche Anschlagen der Computertasten unterbrochen.

Vollständige Tote kamen für Peter nicht infrage. Die vermissten Frauen filterte er in zwei Gruppen. Die erste umfasste die jüngeren im Alter zwischen siebzehn und fünfunddreißig, die zweite diejenigen zwischen sechsunddreißig und fünfzig. Es waren insgesamt einundzwanzig, davon neun in der näheren Umgebung. Detlef hatte nicht so viel Glück. Er hatte zwar eine Frauenleiche, von der nur der Torso gefunden worden war, aber bei ihr fehlte der gesamte Unterkörper, die Arme waren beide vorhanden und damit schied sie aus. Die Vermissten wollte er später mit seinem Kollegen abgleichen. Während er noch auf Peter wartete, kam ihm eine Idee. Was war mit den Leichenfunden im benachbarten Ausland, das ViCLAS nicht angeschlossen war?

Italien setzte es nicht ein. Spanien auch nicht. Er formulierte eine Anfrage als schwarze Notiz zur Suche nach Informationen bezüglich eines nicht identifizierten Körpers via BKA an Interpol und lehnte sich zurück. Daran hatte Wolf bestimmt auch noch nicht gedacht. Er hoffte, seine Scharte wieder auswetzen zu können.

„Guck mal hier", sagte Peter plötzlich in die Stille hinein, „ich habe eine Vermisste aus Hameln. Sie ist vor fünf Jahren verschwunden. Von der verspreche ich mir am meisten."

„Wieso?"

„Ganz einfach, sie ist schön oder sie war es wenigstens, falls sie nicht mehr lebt."

„Das ist ein bisschen zu einfach, findest du nicht?"

„Ja, klar", grinste Peter, „aber wer weiß. Manchmal sind die Dinge nicht so kompliziert."

„Seit wann machst du so philosophische Aussagen?" Detlef schüttelte belustigt den Kopf.

„Na gut, aber etwas ist mir trotzdem aufgefallen. In den vergangenen fünf Jahren gab es etliche Vermisste älteren Semesters deutschlandweit verstreut, aber bei den jüngeren konzentriert sich die Verteilung bis auf wenige Ausnahmen auf die Region Weserbergland."

„Das könnte ein Anhaltspunkt sein", sagte Detlef und klopfte Peter auf die Schulter.

„Wenn man bei vier Frauen von einer Verteilung sprechen kann", fügte Peter etwas weniger euphorisch hinzu. „Aber ich glaube, mir ist da noch was aufgefallen. Das sollten wir uns zusammen ansehen."

„Okay. Ich hole mal eine Karte, dann markieren wir die Orte und schauen uns die Akten an."

„Letztere hab' ich schon kurz eingesehen. Sie kommen gleich aus dem Drucker", sagte Peter.

„Na, da bin ich ja mal gespannt."

Peter lehnte sich zufrieden zurück. „Kannst du auch. Ich glaube, ich weiß, was zumindest drei der verschwundenen Frauen verband."

„Was denn?"

„Sie waren alle irgendwie im medizinischen oder pflegerischen Bereich tätig."

„Ach, das ist ja interessant", sagte Detlef.

„Die eine war Krankenschwester, dann haben wir noch eine Altenpflegerin und eine Medizinische Fachangestellte. Die Vierte aus Hameln war selbstständig. Da müssen wir rausfinden, in welchem Bereich."

„Das klingt doch schon mal ganz vielversprechend", lobte Detlef seinen Kollegen.

„Merkwürdig ist auch ein bisschen die Art ihres Verschwindens", grübelte Peter.

„Inwiefern?", fragte Detlef, der inzwischen den Ausdruck aus den Akten in der Hand hielt.

„Zwei sind nach ihrem Urlaub einfach nicht mehr aufgetaucht. Eine war arbeitslos, da ist unbekannt, wann sie genau verschwand. Die Selbstständige hat nach einem verlängerten Wochenende ihre Termine nicht eingehalten und auch nicht abgesagt ..."

„Warte", bat Detlef, „ich gucke mal, in welchem Bereich sie tätig war." Er blätterte und sagte dann erleichtert: „Mensch, da hast du vielleicht einen Volltreffer gelandet. Sie war Heilpraktikerin. Passt also zu deiner Vermutung mit den Heil- und Pflegeberufen!"

„Alle ledig oder geschieden", murmelte Peter, der auf seinen Rechner starrte.

„Also alleinstehend?", wollte Detlef wissen.

„Weiß nicht, lass uns mal die Zeugenaussagen lesen!"

Doch dazu sollte es erst einmal nicht kommen, weil Detlef ein Fax aus dem Gerät zog, das aus Italien gekommen war.

So richtig konnte sich Dr. Karin Kukla nicht über den Wein freuen, der da gestern vor ihrer Tür gestanden hatte, obwohl sie ihn zweifelsohne sehr gerne trank. Sie fand aber, es hätte keinen Stil, eine Flasche einfach dort abzustellen, ohne jeglichen Gruß oder eine Karte. Selbst wenn der Schenkende noch unerkannt bleiben wollte, hätten ein paar Zeilen die Sache interessant gemacht. So jedoch konnte sie sich zwar nicht dazu überwinden, den Montes sofort wegzugießen, aber sie fand auch keinen Gefallen daran und hatte ihn daher in ihren Keller verbannt.

Als sie am Morgen die Zeitung aus ihrem Briefkasten geholt hatte, war wenigstens die vage Hoffnung dagewesen, dass sich ein Brief darin befinden könnte. Fehlanzeige! Am liebsten hätte sie alles vergessen. Die Blumen, die Kärtchen, die Pralinen. Sie hatte sich zum Affen gemacht. Die Sentimentalität einer präklimakterischen, alleinlebenden und darum höchst unbefriedigten Frau, die musste sie sich nun selbst vorwerfen. Und das, obwohl sie von genug Prozessen wusste, bei denen sich die Beteiligten aufgrund von Gefühlen vollständig zum Affen gemachte hatten.

Karin Kukla hatte die Nase gestrichen voll, als sie zum Gericht fuhr. Über ihre eigene Dummheit schimpfte sie während der gesamten Autofahrt und steigerte sich so in eine höchst miserable Laune. Im Grunde kannte man sie so, hatte sich aber schnell daran gewöhnt, dass die Staatsanwältin derzeit an einem Anfall von

Freundlichkeit zu leiden schien. Der Pförtner erkannte als Erster, dass diese Phase vorbei war und dass nun wieder ein rauerer Wind durch die ehrwürdigen Flure wehte.

Sie selbst beschloss, alle Schriftstücke des Unbekannten zu verbrennen und seine Geschenke zu entsorgen - auch den Montes, wenn auch schweren Herzens ob des köstlichen Tröpfchens.

Mit diesem Entschluss ging es ihr endlich am Abend nach einem Tag des Leidens besser. Sie war wieder in der Wirklichkeit angekommen. Aber sie musste auch zugeben, dass sie einsam war, sonst hätte sie sich niemals der Vorstellung hingegeben, jemand aus ihrem Umfeld könne in sie verliebt sein.

Wie gut ihre Selbstmanipulation funktionierte, stellte sie in dem Moment fest, als sie vor ihrer Haustür stand und auf den großen Strauß Rosen blickte. Jemand hatte ihn in einer Vase am Rand des Eingangs drapiert und eine Karte angehängt.

Alle ihre guten Vorsätze waren dahin. Was für ein Strauß! Nein, das war kein Strauß, das war ein Traum aus englischen Rosen ...

Der Tag war plötzlich wieder schön. Mit unruhigen Fingern griff sie nach der Karte und öffnete sie:

Verehrteste,

bitte entschuldigen Sie, dass ich den Wein so ohne eine Nachricht vor Ihrer Tür zurücklassen musste. Das war nicht meine Absicht und nur den Umständen geschuldet. Ich hoffe, er wird Ihnen dennoch munden. In fernen Tagen würde ich mich glücklich schätzen, Ihnen einmal zuprosten zu dürfen.

Sehen Sie das Bouquet dieser Rosen jedoch nicht nur als ein Zeichen meines Bedauerns, sondern vor allem als eines meiner größten Wertschätzung. Die Vase ist ein Erbstück. Sie möge Ihnen ebenfalls Freude bereiten und meine Versicherung sein, sie immer wieder füllen zu dürfen.

Dies hofft von ganzem Herzen

Ihr ergebener VDL

Karin Kukla schloss die Tür auf und schwebte förmlich ins Haus. Aber wer war VDL? Das interessierte sie brennend.

Nach und nach ging sie alle Bekannten aus ihrem Freundeskreis durch.

Doch nichts schien zu passen. War es wirklich ein Name? Oder eine Bezeichnung? Dann kamen ihr die blödesten Ideen.

„Verein Der Liebenden"
„Völlig Dusseliger Liebhaber"
„Voll Durchgeknallte Lesbe"

Nein, das hatte keinen Sinn, dachte sie bei sich und schmunzelte. Es musste doch ein Name sein. Valentin oder Viktor, Veit oder Vinzenz? Mit D gab es viele männliche Vornamen, aber das brachte sie auch nicht weiter.

Gerührt stellte sie die Vase auf den Tisch. Sie war zumindest versilbert. Möglicherweise Jugendstil? Ein Erbstück hatte er geschrieben. Vielleicht kam sie damit weiter. Wen kannte sie, der solche Dinge schätzte oder besaß?

Liebevoll strich sie über die Rosen und roch daran. Es waren wirklich englische Duftrosen. Der Hauch, der sie umgab, war atemberaubend. Sie sog ihn ein und ließ sich aufs Sofa fallen. Wie unrecht sie ihrem Verehrer getan hatte, dachte sie und hatte den Anflug eines schlechtes Gewissens. Fast hätte sie den Wein weggegossen und er hatte einfach nur nicht erkannt werden wollen, vermutete sie. Nur warum nicht? Sie hätte doch gerne langsam gewusst, wem sie den Kopf verdreht hatte. Sich so von Ferne anhimmeln zu lassen, war erhebend. Wenigstens eine Zeit lang. Sie kam sich fast vor wie im Mittelalter zur Zeit des Minnesangs, als die Herren ihre Damen aus gebührendem Abstand anbeteten. Nun war aber der Moment gekommen, wo ihr dies nicht mehr reichte. Sie wollte mehr, wollte wissen, wer er war, auch falls dann eine Ernüchterung folgen würde, wenn der heimliche Verehrer nicht ihren Vorstellungen entsprach.

Plötzlich kam ihr eine Idee. Wie wäre es mit einer Fotofalle. Tierfilmer nutzten das bei seltenen und scheuen Exemplaren. Sie lachte. Ja, das war er wohl auch. Oder sie könnte eine Webcam im Eingangsbereich installieren lassen. Aber irgendwie kam sie sich schäbig dabei vor, ihm seine Identität auf hinterhältige Art und Weise zu entlocken. Sie würde ihn einfach auffordern, sich zu erkennen zu geben. Wenn er etwas vor ihrer Tür ablegte, konnte er auch etwas mitnehmen. Einen Brief vielleicht. Ja, das war ein guter Einfall.

Karin setzte sich an ihren Sekretär, nahm einen Briefbogen zur Hand und schrieb:

Sehr geehrter Unbekannter,

Ihre Geschenke und Nachrichten schmeicheln mir. Aber jetzt ist es an der Zeit, dass Sie sich zu erkennen geben. Bitte schreiben Sie mir, wann wir uns treffen können. Ich schlage das Restaurant „Waldkater" vor. Sie nennen mir zwei für Sie mögliche Termine.

In gespannter Erwartung grüßt Sie

Karin Kukla

Diese Zeilen band die Staatsanwältin um ein Glas selbst gekochte Sauerkirschmarmelade und stellte es vor die Tür. Sie war zufrieden. Der Mann, der die Botschaft um kurz nach Mitternacht las, war es nicht. Die Dinge liefen nicht so, wie er es geplant hatte.

Dr. Enno Liebermann verdrehte die Augen, als Nadja ihm eröffnete, dass sogleich weitere Arbeit in Form einer Leiche eintreffen würde.

Sie war kaum durch die Tür, da schoben die Bestatter bereits den Transportsarg durch den hinteren Eingang.

„Das ist ja heute wie in einem schlechten Film", beschwerte sich Enno. „Ich hatte kaum Zeit, mir den Arm und die Füße anzusehen." Die Mentholsalbe klebte noch unter seiner Nase. Er selbst roch trotz Absaugvorrichtung noch leicht nach Verwesung.

„Die Neue ist wenigstens frischer", sagte Nadja mit einem Stirnrunzeln, „oder nennen wir es lieber so, sie wurde frisch gehalten."

„Ah, interessant", antwortete Enno, „du gehst davon aus, dass sie kühl gehalten oder gefroren aufbewahrt worden war?"

„Ja, die Körpertemperatur lag noch eindeutig unter der Umgebungstemperatur. Wir haben in der Erde gemessen, in der sie vergraben war."

„Dann habe ich auch noch etwas Interessantes für dich", erklärte Enno. „Auch wenn ich noch nicht viel bei den aktuellen Untersuchungen heute herausgefunden habe. Eines kann ich dir mit Sicherheit sagen. Auch der Arm und die Füße wiesen geplatzte Zellen auf, die vom Gefrieren stammen könnten. Denkst du, es könnte einen Zusammenhang geben zu deiner vollständigen Toten? Bei den Leichenteilen steht es ja wohl außer Frage."

„Vielleicht ja, es wäre dann nur verwunderlich, dass sie ganz geblieben ist", grübelte Nadja.

„Da wir aber noch nicht wissen, warum der Täter die Gliedmaßen entfernt, können wir auch kaum eine Vermutung anstellen, warum er es bei der Frau unterließ", gab Enno zurück. „Nur für den Fall, dass wir es tatsächlich mit demselben zu tun haben."

„Das ist wohl wahr", sagte Nadja. „Weißt du denn schon, wie die Extremitäten abgetrennt worden sind?"

„Möglicherweise haben wir hier auch eine Übereinstimmung. Tibia und Fibula sind auf jeden Fall mit der Säge entfernt worden. Ich muss noch die Sägespuren vergleichen. Die Fußwurzelknochen sind alle vorhanden, denn das Gelenk ist nicht beschädigt worden. Er hat die Füße oberhalb abgetrennt. Den Arm habe ich hier noch nicht weiter untersucht, aber ich schätze, er wird da nicht anders vorgegangen sein."

„Wahrscheinlich nicht", bestätigte Nadja. „Willst du mit den Extremitäten weitermachen? Dann schaue ich mir mal die Dame aus dem Feld an. Da gibt es nämlich auch einige Merkwürdigkeiten. Der Kopf ist um einhundertachtzig Grad verdreht worden, und eine Hand weist Verbrennungen bis zum dritten Grad auf."

„Hmm ...", überlegte Enno, „damit lenkt er natürlich auch wieder die Aufmerksamkeit auf die beweglichen Teile des Körpers, auch wenn sie nicht entfernt wurden. Könnte sein, dass es da einen Zusammenhang gibt."

„Vielleicht fehlte ihm die Zeit ..."

„Oder er wollte etwas damit ausdrücken, das ihm sonst nicht gelungen wäre, wenn er die Säge benutzt hätte", gab Enno zu bedenken.

„Irgendeinen Sinn muss es auf jeden Fall für ihn haben, aber wir steigern uns hier in etwas hinein. Wir sollten erst einmal alles getrennt betrachten, bevor wir genauere Zusammenhänge kennen. Und dabei natürlich nicht außer Acht lassen, dass es sie geben könnte." Nadja hängte ihre Jacke in den Spind.

„Gut, dann widme ich mich jetzt dem oberen Ende des Armes", sagte Enno und zog seinen Mundschutz wieder hoch.

Alles war ruhig, die Babys schienen mitzuspielen, sogar die Zwillinge von Frau Spieker auf Juist hatten es wohl noch nicht eilig.

Isabella stand vor dem Kleiderschrank und überlegte, was sie anziehen könnte, wenn sie mit den beiden Herren ausging. Kleid oder Hose? Ein Kostüm war zu fein, fand sie. Aber so richtig entscheiden konnte sie sich nicht. Als sie vier Garnituren anprobiert und verworfen hatte, kochte sie sich erst mal einen Kaffee. Irgendwie sah alles doof aus. Da fiel ihr plötzlich das Kleid ein, das sie neulich mit Vicky gekauft hatte. Okay, der Ausschnitt war vielleicht etwas gewagt, aber ihr Dekolleté konnte sich durchaus sehen lassen. Also warum nicht. Es war auch günstig geschnitten und kaschierte ihren kleinen Bauchansatz. Endlich war sie zufrieden und ging ins Bad. Sie wollte nur ein wenig Kajal und Rouge auftragen. Etwas Lippenstift konnte auch nicht schaden. Ein, zwei Spritzer Parfüm machten die Sache perfekt. Sie spürte, dass sie doch aufgeregt war. Je näher die Verabredung rückte, umso mehr war sie sich selbst im Weg. Zupfte hier und da noch ein paar verwelkte Blüten von ihren Orchideen, wischte über die ohnehin saubere Kaffeemaschine, bis ihr einfiel, dass sie die Schuhfrage noch gar nicht geklärt hatte.

Kurz nach halb sieben war sie endlich so weit, dass sie sich für ihre schwarzen Pumps entschieden hatte, deren Absatz nicht zu hoch war. Sie wollte nicht, dass es so aussah, als stolziere sie wie ein Storch im Salat.

Im Grunde trug sie lieber flache Schuhe, aber zu diesem Kleid mussten es welche mit Pfiff sein.

Die Zeiger der Uhr krochen wie eine Schnecke. Zum wiederholten Male schaute sie in den Spiegel und entdeckte immer neue Unzulänglichkeiten in ihrem Gesicht. Rechts an der Stirn war ein kleiner Pickel, aber sie unterdrückte den Impuls, ihm zu Leibe zu rücken. Aus Angst, dass er dadurch noch viel besser sichtbar sein würde.

Mist, die eine Augenbraue war auch nicht so dicht wie die andere. Ärgerlich riss sie sich von ihrem Spiegelbild los und ging nach unten. Im Wohnzimmer klickte sie sich ohne großes Interesse durch die Fernsehprogramme, wobei sie sich fragte, wer denn wohl diesen Blödsinn gucken sollte.

Auf einmal war es sieben Minuten vor sieben. Isabella war erleichtert, als sie endlich losfahren konnte. Dieses Warten war unerträglich und jederzeit musste sie damit rechnen, doch noch einen Anruf zu bekommen. Gut, das ließ sich nicht ändern. Es konnte auch während des Essens passieren, was sie nicht hoffte. Ihre Fahrzeit hatte sie genau ausgetüftelt. Sie wollte weder zu spät, aber vor allem auch nicht zu früh ankommen. Doch ihre Sorge, eventuell allein am Tisch auf die beiden Ärzte warten zu müssen, war unbegründet, denn die Herren saßen bereits im Wintergarten und unterhielten sich.

Ein Stich fuhr in ihre Magengrube, als sie Dr. Pettenkofer wiedersah. Sie bemühte sich, nicht rot zu werden, als sie die Männer begrüßte. Pettenkofers Begleitung war ein hochgewachsener, dunkler und ernst wirkender Mann, der sie auf eine nicht zu erklärende

Weise irritierte. Vielleicht war es sein Blick. Sie hatte den Eindruck, als könne er direkt in sie hineinsehen.

„Schön, dass sich der Storch Zeit und uns damit einen Abend in angenehmer Gesellschaft lassen will“, sagte Alois Pettenkofer zufrieden.

Die Männer waren aufgestanden. „Darf ich Ihnen meinen Kollegen und mittlerweile guten Bekannten Dr. Ferdinand Seitz vorstellen? Wir arbeiten gelegentlich auch zusammen.“

„Sehr angenehm“, gab Isabella zurück und setzte sich.

„Darf ich Ihnen schon etwas zu Trinken bestellen? Wenn Ihnen ein guter Weißer recht ist, könnten Sie auch an unserer Flasche teilhaben“, schlug Pettenkofer vor.

„Höchstens ein Glas“, sagte Isabella, „ich weiß nicht, ob sich in der Nacht noch etwas tut.“

„Da sind Sie aber ganz schön angebunden“, bemerkte Seitz stirnrunzelnd.

„Dafür bin ich mein eigener Herr, und es stehen ja nicht immer Geburten an.“

Kellner Olaf kam an den Tisch, gab ihr ebenfalls die Abendkarte und musterte Isabella mit einem bewundernden Lächeln. Sie war froh, dass er hinsichtlich ihrer Aufmachung keinen Kommentar abgab. Er kannte sie eher mit salopper Kleidung.

„Moin Isa, was darf's sein?“

„Eine kleine Flasche Wasser hätte ich gerne und ein Weinglas.“

„Sehr wohl! Haben die Herren schon gewählt?“

„Nein, wir warten auf Frau Ahlers.“

„Selbstverständlich“, sagte Olaf und ging zum Nebentisch.

„Und Sie sind auch Tierarzt?", fragte Isabella, um ein Gespräch zu beginnen.

„Ich habe eine veterinärmedizinische Praxis in Garbsen, arbeite aber auch für den Zoo", antwortete Seitz.

„Das ist bestimmt spannend", sagte Isabella.

„Mal mehr, mal weniger." Seitz schien nicht gerne über seine Arbeit zu sprechen.

„Er ist ein Tierflüsterer", warf Pettenkofer ein, „bei ihm sind sogar Raubkatzen zahm."

Isabella fragte sich, ob er das zweideutig gemeint hatte.

„Glauben Sie nicht alles, was Alois sagt", bat Seitz, „ich verlasse mich da wie jeder andere auf die narkotische Wirkung genau dosierter Mittel. Egal, ob Kamel oder Raubkatze."

Pettenkofer grinste, er hatte die Andeutung verstanden.

„Was essen wir denn nun?", fragte er.

Beide sahen zu Isabella. „Sie sind selbstverständlich mein Gast!", fügte er noch an. „Immerhin haben wir gestern gemeinsam einen Jungen bekommen."

„Bitte nehmen Sie es mir nicht übel, aber ich zahle grundsätzlich selbst", erklärte Isabella.

„Dann ist heute ein guter Tag, um mit seinen Grundsätzen zu brechen", wandte Seitz ein, „denn ich übernehme alles."

„Wunderbar, vielen Dank", sagte Pettenkofer zu seinem Kollegen, „dann können Sie auch nicht ablehnen, Frau Ahlers, oder?"

Isabella seufzte, lächelte und gab sich geschlagen. „Na gut, aber so ganz wohl ist mir dabei nicht."

„Das wird es hoffentlich noch", sagte Seitz, „denn das Essen soll hier wirklich gut sein."

Olaf brachte das Wasser samt Weinglas und fragte nochmals nach den Essenswünschen.

„Können Sie uns etwas empfehlen?", fragte Seitz. „Oder können Sie uns eine Fischplatte für drei Personen machen, mit all den Köstlichkeiten, die Ihre Küche zu bieten hat?"

„Die Seezunge sollten Sie auf jeden Fall nicht verpassen", sagte Olaf.

„Gut, dann also Seezunge, Krabben, Scholle und alles andere, was den Gaumen überzeugen kann. Es ist doch recht?", fragte er in die Runde.

Isabella und Alois nickten.

„Mit Salz- oder Bratkartoffeln?", wollte Olaf noch wissen.

„Beides!", entschied Seitz.

„Sehr gerne", sagte Olaf und schenkte Wein nach, „Sie können sich schon am Salatbüffet bedienen."

Jenseits der Gespräche, die aus höflicher Konversation bestanden, beobachtete Isabella die beiden Männer beim Essen ganz genau. Jeder war auf seine Art faszinierend. Pettenkofer war umgeben von einem Hauch aus Leichtigkeit. Es schien, als flöge ihm alles zu, was er erwartete. Er hatte eine verbindliche und gewinnende Art, ohne zu viel von sich preiszugeben. Seitz war mit seinem zurückhaltenden Wesen trotz seiner Ausstrahlung auf eine interessante Weise mysteriös. Fast konnte man behaupten, dass er anziehend war, ohne es vielleicht selbst sein zu wollen. Isabella hatte das Gefühl, dass er es bewusst vermied, zu freundlich zu ihr zu sein. Ganz im Gegensatz zu Pettenkofer.

Sie musste zugeben, dass ihr der smarte Tiermediziner zwar besser gefiel, Seitz verwirrte sie jedoch mit einer Intensität, die sie selbst weder verstand noch richtig einordnen konnte. Sie hätte gerne beide wiedergetroffen, aber jeden für sich allein.

Während sie darüber nachgrübelte, wie sie das anstellen konnte, klingelte ihr Handy. Es war Uli Spieker.

„Moin Isa", sagte er, „du, ich glaube, es geht los. Tut mir leid, dass es schon so spät ist."

„In welchem Abstand kommen die Wehen denn?", fragte Isabella und sah auf die Uhr. Gleich Viertel vor zehn.

„So knapp unter zehn Minuten."

„Gut, ich fahre sofort nach Harle und rufe Daniel von unterwegs an. Vielleicht ist er noch nicht im Bett. Silke soll jetzt nicht mehr rumlaufen. Hinlegen und Beine hoch! Ich komme, so schnell ich kann."

„Danke Isa!" Spieker legte auf.

Isabella machte ein bedauerndes Gesicht. „Tja, nun muss ich Sie leider doch Hals über Kopf verlassen."

„Es freut mich, Sie wenigstens gut gestärkt zu wissen", sagte Seitz, „denn möglicherweise steht Ihnen eine lange Nacht bevor."

„Ich finde es sehr schade", fügte Pettenkofer mit bedauerndem Blick an. „Ich hatte gehofft, wir hätten hinterher noch in die Hotelbar gehen können."

Du hattest die Vorstellung, dass ich vielleicht anschließend in deinem Bett landen würde, dachte Isabella und sagte: „Ja, wirklich bedauerlich." Und zu seinem Kollegen gewandt. „Vielen Dank für Ihre Einladung zum Essen, Herr Dr. Seitz. Es hat mich sehr gefreut, Sie kennenzulernen. Wie lange sind Sie beide denn noch hier in Esens?"

„Wir reisen morgen ab", erklärte Pettenkofer, „das war sozusagen unser Abschlussabend. Ich gebe Ihnen mal meine Karte. Wenn Sie in der Nähe von Hannover sind, melden Sie sich doch bitte."

Auch Seitz nahm eine Visitenkarte aus seiner Tasche und überreichte sie Isabella wortlos ... jedoch nicht, ohne sie dabei wie zufällig an der Hand zu berühren. Sie hatte es plötzlich sehr eilig.

Detlef traute seinen Augen nicht, als er den Inhalt des Faxes las, das soeben aus Südtirol eingetroffen war. Er hätte auch nicht erwartet, so schnell eine Antwort von irgendwoher zu bekommen. Das Fax war von Commissario Ladurner aus Algund.

Er schrieb, dass Wanderer im Mai 2010 eine unbekannte Frauenleiche im Lago della Casera gefunden hatten, die laut rechtsmedizinischem Befund wohl schon seit dem Herbst, aber auf jeden Fall vor dem Frost und dem Gefrieren des Sees dort gelegen haben musste. Das Besondere an dieser Toten war, dass sie keine Hände mehr hatte und wie sich später bei der Sektion herausstellte, auch keine Augen. Ladurner bat um die Mailadresse, damit er die Fotos der Leiche und die Daten zum gentechnischen Abgleich senden konnte.

„Bingo“, rief Detlef und gab Peter das Fax, „ich fresse einen Besen, wenn wir hier nicht einen echten Treffer gelandet haben. Wolf wird begeistert sein!“

„Wovon?“, fragte Hetzer und stieß die Tür zum Büro von Peter und Detlef ganz auf. Er hatte nur die letzten Worte gehört.

„Wir haben möglicherweise die passende Tote zu dem ersten Fund auf dem Friedhof, beziehungsweise man hat sie schon vor Jahren gefunden, aber nicht hier, sondern im Ausland.“

Peter gab das Fax an Wolf weiter. „Hier, lies selbst!“

„Südtirol“, sagte Wolf mit einem Stirnrunzeln, „das ist zwar ziemlich unwahrscheinlich, aber natürlich möglich. Freut euch trotzdem nicht zu früh.“

„Vielleicht ergibt sich durch den Abgleich der Fotos aus der Vermisstenkartei auch etwas", überlegte Peter, „wo ist denn überhaupt dieser Lago della Casera? Klingt nicht nach Badesee, wenn er so lange gefroren ist."

Wolf grinste. „War mir klar, dass du den nicht kennst. Ich kann mir auch kaum vorstellen, dass du da hochkämst."

„Keine Beleidigungen bitte", sagte Peter gespielt entrüstet, „ich bin in bester Verfassung."

„Der Lago della Casera oder auch die Kaserlacke gehört zu den Spronser Seen in der Texelgruppe. Hochalpin sage ich nur."

„Ja und?", fragte Peter.

„Mit dem Tonnenlift kommst du bis auf 1500 Meter, aber wenn du zu den Seen willst, dann musst du über die Hochgang- oder Taufenscharte. Die liegt, wenn ich es richtig im Kopf habe, bei über 2200 Metern. Das heißt, du musst rund siebenhundert Höhenmeter bergauf steigen ... und das mit dem Ranzen vorne."

„Dann frage ich mich aber", gab Detlef zu bedenken, „wieso der Mörder einen so ungünstigen Platz für die Ablage seiner Leiche ausgesucht hat."

„Findet da vielleicht nicht so schnell einer", wandte Peter ein.

„Im Winter eher weniger, aber im Sommer sind wahnsinnig viele Touristen da. Er musste also damit rechnen, dass sie zu Beginn der Bergsaison entdeckt werden würde", sagte Wolf.

„Ja, aber er wird sie doch wohl nicht deswegen hochgetragen haben, um ihren Tod nur ein paar Monate zu verbergen. Das ist doch Quatsch", meinte Detlef.

„Totaler Blödsinn", stimmte Peter zu, „dann hätte er sie lieber irgendwo im Wald tief genug eingebuddelt. An einer einsamen Stelle. Das wäre eine endgültige Lösung gewesen."

„Wer sagt denn, dass er sie hochgetragen hat?", fragte Wolf. „Im Gamstragegriff über der Schulter, oder wie? Völlig absurd. Wenn ihr da schon mal gewesen wärt, wüsstet ihr, dass das kaum möglich ist. Der Weg bis zur Baumgrenze besteht aus unzähligen hohen Steinstufen. Manchmal musst du dich an einem Ast festhalten, um weiterzukommen. Das letzte Stück ist enorm steil, die Luft wird auch dünner. Es geht dann nur noch in Serpentinen hoch. Ich denke, sie ist diesen Weg selbst gegangen und wusste vielleicht nicht, dass es ihr letzter sein würde."

„Eine Beziehungstat?", überlegte Detlef.

„Falls ja, auf jeden Fall nicht spontan", fügte Peter an, „denn ich weiß zwar nicht, wie er ihr die Hände und Augen entfernt hat, aber wenn er es vor Ort gemacht hat, muss er geeignetes Werkzeug dabeigehabt haben."

„Für einen gut ausgerüsteten Tourenwanderer oder Bergsteiger ist das aber kein Problem, Peter", wandte Wolf ein, „der hat nämlich ein Multifunktionstool dabei. So einen kleinen Werkzeugkasten in Klappmesserform. Da wäre dann auch die erforderliche Säge enthalten. Nadja hat dementsprechende Spuren gefunden. Na ja, aber jetzt schauen wir erst mal, ob wir uns wegen dieser Toten aus Südtirol noch weitere Gedanken machen müssen."

„Ich bin fest davon überzeugt", sagte Detlef, der während des Gespräches die Mailadressen von sich und der Rechtsmedizin an Commissario Ladurner gemailt hatte und auch die Lichtbilder der Vermissten angehängt hatte.

Peter räusperte sich. „Äh, wir haben außerdem noch ein paar ganz andere interessante Dinge herausgefunden.

„Ich höre“, sagte Wolf.

„Also, wir haben vier Frauen, die in den letzten fünf Jahren im Weserbergland verschwunden sind. Ausnahmslos alle waren in medizinischen oder pflegerischen Berufen tätig. Sie waren laut der Zeugenaussagen alleinstehend und sind mehr oder weniger sang- und klanglos verschwunden. Zwei nach ihrem Urlaub, eine mit unbekanntem Datum und bei der letzten fiel es nur auf, dass sie ihre Termine nicht mehr wahrnahm. Ob sie davor im Urlaub war oder sich einfach nur eine Auszeit genommen hatte, konnte niemand sagen.“ Peter streckte sich. „Hässliche Vögel waren sie alle nicht“, fügte er noch an.

Wolf überhörte den letzten Zusatz und sagte zu Detlef: „Schick doch bitte noch mal ein Bild der vier vermissten Frauen an diesen Kommissar aus Südtirol. Wenn die verstümmelte Tote durch den Frost noch ganz gut erhalten war, könnte er sie auch erkennen.“

„Schon passiert“, gab Detlef zurück und freute sich, dass er Wolf zuvorgekommen war.

„Gut“, sagte Wolf und sah auf die Uhr. Schon nach neun. Wo waren die Stunden hin? Er war plötzlich müde und fühlte sich wie erschlagen. „Dann machen wir für heute Schluss. Ich möchte euch aber bitten, dass wir morgen früh schon um sieben Uhr anfangen. Ihr könnt dann gleich damit beginnen, mir ein Profil der vier Vermissten zu erstellen. Später sollte noch das Umfeld befragt werden. Nehmt also Kontakt zu den zuständigen Kommissariaten auf und besorgt mir genetisches Material von allen ...“ Während er den Satz beendete, fiel ihm sein eigenes Vorhaben wieder ein. Er dachte an Charlotte. Auf dem Dachboden war noch eine Holzkiste mit Dingen, die ihr gehört hatten.

„Ich glaube, du pennst besser bei mir, Detlef", schlug Peter vor.

„Meinste?", fragte er. „Ich muss aber erst noch telefonieren."

„Mit Mami?", stichelte Peter.

„Nein, mit meiner Verabredung!", sagte Detlef und grinste. „Ich muss herausfinden, ob sie trotz dieser Uhrzeit noch stattfindet."

„Ah, der Herr braucht mein Sofa vielleicht gar nicht."

„Doch, ganz bestimmt sogar, aber es könnte später werden. Du müsstest mir einen Schlüssel geben."

„Macht, was ihr wollt", sagte Wolf, dem das Gefrotzel auf die Nerven ging, weil er erschöpft war, „ich hau' jetzt ab. Hauptsache, ihr seid morgen fit. Alle beide!"

Diese letzten beiden Worte rief er noch durch die Tür, bevor er sie zufallen ließ und die Treppe hinabging. Er merkte jetzt doch immer öfter, dass er älter geworden war. Manches ging nicht mehr so schnell, oder es fiel ihm schwerer.

Seine Schäferhündin hob nur kurz den Kopf, als er die Tür seiner alten Kate öffnete und schlief dann wieder selig weiter. Auf dem Esstisch lag ein Zettel von Moni, die ihm kurz schrieb, dass sie einen langen Hundespaziergang mit Lady Gaga unternommen und dass die Hündin ein leckeres Menü aus Reis, Hühnchen und Karotten gefressen hatte. Das dazugehörige Frikassee befände sich in seinem Kühlschrank. Er könne es sich kurz in der Mikrowelle heiß machen.

Sie war wirklich ein Schatz. Ja, das war sie. Stets hatte sie sein Wohl oder das seines Hundes im Auge. Was er nicht leisten konnte, übernahm sie für ihn. Eine

Partnerin, wie man sie sich wünschte, wären da nicht die dunklen Schatten der Vergangenheit, die ihn mehr belasteten, als ihm lieb war. Vielleicht war er auch deswegen so erschöpft. Einen Moment lang überlegte er, ob er überhaupt noch etwas essen sollte, dann aber siegte sein knurrender Magen in Union mit seinem schlechten Gewissen. Sie musste das Hühnerfrikassee nur für ihn gekocht haben, denn sie aß ja kein Fleisch. Eigentlich hatte er noch auf den Dachboden klettern wollen, aber der volle Bauch ließ seine Müdigkeit bleiern werden. Er sah noch kurz nach, ob die Kater Futter und Wasser hatten und war beruhigt. Alles war frisch, sogar das Katzenklo. Max und Moritz schliefen seelenruhig auf der Chaiselongue, und aus einem inneren Impuls heraus oder der Sehnsucht nach Nähe und Wärme, legte er sich einfach dazu. Mit letzter Kraft zog er die Decke von der Lehne und rollte sich ein.

Der nächste Morgen begann für Wolf Hetzer zu früh. Er hatte das Gefühl, ersticken zu müssen. Das Atmen fiel ihm unendlich schwer. Als er gegen halb fünf die Augen aufschlug, sah er den Grund lebhaft vor sich. Einer der Kater hatte sich auf seine Brust gelegt und schnurrte wohlig. Mit einem Kampfgewicht von über fünf Kilo war es klar, dass das Luftholen nicht so ganz leicht ging.

Vorsichtig schob er Max samt Wolldecke hinunter, der nur einmal kurz gähnte und dann mit seinem Nickerchen fortfuhr.

Du hast es gut, dachte er bei sich, weil er fühlte, dass an Schlaf nicht mehr zu denken war. Er war zwar gerädert, aber hellwach. Durch das Wohnzimmerfenster sah er, dass drüben bei Moni schon Licht war.

Zuerst überlegte er, ob er anrufen sollte, entschied sich dann aber, ihr eine SMS zu schreiben, ob sie Lust auf ein gemeinsames Frühstück hätte. Die Antwort kam prompt. Sie wollte selbst gemachte Marmelade mitbringen.

Wolf Hetzer schob die Brötchen in den Ofen, setzte Eierwasser auf und startete seinen erst kürzlich erworbenen Kaffeevollautomaten. Da klingelte es auch schon an der Tür. Moni lachte und schwenkte ein Marmeladenglas.

„Hast du auch schon die senile Bettflucht, Wolf?“, fragte sie. „Ich wünsche dir einen guten Morgen!“

„Guten Morgen, komm rein“, sagte Wolf und umarmte sie. Lady Gaga stand wedelnd daneben. „Irgendwie konnte ich nicht mehr schlafen und dann sah ich Licht bei dir."

„Ja, kein Problem, ich bin schon anderthalb Stunden wach. Hier ist die Marmelade. Ich hoffe, sie schmeckt dir." Moni reichte ihm das Glas. „Irgendwie siehst du ziemlich verknittert aus, Wolf."

„Könnte sein", grinste er, „ich habe die Nacht mit zwei Kerlen auf dem Sofa verbracht. Das ist denen aber entschieden besser bekommen als mir. Drüben ist schon gedeckt. Setz dich doch schon mal. Willst du Milchkaffee? Ich komme sofort mit den Brötchen. Guck mal, ob dir sonst noch was fehlt."

Moni warf beim Vorbeischlendern einen Blick auf die Chaiselongue und erntete ein müdes Zwinkern. „Du, die dösen immer noch. Manchmal möchte ich auch eine Katze sein", seufzte sie, „immer warm durch das Fell, mindestens achtzehn Stunden am Tag verschlafen ..."

„Bleib mal lieber, was du bist", rief Wolf aus der Küche, „das ist schon ganz gut so."

Moni rutschte in die Bank auf ihr Kissen. Kurz darauf kam Wolf um die Ecke und brachte die Brötchen mit. „Milchkaffee kommt gleich", sagte er und brachte ihn auf dem nächsten Weg mit.

„Nun erzähl mal, was dich umtreibt, dass du nicht schlafen kannst", bat sie. „Ist es immer noch Charlotte?"

„Auch", sagte er, „aber ich komme nicht mal dazu, auf den Dachboden zu gehen, um nach ihren Sachen zu sehen. Aber ich glaube sowieso nicht, dass ich da noch etwas finde, an dem DNA von ihr haftet. Ich habe nur Erinnerungsstücke aufbewahrt. Was mit dem Rest passiert ist, weiß ich nicht. Darum hatten sich ihre Eltern gekümmert."

„Ich habe nach dem Abend mit Nadja und Peter noch lange nachgedacht und gebe zu, dass mich das ganz schön beschäftigt hat, aber ich kann dich verstehen, Wolf. Ich würde auch wissen wollen, was mit meinem Partner wirklich passiert ist. Und wenn es Zweifel gibt, müssen sie ausgeräumt werden. Meinst du, ihre Eltern haben vielleicht noch etwas von ihr, was verwertbar wäre?"

Sie löffelte den Schaum vom Milchkaffee. „Hmm, lecker!"

„Möglich", sagte Wolf, „aber ich kann doch jetzt schlecht hingehen und sagen: *Hey Leute, eure Tochter lebt vielleicht doch noch. Kann ich mal in ihren Sachen stöbern, ob ich was Verwertbares für einen Genabgleich finde? Dann sage ich euch später Bescheid.* Wenn es sich nämlich als Hirngespinst herausstellt, habe ich den Leuten Hoffnungen gemacht. Ich wäre sozusagen das Kamel, das das Gras wegfrisst, was schon über die Sache gewachsen ist."

„Vielleicht gibt es da eine andere Lösung", wandte Moni ein.

„Klar, ich könnte einbrechen", sagte Wolf.

„Ich dachte eigentlich mehr an einen Vorwand, unter dem ihr euch Zugang verschafft. Das musst ja nicht du sein, der da klingelt. Dich kennen sie doch. Wie wäre es mit Peter, der wegen der damaligen Drogengeschichte noch mal ihre DNA braucht oder so."

„Die ist doch vielleicht noch archiviert ..."

„Dann denkt euch was aus. Probleme mit dem Speichermedium oder eine defekte Datei. Irgendwas wird euch doch einfallen. Ich kenne mich da nicht so aus", sagte sie.

„Hmm ... vielleicht gar keine so schlechte Idee", überlegte Wolf laut.

„Siehste“, bestätigte sie, „du musst da endlich Gewissheit haben. Ich bin auch einer interessanten Sache auf der Spur. Meine Schwester hat ja nie verraten, wer der Vater von Isabella ist, aber in ihrem Nachlass habe ich alte Briefe gefunden. Vielleicht ergibt sich daraus ein Hinweis. Meine Nichte kommt doch nächste Woche.“

„Dann hat dir die Adresse weitergeholfen?“

„Ja, vielen Dank noch mal. Der Notar, der das Testament eröffnen wird, wollte sie mir nicht geben. Unter ihrem Mädchennamen habe ich im Internet nichts gefunden. Mit dem richtigen war das ein Kinderspiel. Sie ist nämlich Hebamme. Da will man von werdenden Müttern gefunden werden, wenn auch vielleicht nicht von alten Tanten“, lachte sie.

„Sich mit dir nicht zu verstehen, ist doch kaum möglich. Ich wette, es wird für euch beide ein richtig tolles Wiedersehen und Neukennenlernen“, machte Wolf ihr Mut.

„Die Zukunft ist doch immer wieder spannend, findest du nicht?“, fragte Moni.

„Manchmal ist mir etwas weniger Spannung lieber“, entgegnete er. „Wir haben inzwischen noch eine Tote im Feld in Scheie gefunden.“

„Oh je, das ist wirklich schlimm“, bedauerte Moni, „dann hast du wahrscheinlich jetzt noch weniger Zeit, dich um deine eigenen Sorgen zu kümmern.“

„Sagen wir es mal so: Es nagt an mir. Im Hintergrund ist es immer da, aber ich lasse den Gedanken keine Zeit, sich damit zu beschäftigen. Wenigstens tagsüber, aber nachts holen mich die Schatten dann mitunter ein, wie du siehst.“

Sie nahm seine Hand. „Du, weißt du, Schatten haben wir alle, aber nicht jeder hat so wunderbare Freunde wie wir.“

„Meinst du jetzt dich und mich?“

„Ja, auch.“

„Ich bin so froh, dass du nicht sauer bist wegen Charlotte“, sagte er erleichtert.

„Warum sollte ich? Ich habe meinen Mann auch geliebt und denke immer noch gerne an ihn. Sagen wir es mal so. Deine Reaktion war schon etwas heftig, aber ich habe darüber nachgedacht. Würde mir einer erzählen, Gerhard wäre noch am Leben irgendwo und hätte mich sozusagen hinterrücks verlassen, dann wüsste ich auch nicht, wie ich damit umgehen sollte. Das wäre ein schlimmer Verrat.“

„Siehst du, und genau so empfinde ich auch. Aber gleichzeitig habe ich ein schlechtes Gewissen ihr das vorzuwerfen, falls ich mich irre.“

„Das ist allerdings schizophren, denn entweder hast du einen guten Grund, oder ... Aber vielleicht willst du mir von deinen Fällen erzählen? Gibt es einen Zusammenhang?“ Moni lenkte bewusst vom Thema ab.

„Es gibt möglicherweise einen, aber ich möchte jetzt nicht über die Arbeit sprechen, sondern über uns!“

Moni wurde schlagartig warm. „Ist doch alles in Ordnung zwischen uns, oder nicht?“

„Eben drum“, sagte Wolf, „aber ich weiß nicht, wie es wirklich zwischen uns steht.“

„Müssen wir das denn definieren?“, wollte Moni mit einem Augenzwinkern wissen.

„Keine Ahnung“, gab er zurück, „aber ich bin einsam. Ich habe diese kalten Nächte satt, in denen ich mich schon an die Kater schmiegen muss, um etwas Nähe zu fühlen. Weißt du, was ich meine?“

„Besser als du denkst“, antwortete sie und stand auf.

„Was tust du?“

„Los, komm mit!"

„Wohin?"

„Ins Bett, wohin sonst? Es ist Nacht!" Sie nahm ihn an der Hand und zog ihn mit sich.

Er widersprach nicht und ließ sich nach oben führen. Auf einmal war alles ganz leicht. Sie zogen sich aus, als ob dies eine Selbstverständlichkeit wäre und als ob sie dies schon jahrelang auf dieselbe Art und Weise getan hätten. Im Bett war es noch kühl. Sie mussten sich eng aneinanderschmiegen, um warm zu werden. Und dann geschah alles wie von allein. Ihr Duft, ihre Nähe und Wärme, die jahrelange Enthaltsamkeit, ihre forschenden Hände entfachten das fast schon vergessene Gefühl der Lust von Neuem. Beim ersten Mal, als sie sich liebten, waren sie gierig wie Raubtiere, vollkommen ausgehungert, doch dann war der Bann gebrochen. Vorsichtig und liebevoll brachten sie einander zum Höhepunkt und genossen anschließend die Ruhe der Erschöpfung, die aus Zufriedenheit entsteht.

Wolf würde an diesem Morgen zu spät zum Dienst kommen, aber das war ihm egal. In seinem Leben war etwas heil und rund geworden.

Sie hielten sich noch eine ganze Zeit im Arm, dann sagte Moni: „Das hier ändert aber nichts zwischen uns. Wir sind einfach Freunde, die ab sofort in einem Bett schlafen, einverstanden?"

Wolf brummte genüsslich, ihm war momentan alles recht, wenn es nur Aussichten auf eine Wiederholung gab. Er konnte sie später noch fragen, wie sie das gemeint hatte, dachte er und schlummerte ein.

Das Telefon riss ihn aus seinen wohligen Träumen. Er schaute auf die Uhr und fuhr mit einem Schreck hoch. Schon nach halb acht! Moni räkelte sich.

„Wolf, müssen wir uns Sorgen machen?", fragte Peters besorgte Stimme.

„Äh nein, ich hab' verpennt", gab Wolf zu.

Lachen am anderen Ende. „Du?" Peter konnte kaum sprechen. „Geschieht dir recht, bist eben auch nur ein Mensch."

„Ich konnte heute Nacht kein Auge zudrücken, da muss ich gegen Morgen wieder eingeschlafen sein", sagte Wolf.

„Spar dir deine Ausreden, ich kenne alle", antwortete Peter süffisant, „komm einfach her!" Dann legte er auf.

Wolf hatte schon Luft geholt, um zu widersprechen, aber das Gespräch war bereits weg.

„Na, ruft die Pflicht?", fragte Moni blinzelnd.

„Ja, nicht zu ändern", sagte Wolf und gab ihr einen Kuss auf die Stirn, „ich spring dann mal kurz unter die Dusche. Gefrühstückt haben wir ja schon", grinste er.

„Mach das, ich kümmere mich um die Lady und die Kater, keine Sorge. Du kannst dann gleich losfahren."

„Danke, du bist wirklich zu gut, um wahr zu sein, Moni!"

„Och, glaub mir, ich habe schon so meine Macken", gab sie lächelnd zurück.

„Hoffentlich, sonst komme ich mir blöd vor. Bis jetzt hab' ich allerdings noch keine entdeckt."

Als Wolf unter der Dusche war, klingelte sein Smartphone wieder.

„Wer ist es?", rief er aus dem Rauschen.

„Die Rechtsmedizin", sagte Moni.

„Lass bimmeln, ich rufe sie gleich aus dem Auto zurück!"

Es war kurz nach halb drei gewesen, als die neuen, waschechten Juister kurz nacheinander zur Welt kamen. Fiete und Hauke sollten sie heißen. Zwischendurch hatten Isabella kurz die Schweißperlen auf der Stirn gestanden, weil klein Fiete sich ein bisschen viel Zeit ließ. Sie war schon drauf und dran gewesen, den Inselarzt Dr. Göttsche aus dem Schlaf zu klingeln, aber dann hatte sich der Junge doch noch entschlossen, mit etwas Nachhilfe den Geburtskanal zu passieren. Hauke war der Größere und hatte den Weg im Grunde schon frei gemacht, aber Silkes Kraft und auch die Intensität der Wehen hatten nachgelassen. Mit etwas Druck auf den Bauch und gutem Zureden, jetzt doch noch mal kräftig zu pressen, erschien endlich der Kopf und Isabella atmete auf. Bis sie die Babys untersucht, gebadet und den Eltern in den Arm gegeben hatte, war es fast halb fünf. Es lohnte sich kaum noch zu schlafen, denn sie hatte mit Daniel vereinbart, dass er sie gleich um sieben zurückfliegen wollte, falls sie ihm keine SMS schrieb, dass es sich länger hinziehen würde. Die erste Fähre nach Norden ging heute erst kurz vor halb acht und es dauerte ihr zu lange, bis sie von dort wieder in Esens war. Spiekers zahlten die Flüge und sie selbst gab Daniel noch einen kleinen Obolus obendrauf wegen der unmöglichen Zeiten. Sie war froh, dass sie ihn hatte.

Als sie endlich ihre Haustür hinter sich schloss, fiel der letzte Rest der Anspannung von ihr ab. Sie schlüpfte in ihre Hausschuhe und ließ sich aufs Sofa fallen.

„Ich will dich", sagte der Mann mit der Maske aus der hinteren Ecke des Raumes.

Sie zuckte zusammen und blinzelte. Sie war so perplex und fassungslos, dass sie zu keiner Reaktion fähig war. Den Mund, den sie zum Schreien geöffnet hatte, schloss sie unverrichteter Dinge, weil ihre Kehle keinen Laut herausließ. Gleichzeitig waren ihre Nerven zum Zerreißen gespannt. Sie war in Schockstarre.

„Sch..., sch...", machte er. „Schrei nicht, hier ist doch niemand außer uns und die Liebe ist etwas Schönes. Ich habe sie in deinen Augen gesehen, stimmt's?" Er kam auf sie zu. Sie wich im Sofa zurück und nickte, weil sie nicht wusste, wie sie entkommen konnte. Besser nicht widersprechen. Neue Panik stieg in ihr auf, als sie sah, dass er Handschuhe trug.

„Ich will dich glücklich machen, weißt du? Und du mich! Wir sind füreinander geschaffen!"

Sie zitterte.

„Zieh dich aus!", befahl er.

Sie wollte weg und schrie jetzt endlich aus Leibeskräften. Dabei versuchte sie, seitlich vom Sofa zu kommen. Doch er war schneller.

„Ich will dir nicht wehtun", sagte er. „Zieh dich aus. Jetzt! Sofort! Ich will dir dabei zusehen!"

Ihr Zittern war in ein Schlottern übergegangen. Mit ungeschickten Händen zog sie den Pullover über den Kopf, dann das Shirt.

„Lass dir Zeit", befahl er.

Fahrig öffnete sie den Knopf ihrer Hose und schob die Jeans nach unten. Sie fiel auf den Boden. Gerade, als sie danach greifen wollte, rief er: „Liegenlassen!"

Sie schob die Socken über die Füße und saß jetzt in BH und Schlüpfer da. „Bitte nicht", krächzte sie. Das sinnlose Geschrei hatte ihre Stimme rau gemacht.

„Ich warte gerne, bis du bereit bist", sagte er und zog eine neunschwänzige Katze aus seiner Lederjacke.

Die letzte Farbe wich aus ihrem Gesicht. Schnell öffnete sie den BH und streifte den Slip ab. Dabei versuchte sie, sich vor seinen Blicken zu schützen und hielt die Hände vor ihre Brüste.

„Na, na, wer wird denn so schüchtern sein?", fragte er. „Zeig mir, dass du wirklich bereit bist und spreiz die Beine!"

Ihr Überlebenswille raunte ihr zu, dass es besser war, wenn sie tat, was er wollte. Sie schloss die Augen und folgte seinem Befehl.

„Stell die Füße auf und rutsch ein bisschen herunter. Ich will dein Paradies sehen."

Sie gehorchte.

„Ich habe gesehen, dass du gut ausgerüstet bist", sagte er gierig, „aber streichele dich zuerst mit dem Finger, damit du feucht wirst."

Sie wusste nicht, was er mit „gut ausgerüstet" meinte und begann sich zu reiben.

„Sieh mich an und sag mir, dass du es willst!"

„Was?", hauchte sie.

„Dass ich dich glücklich machen soll!"

„Ja", flüsterte sie.

„Reib dich schneller, ich fange jetzt an!"

Sie hob leicht den Kopf und sah, was er vorhatte. Ihr Magen zog sich zusammen.

„Mir ist schlecht", sagte sie.

„Das geht vorbei, wenn du dich weiter schön befriedigst. Denk einfach nicht daran", raunte er und schob das Spekulum in die Tiefe.

Sie zuckte zusammen, folgte aber seinen Anweisungen.

Das Ding war kalt.

Sie wärmte es für ihre Patientinnen immer an, dachte sie völlig unsinnigerweise und kämpfte gegen die Übelkeit.

„Du bist nicht bei der Sache", sagte er mit warnendem Unterton und drehte das Spekulum mit den Schrauben weiter auf.

Sie atmete tief ein, dann wurde es Nacht um sie herum.

Noch aus dem Auto rief Wolf in der Rechtsmedizin an. Es war Nadja gewesen, die ihn hatte erreichen wollen. Dr. Enno Liebermann erzählte ihm, dass ihr die aktuellen Fälle keine Ruhe gelassen hätten. Sie war spät nach Hause gegangen und ganz früh morgens wieder nach Stadthagen gefahren.

„Und wahrscheinlich hat es zwischendurch in ihren Gedanken gegärt, aber sie ist vielleicht wirklich auf eine interessante Idee gekommen. Das wird sie Ihnen aber selber sagen. Ich reiche den Hörer mal weiter. Schönen Tag noch und wenn's nach mir geht ohne weitere Gruselfunde heute."

„Wollen wir es hoffen", gab Wolf zurück.

„Auf was hoffen wir?", fragte Nadja, die inzwischen den Hörer übernommen hatte.

„Auf einen ruhigen Tag."

„Ja, das wäre wirklich schön. Ich muss auch mal wieder richtig schlafen", erklärte Nadja und unterdrückte ein Gähnen.

Wolf fiel die letzte Nacht ein, er schmunzelte und war guter Laune.

„Was hast du denn rausgefunden?"

„Also der Reihe nach: Alle Körperteile, aber auch die gesamte Leiche vom Acker, waren gefroren gewesen. Ich habe zum Teil Gefrierbrand gefunden und in verschiedenen Proben der Haut, der Muskeln, aber auch der Organe geplatzte Zellen."

„Willst du damit sagen, dass die ganze Frau komplett durchgefroren war?"

„So ist es!", sagte Nadja.

„In einem Kühlhaus?"

„Nein, eher in einer großen Gefriertruhe. Die Beine müssen leicht angewinkelt gelegen haben. Dort, wo sich die Haut von Ober- und Unterschenkel berührt hat, ist sie noch besser intakt. So ganz gerade waren sie auch nicht, als ich sie auf dem Tisch hatte. Das ist dir vor Ort vielleicht nicht so aufgefallen."

„Schon möglich", gab Wolf zu.

„Alle Opfer, drei Frauen übrigens, sind genetisch unterschiedlich. Das kann ich jetzt mit Bestimmtheit sagen, wenngleich wir auch damit gerechnet haben. Drei Funde, fünf Hände ..."

Wolf nickte.

„Das war aber trotzdem vermessen, so zu denken", sagte Nadja, „denn es hätten auch Extremitäten unterschiedlicher Menschen in einem Fund sein können."

„Da hast du natürlich recht, rein theoretisch. Hätte das aber einen Sinn gemacht?", wollte Wolf wissen.

„Siehst du, und da sind wir schon bei dem Punkt, um den es mir jetzt vor allem geht. Es muss doch einen Sinn haben, warum der Mörder das tut. Warum trennt oder verändert er Extremitäten? Hast du eine Idee?"

„Du meinst, es gibt auch da ein zusammenhängendes Muster, obwohl die letzte Tote intakt war?", fragte Wolf.

„Ich denke ja", bestätigte Nadja, „es muss einen Grund geben, warum er sie in diesem Fall am Körper gelassen hat."

„Vielleicht konnte er das, was er mitteilen wollte, nicht anders ausdrücken", schlug Wolf vor. „Du meinst also auch, er will uns etwas damit sagen?"

„Ob uns oder jemand anderem, das weiß ich nicht, aber es soll mit Sicherheit etwas bedeuten." Nadja war fest überzeugt.

„Was also ist an der Feldleiche speziell?“

„Die Verbrennung ist es meiner Meinung nach nicht. Da hätte er die verkohlte Hand auch absägen können wie alle anderen.“

„Was sagt uns der Gegensatz oder die Verbindung zwischen etwas Zerstörtem und etwas Heilem an einem menschlichen Körper?“, überlegte Wolf laut.

„Das trifft im Grunde auf jeden Toten zu“, merkte Nadja an.

„Kannst du eigentlich schon sagen, ob die Körperteile vor oder nach dem Tod amputiert worden sind?“ Wolf schüttelte es innerlich bei dieser Frage, aber er musste es wissen.

„Das kann ich dir nur bei dem letzten Teilfund sicher sagen. Der Arm und die Füße sind post mortem entfernt worden. Bei den Augen aus Fund eins kann ich gar keine Aussage treffen, sie waren ja überhaupt nur durch diese speziellen Nervenzellen zu identifizieren. Vielleicht war es auch nur ein Auge, aber dafür waren es meiner Meinung nach zu viele Amakrinzellen. Aber bitte, das ist reine Spekulation! Bei den Händen aus derselben Tüte habe ich Enno später dazugebeten. Wir sind unschlüssig. Einen Hinweis, dass sie von lebendigem Material abgetrennt worden sind, konnten wir aufgrund des Zersetzungsprozesses, der auch die Knochen schon angegriffen hatte, nicht mehr finden. Das schließt es aber nicht gänzlich aus“, sagte sie bedauernd.

„Ja, leider“, seufzte Wolf, „du bist aber wenigstens sicher, dass er die Opferteile nicht mischt. Was in jeder Tüte war, gehört hoffentlich ein und derselben Person.“

„Das schon“, bestätigte Nadja, „wenn es anders wäre, hätte ich dir das aber längst erzählt. Glaubst du denn, dass wir es mit nur einem Täter zu tun haben, der für diese drei Morde verantwortlich ist?"

„Irgendwie schon, aber es ist mehr ein Bauchgefühl. Möglicherweise kommen wir hier weiter. Detlef hatte eine ganz gute Idee. Er hat via Interpol eine Anfrage nach nicht vollständigen Leichen abgesetzt und vielleicht einen Treffer gelandet. Du müsstest eine Mail aus Südtirol von einem Commissario Ladurner bekommen haben."

„Möglich, ich gucke gleich mal. Jetzt sind wir aber vom Thema abgekommen", sagte Nadja.

„Stimmt, die Handschrift des Mörders oder der Mörder", erinnerte sich Wolf, „darüber hatten wir gesprochen."

„Ein Mörder!", wandte Nadja entschieden ein. „Er macht immer irgendwas mit Körperteilen, wenn er sie auch nicht grundsätzlich entfernt und er friert alles ein. Teile, ganze Frauen. Das kann doch kein Zufall sein!"

„Wahrscheinlich gibt es sogar noch eine weitere Übereinstimmung", fügte Wolf an, „alle Frauen scheinen in medizinisch/pflegerischen Berufen tätig gewesen zu sein. Das hat dein Peter herausgefunden."

„Dann haben sich die beiden aber jetzt rehabilitiert, finde ich. Meinst du nicht auch?", fragte sie.

Wolf nickte. „Ich war gar nicht so sauer. Sie konnten nicht ahnen, dass die Leichenteile über einen längeren Zeitraum eingefroren waren. Aber es schadet ihnen auch nicht, wenn sie beim nächsten Mal gleich ein bisschen über den Tellerrand hinausschauen."

Nadja lachte. „Wie wahr! Irgendwie kommen wir aber immer wieder vom Thema ab."

„Das liegt vielleicht daran, dass ich so eine unbestimmte Ahnung habe, sie aber noch nicht greifen kann", mutmaßte Wolf. „Lass es uns im Hinterkopf behalten. Ich bin jetzt vor der Dienststelle. Guckst du dir die Mail mal an? Wir hören uns später."

„Ist gut, Wolf, ich gucke mal, was der Kollege aus Südtirol geschickt hat und was ich damit anfangen kann. Bis später!"

Hetzer legte auf, schälte sich etwas rückenlahm ob der ungewohnten nächtlichen Bewegung aus dem Wagen und steckte sein Smartphone in die Hosentasche. Ein Grinsen zog über sein Gesicht, als er an eine Wiederholung dachte. Oben im Büro war alles in heller Aufregung.

„Volltreffer!", rief Detlef ihm entgegen. „Wir haben sie!"

Auch Moni ging es so gut wie schon lange nicht mehr. Was war schon dabei, wenn man mit seinem Nachbarn, der überdies ein wirklich guter Freund war, schlief und die Nächte mit ihm verbrachte? Von ihr aus konnte alles so bleiben wie bisher - mit dieser kleinen Erweiterung - solange keiner von beiden eine feste Beziehung eingehen wollte. Sie hoffte, dass Wolf das auch genauso verstanden hatte. Lange hatte sie mit sich gehadert. Beziehung ja oder nein? Störte sie beide der Altersunterschied? Und wenn nicht jetzt, dann vielleicht irgendwann? Wollte sie sich überhaupt noch einmal fest binden? Es war immer ein Hin und Her gewesen. Mal mit der Tendenz zum „Ja", mal zum „Nein". Bis sie irgendwann um diese ganze Geschichte wegen Charlotte gedacht hatte, ein „Ist egal, solange es beiden guttut" wäre die richtige Lösung. Sie wusste selbst nicht, was sie wollte und er erst recht nicht. Irgendwann würden sie es herausfinden. Was beiden fehlte, waren in der Tat Nähe und körperliche Liebe. Der Mensch wurde komisch, wenn er solcherlei Befriedigung nicht erleben konnte. Moni hatte da so ihre eigene Theorie. Das gegenseitige Lausen der Primaten sorgte für einen engen sozialen Verbund. Sie fand, dass sich daran evolutionstechnisch nichts geändert hatte, denn beim Menschen war es noch genauso. Wer sich viel berührte und Nähe teilte, würde auch ein besseres Zusammenleben führen.

Nachdem sie mit der Schäferhündin einen ausgiebigen Spaziergang gemacht und sowohl sie als auch die Kater versorgt hatte, ging sie voller Elan in den Keller, um sich die Briefe anzusehen. Sie hatte endlich eine Entscheidung getroffen. Wenn sie etwas mehr über ihre Schwester erfahren wollte, dann musste sie sie lesen. Das war ihre einzige Möglichkeit, diesen Menschen doch wenigstens posthum etwas besser zu verstehen. Sie hoffte es jedenfalls.

Ein bisschen Neugier war auch dabei, das musste sie vor sich selbst schon zugeben, als sie den Stapel mit grüner Schleife hervorzog und das Band öffnete. Die Briefe mussten persönlich übergeben worden sein, denn sie hatten überhaupt keinen Absender und auf der Oberseite war nur in geschwungener Schrift der Name Gisela zu sehen. Auf den Blättern las Moni von ewiger Liebe und weiteren Beteuerungen. Auch die eine oder andere anzügliche Bemerkung war dabei. Die Formulierungen waren irgendwie geschraubt, fast schwülstig. Er nannte sie „Hasi“ und unterschrieb mit „Bärchi“. Das war so albern, dass Moni laut lachen musste. Wie war Gisela denn auf den hereingefallen, fragte sie sich. Doch nach und nach änderte sich der Ton in den Briefen. Gisela musste es auch schnell zu viel gewesen sein mit ihrem Bärchi. Es folgten sehnsüchtige Briefe mit Bitten, Erklärungen und Versprechungen. Im letzten dann die Resignation und das Gelöbnis, dass er immer für sie da sein würde, wenn sie ihre Entscheidung bereuen sollte. Hier unterschrieb er zum ersten Mal mit „Dein Gustl“, was sich ziemlich bayerisch anhörte, fand Moni und damit wurde ihr auch klar, was das komische Gefühl beim Lesen hervorgerufen hatte. Gustl sprach einfach kein Hochdeutsch und das klang beim Schreiben merkwürdig, wenn man es nicht wusste. Als sie den letzten Brief wieder in das Kuvert zurückstecken wollte, fiel ihr auf, dass da noch ein kleines Passbild enthalten war. Sie nahm es heraus, fand, dass der Mann durchaus attraktiv war. In Gedanken hatte sie sich ihn ganz anders vorgestellt. Und jetzt endlich hatte sie auch seinen Namen. Na, dann würde sie doch später mal im Internet nach dem Herrn schauen und danach, was die Jahre aus ihm gemacht hatten.

An diesem Morgen fand sie noch etliche, bunt zusammengewürfelte Briefe in einem Haufen mit lila Band. Sie waren von verschiedenen Männern, denen aber wohl weniger Bedeutung beigemessen worden war, da Gisela sie alle in einen Packen geschnürt hatte. Sie überflog sie nur und fragte sich, wer von denen denn nun wohl der Vater von Isabella war. Olaf, Bärchi oder einer aus der violetten Abteilung. Das würden sie vielleicht niemals herausfinden. Ihre Schwester hatte das Wissen mit ins Grab genommen.

Als Isabella wach wurde, lag sie vollständig bekleidet auf ihrem Sofa unter ihrer Wolldecke. Voller Panik hielt sie ihre Augen geschlossen und tat so, als ob sie noch schlief. Dabei lauschte sie in die Stille. Kein Laut! Vorsichtig tastete sie ihren Körper ab und blinzelte durch die Wimpern. Niemand zu sehen. Die Uhr zeigte kurz nach Mittag. Sie wagte es endlich, sich vorsichtig umzuschauen und rannte dann so schnell sie konnte ins Bad. Dort schloss sie sich ein und holte Luft. Ganz tief. Dann horchte sie an der Tür. War da noch jemand? Hören konnte sie nichts, aber sie fühlte sich beobachtet. Selbst hier im Bad, wo niemand sein konnte. Zur Sicherheit schaute sie in jede Ecke, auch wenn das schwachsinnig war. Selbst hinter die durchsichtige Duschtür guckte sie. Dann erst atmete sie auf. Hier drin war sie auf jeden Fall allein. Sie fühlte sich wie erschlagen. Wer konnte das gewesen sein? Jemand, den sie kannte? Einer der beiden Ärzte? Das konnte sie nicht glauben. Vorsichtig zog sie sich aus und suchte auf ihrem Körper nach verräterischen Spuren wie blauen Flecken oder Kratzern. Doch sie konnte nichts feststellen. Dann fasste sie sich zwischen die Beine und hielt anschließend ihre Finger unter die Nase. Sie konnte keinen Geruch von Sperma erkennen. Mit dem Kosmetikspiegel versuchte sie, ihren Genital- und Analbereich zu kontrollieren. Dazu musste sie einen Fuß auf die Toilette stellen. Doch auch an ihren Schleimhäuten fand sie keine Verletzungen, Risse oder Blutanhaftungen. Verunsichert schaute sie in ihren Slip, der ebenfalls nur normales Sekret aufwies. Hatte sie im Schlaf fantasiert? Machte sie sich jetzt gerade selbst zum Affen und versteckte sich aufgrund eines Albtraumes in ihrer eigenen Wohnung? Sie merkte plötzlich, dass sie fror und zog ihren Morgenmantel über. Dann lauschte sie nochmals an der Badezimmertür. Nichts! Wenn sie doch nur ein Handy mitgenommen hätte. Dann könnte sie Vicky anrufen. Die wüsste bestimmt Rat. Sie horchte wieder. Auch wenn es im Haus vollkommen still war, so hatte sie doch immer noch das Gefühl, ständig beobachtet zu werden. Sie war unsicher, ob sie sich trauen sollte, das Bad zu verlassen.

Mehrmals klingelte ihr Telefon, doch sie zitterte bei dem Gedanken, was hinter der Tür lauern konnte. Anderthalb Stunden saß sie auf dem Rand ihrer Wanne, dann ließ sie sich auf die Badematte nieder. Jemand läutete an ihrer Haustür. Vielleicht Vicky oder ein werdender Vater? Das war ihr jetzt egal. Sie hatte Angst.

Nach zwei Stunden war sie sich sicher, dass sie nicht den ganzen Tag dort sitzen konnte. Wasser hatte sie zwar aus dem Hahn getrunken, aber ihre Unruhe wuchs und mit ihr der Zweifel an der eigenen Wahrnehmung. Am frühen Nachmittag fasste sie sich ein Herz, bewaffnete sich mit einer spitzen Nagelfeile und stürmte durch die Tür.

„Zeig dich, du elendes Schwein!", schrie sie dabei. Doch sie war allein. Nach und nach kontrollierte sie alle Räume. Niemand war da. Nicht im Haus, nicht im Anbau, in dem sich ihre Praxis befand. Selbst die Spekula lagen ordnungsgemäß in ihren Schubladen und nichts deutete darauf hin, dass sie benutzt worden waren. Isabella war perplex. Sie schämte sich. Hätte sie ihr Handy mit ins Bad genommen, hätte sie vielleicht die Polizei angerufen. Wie peinlich!

Sie ließ sich auf ihr Sofa fallen und schaute, wer versucht hatte, sie anzurufen. Vicky natürlich und – da musste sie trotz der vergangenen Stunden grinsen – beide Ärzte von gestern Abend. Das würden sie wohl kaum getan haben, wenn sie noch vor Kurzem hier gewesen und sich an ihr vergangen hätten, dachte sie. Als sie Vicky zurückrief, beschloss sie nichts zu sagen. Es war ihr schon unangenehm genug, sich selbst einzugestehen, dass sie Realität und Traum nicht hatte unterscheiden können. Vickys Vorschlag, einen Einkaufsbummel in Jever zu machen, schlug sie aus und erklärte ihr, dass sie nach dieser Nacht und der Geburt der Zwillinge auf Juist etwas Erholung brauchte. Die Freundin hatte Verständnis und sagte ihr, dass sie sich dann allein auf den Weg machen wollte. Isabella war es ganz recht. Sie hatte momentan keine Lust zu sprechen. Sie war mit sich uneins. Dass sie immer noch das Gefühl hatte, beobachtet zu werden, schob sie darauf, dass sie diesen widerlichen Traum noch nicht verarbeitet hatte.

Der Mann jenseits der Webcams fand, dass er seine Sache gut gemacht hatte.

Als Rosi erwachte, hatte sie einen schlimmen Kater. Ihr Kopf brummte wie ein ganzes Bergwerk. Der Magen rebellierte wieder. So schnell sie in ihrem Zustand dazu in der Lage war, wankte sie ins Bad und spuckte Galle. Sie hatte gar nicht bemerkt, dass er noch da war und lächelte dankbar, als er ihr ein feuchtes Tuch hinhielt.

„Du bist noch hier", freute sie sich, „und mir ist so schlecht!"

„Hoffentlich nicht meinetwegen", sagte er.

„Ich glaub', es war was mit dem Fisch", vermutete sie und stöhnte.

„Leicht mulmig war mir auch", log er und strich ihr über den Kopf, „darum habe ich mich auch auf dein Sofa gelegt, als du endlich geschlafen hast. Ich hoffe, dass du nicht böse bist."

Sie lächelte so gut sie konnte. „Ich bin froh, dass du noch hier bist. Mir ist nur so ..." Wieder übergab sie sich.

„Es wird am besten sein, wenn du heute im Bett bleibst. Mit so einer Lebensmittelvergiftung ist nicht zu spaßen. Wenn du magst, bleibe ich, bis du wieder eingeschlafen bist und schaue nachher noch mal nach dir. Willst du mir deinen Schlüssel geben, dann störe ich dich nicht? Und später koche ich dir etwas Magenfreundliches. Du solltest jetzt kaltes Wasser trinken. Kleine Schlucke. Dann beruhigt sich dein Inneres wieder."

Sie nickte dankbar.

„Wo finde ich einen Eimer? Es wäre mir lieber, wenn du liegen würdest."

„In der Küche unter der Spüle", sagte sie und ließ sich zum Bett führen. Sie war in der Tat noch sehr wackelig auf den Beinen. Als sie lag, deckte er sie behutsam zu. Beinahe liebevoll, fand sie und hoffte, dass sie sich nicht irrte. Es dauerte eine Weile, bis er zurückkam. In einer Hand trug er einen Krug mit Wasser, in der anderen ein Glas. Das füllte er bis zum Rand.

„So", erklärte er, „also wirklich immer nur kleine Schlucke und schön austrinken. Wenn du magst, komme ich am späten Nachmittag wieder und versorge dich. Versprich mir, dass du versuchen wirst zu schlafen, ja?"

„Ja, mache ich, der Schlüssel liegt in der Flurkommode", sagte sie und fügte dann hinzu: „Du, es tut mir total leid, du hast dir den Abend bestimmt ganz anders vorgestellt und danke, dass du dich um mich gekümmert hast."

„Ist doch selbstverständlich!", sagte er. Seine Stimme war warm. „Vielleicht darf ich das ja noch öfter tun."

Hoffentlich, dachte sie und kämpfte mit der Übelkeit.

„Kommst du jetzt zurecht?", wollte er wissen.

„Klar, ich hab' ja alles. Spuckschüssel und Wasser zum Nachladen."

„Gut, dann gehe ich jetzt erst mal. Ich denke, dass ich so gegen fünf wieder hier bin."

Er winkte ihr noch einmal von der Haustür zu und steckte den Schlüssel in seine Hosentasche. Lief doch alles wie geschmiert, dachte er.

Detlef und Commissario Ladurner waren sich sicher. Die Tote auf dem Foto war Elisabeth Kröger aus Hameln. Sie war diejenige, die zu Beginn der Saison 2010 in einem der Spronser Seen gefunden worden war. Gefroren und ohne Hände und Augen.

„Glückwunsch", sagte Wolf, als er zu Wort kam, „das ist doch ein Durchbruch! Was wissen wir noch über die Dame?"

„Sie war Heilpraktikerin mit eigener Praxis und außerdem sehr sportlich. In ihrer Akte habe ich gelesen, dass sie für Marathon und Triathlon trainierte. Reine Schinderei, wenn ihr mich fragt, aber so erklärt sich vielleicht, wie sie da überhaupt hochkam", gab Peter Auskunft.

„Also eine Sportlerin, ja, da wird einiges klarer", bestätigte Wolf.

„Trotzdem sie Erfrierungen und Verletzungen hatte, ist sie da hoch", fügte Detlef an. „Der Kerl muss sie vorm oder beim Aufstieg misshandelt haben. Unzählige blaue Flecke, Abschürfungen, Unterblutungen und auch Frostschäden sind ihr vor dem Tod zugefügt worden. Das stand im Befund der südtiroler Rechtsmedizin."

„Zeigt mir mal ein Foto von der Frau", bat Wolf. Detlef reichte es ihm rüber.

„Wirklich hübsch. Es ist eher wahrscheinlich, dass eine Beziehungstat dahintersteckt. Ich verstehe nur nicht, warum er sie und sich da hochquält auf über zweitausend Meter. Er hätte sie doch auch unten umbringen können. Nachdem sie vor dem Tod misshandelt worden ist, kann man auch nicht vermuten, dass er sie dort oben im Affekt getötet hat."

„Wohl nicht", bestätigte Peter.

„Könnte man davon ausgehen, dass es ihm sogar Spaß gemacht hat, ihr Schmerzen zu bereiten?", fragte Detlef.

„Meiner Meinung nach durchaus wahrscheinlich. Man muss schon ein besonderer Mensch sein, wenn man so vorgeht und der Toten anschließend auch noch Hände und Augen entfernt. Ich habe mit Nadja darüber gesprochen, dass dies für den Mörder einen tieferen Sinn haben muss. Darüber waren wir uns einig, aber ich kann es nicht greifen, was genau dahintersteckt. Ich habe eine Ahnung, aber es ist wie etwas durch den Nebel zu sehen. Das Bild ist verschwommen."

„Gehen wir denn jetzt davon aus, dass alle Fälle zusammenhängen?", fragte Peter.

„Wir ermitteln in beide Richtungen", bestimmte Wolf, „wieso?"

„Ich habe da eine Idee", sagte Peter. „Lass uns mal die Körperteile in Erinnerung rufen und uns überlegen, was man mit ihnen tut oder wofür sie sinnbildlich stehen können. Es könnte doch eine hintergründige Bedeutung geben."

„Respekt", sagte Wolf, „heute haut ihr mich aber um. Warum nicht immer so?"

„WIR sind immer so", erwiderte Peter mit Nachdruck, „wenn denn die Voraussetzungen stimmen. Konnten wir wissen, dass die alle eingefroren waren?"

Wolf zog es vor, nicht darauf zu antworten und sagte: „Also, was haben wir? Zwei Hände und zwei Augen im einen Fall, einen Arm und zwei Füße im nächsten, dann einen verdrehten Kopf und eine verbrannte Hand."

„Sag das letzte noch mal“, bat Detlef.

„Einen verdrehten Kopf und eine verbrannte Hand? Meinst du das?“, wollte Wolf wissen.

„Genau, das meinte ich. Jemandem wurde der Kopf umgedreht, verdreht wie du sagst, das kann man auch im übertragenen Sinne verstehen“, erklärte Detlef.

„Das ist es“, sagte Wolf, „du hast recht! So könnte es wirklich sein, aber was sagt uns die verkohlte Hand?“

„Vielleicht, dass jemand für einen anderen die Kohlen aus dem Feuer geholt hat?“, schlug Peter vor.

„Ich glaube, das ergibt keinen Sinn“, sagte Detlef, „das ist doch etwas Positives, nichts weswegen man einen umbringen wollte.“

„Hand und Feuer, Brand, Flamme, Funken“, überlegte Wolf laut, „aber wie passen die Füße und ein Arm da rein?“

„Bestimmt ergibt es immer nur einen Sinn mit der entsprechenden Person oder ihren Handlungen“, grübelte Detlef. „Das heißt wir können vielleicht davon ausgehen, dass wir es mit demselben Täter zu tun haben, aber jeder Mord und seine Vorgehensweise ist ganz individuell und speziell an das Opfer angepasst, denke ich.“

„Da ist schon was dran. Ich rufe mal Nadja an. Ich will hören, was sie zu dem verdrehten Kopf sagt“, erklärte Wolf.

„Stell auf laut“, bat Peter.

„Logisch, ihr sollt doch alles mitkriegen. Ohne eure guten Ideen wären wir überhaupt noch nicht so weit“, lobte Wolf.

„Serafin“, murmelte Nadja durch den Mundschutz. Enno hielt das Mobilteil.

„Ist es grad schlecht?“, fragte Wolf.

„Moment bitte“, sagte sie, „sprich solange mit Enno. Ich übernehme gleich.“

„Gibt's was Neues?“, fragte Wolf.

„Wir sind gerade dabei, die Identität eurer Toten vom Berg zu bestätigen. Nadja wollte auch von der Acker-Leiche gleich ein Profil anlegen und ihr Gewebe entnehmen. Währenddessen haben wir gegrübelt, was der Mörder uns mittels der Körperteile sagen will.“

„Genau das tun wir auch gerade und vielleicht haben wir einen Weg in Richtung Entschlüsselung gefunden. Wenn Nadja da ist, dann stellt doch bitte auch auf laut. Wir machen das hier ebenso.“

„In Ordnung“, sagte Enno und erklärte Nadja kurz, was Wolf vorgeschlagen hatte.

„Mach ruhig schon laut, ich höre euch auch, während ich mir die Hände wasche“, bat sie.

„Also“, begann Wolf, „hier ist die Idee aufgekommen, dass es bei den Körperteilen um eine indirekte Botschaft gehen könnte. Der unnatürlich verrenkte Kopf war der Schlüssel. Es könnte darum gehen, dass jemandem beispielsweise der ‚Kopf verdreht‘ worden ist.“

„Interessanter Ansatz, falls er liebestechnisch bei ihr gescheitert ist“, warf Nadja ein. „Aber was soll das mit der Hand? Könnt ihr euch vorstellen, was er damit gemeint hat? Habt ihr eventuell da auch eine Idee, die uns weiterbringen würde?“

„Vielleicht hat sie vor Liebe gebrannt?“, schlug Enno vor. „Oder ein Hinweis auf die Sünde und das Fegefeuer?“

Peter konnte sich ein Grinsen nicht verkneifen.

„Wir müssen uns dabei aber auf die Hand konzentrieren“, meinte Wolf, „es war ja nicht die ganze Frau verkohlt.“

„Hand, Feuer ...“, dachte Detlef laut, „Hand im Feuer, Feuerhand ...“

„Mensch, die Hand ins Feuer legen“, rief Peter dazwischen. „Sie hat für jemanden oder für sich die Hand ins Feuer gelegt.“

„Klingt logisch“, fand Enno. „Könnte sein.“

„Lasst uns weiterspinnen, das Brainstorming bringt uns weiter, ich bin mir sicher“, bat Wolf.

„Dann hat ihr irgendjemand den Kopf verdreht und sie hat ihre Hand ins Feuer gelegt“, wiederholte Peter, „woran ist sie aber gescheitert, sodass sie sterben musste?“

„Vielleicht an sich selbst?“, schlug Nadja vor.

„Das ist es“, stimmte Wolf zu. „Nur so macht es einen Sinn. Sie hat etwas gesagt oder versprochen und hat es nicht gehalten.“

„Oder sie konnte es von vornherein nicht, weil ihr etwas Unmögliches abverlangt worden ist“, fügte Detlef an.

„Das halte ich auf jeden Fall für wahrscheinlich, ob es nun mit den Körperteilen zu tun hat oder nicht. Im Kern war sie übrigens noch gefroren. Ich habe eben noch vor der Sektion ihren Unterleib äußerlich begutachtet. Sie hat massive Verletzungen im Genital- und Analbereich, die ihr sicherlich vor ihrem Tod zugefügt worden sind. Die Vagina ist extrem überdehnt, der Schließmuskel sah merkwürdig schlaff aus und voller Fissuren. Hier wird die Leichenöffnung zeigen, ob die Sphinktermuskulatur gerissen ist. Das hätte unter Umständen lebenslange Inkontinenz bedeutet“, erklärte Nadja.

Alles schwieg. Wolf war der Erste, der sich wieder zu Wort meldete.

„Also müssen wir von sexuell motivierten Taten ausgehen?“

„Das kann ich nur für die komplette Tote vermuten. Wie gesagt, ich kann dazu ganz genaue Infos geben, wenn ich sie in- und auswendig begutachtet habe."

„In Ordnung, aber lasst uns weitermachen. Was sagen uns die Augen und die abgetrennten Hände?", fragte Wolf.

„Ob sie vielleicht versprochen hatte, jemanden im Auge zu behalten?", überlegte Enno.

„Oder ob sie jemandem ihre Hand versprochen hat?", fügte Detlef hinzu.

„Es sind aber beide ab und beide raus", wandte Peter ein. „Nicht nur ein Auge oder eine Hand."

„Ob er das so genau genommen hat?" fragte Enno.

„Das glaube ich sogar ganz bestimmt", sagte Wolf. „Er überlegt sich genau, was er tut. Die Frau aus Hameln ist seit 2009 spurlos verschwunden, wenigstens inländisch. Es muss einen Grund geben, warum er jetzt die Hände und Augen hat auftauchen lassen. Warum entsorgt er sie nicht einfach auf sichere Art und Weise?"

„Du weißt doch, dass diese Kerle keine komplette Befriedigung verspüren, wenn sie unerkannt bleiben", sagte Peter. „Er wollte endlich auffallen. Das ist doch klar. Darum hat er kurze Zeit später auch die anderen Körperteile aus der Truhe geholt und schließlich die Frau vom Acker."

„Mensch, ich weiß jetzt, warum die komplett geblieben ist", sagte Detlef, „das versteht sich doch von selbst. Hätte er den Kopf abgetrennt, hätte niemand gewusst, was er ausdrücken wollte. Um das Verdrehte darzustellen, musste er ihn am Rumpf lassen."

„Das ist eine sehr gute Erklärung und scheint mir schlüssig zu sein", freute sich Nadja.

„Super", lobte Wolf, „ganz große Klasse! Hat jemand noch eine Idee zu den Füßen?"

„Ich geh' meilenweit für eine Camel Filter", sagte Peter und erntete dafür einen bösen Blick von Detlef.

„Ernsthaft, Mann!", sagte er und stupste Peter von der Seite an.

Wolf, der zuerst auch finster dreingeblickt hatte, verzog sein Gesicht zu einem breiten Grinsen. „Da hat unser kleiner Spaßvogel unbeabsichtigt etwas vielleicht Interessantes gesagt."

„Aber auch nur vielleicht", sagte Nadja vorwurfsvoll, „denn ich kann mir nicht erklären, was der Arm damit zu tun haben soll."

„Der will uns auf den Arm nehmen", witzelte Detlef.

„Ich sach nix mehr", brummte Peter.

„Also, ich mache euch jetzt einen Vorschlag. Wir haben doch schon tolle Fortschritte gemacht. Auf dieser Basis sollten wir alle weiterdenken, und wenn wir Ideen oder brauchbare Vorschläge haben, melden wir uns gegenseitig. Ist das in Ordnung?", fragte Wolf.

„Gut", sagte Nadja und Enno stimmte ebenfalls zu, „dann machen wir uns jetzt an die Leichenschau. Ich sehe gerade, dass Frau Dr. Kukla kommt. Bis dann, ich muss auflegen."

Peter war immer noch verstimmt.

„Nun krieg dich wieder ein", bat Detlef, „oder hast du Hunger?"

Diese Frage machte die Sache nicht besser. Peter hatte immer Appetit und wenn das quälende Gefühl in seinem Magen zu groß wurde, konnte er leicht unwirsch werden. Wolf hatte nicht zugehört. Er war mit seinen Gedanken ganz woanders. Was konnte man wem mit seinen Füßen versprechen, überlegte er. Peter hatte durch seinen blöden Spruch etwas in seinem

Kopf angestoßen, aber wieder konnte er es nicht greifen. Plötzlich fiel ihm das Schweigen auf, das sich im Raum ausgebreitet hatte und schwer wie Blei in der Luft hing.

„Alles gut mit euch?“, fragte er.

„Geht so“, sagte Peter und Detlef zuckte mit den Schultern.

„Wir sollten veranlassen, dass jemand von der KTU Genmaterial von all den infrage kommenden vermissten Frauen besorgt“, schlug Wolf vor. „Vielleicht gibt es eine Übereinstimmung mit den Extremitäten. Habt ihr schon Fotos von der Leiche vom Acker?“

„Nein“, sagte Detlef.

„Dann zeigt mir noch mal die anderen. Ich habe ja der Frau nach dem Umdrehen des Körpers auch ins Gesicht gesehen.“

Peter reichte ihm die Bilder. Wolf studierte jedes ganz genau.

„Hm, ich weiß nicht so recht, schwer zu sagen, am ehesten diese hier. Schade, ich dachte, das bringt uns ein Stück weiter. Dann konzentrieren wir uns jetzt erst mal auf die Sportlerin aus Hameln. Kröger hieß sie, glaube ich. Was war sie noch mal von Beruf?“

„Heilpraktikerin“, sagten Detlef und Peter wie aus einem Mund.

„Hat sie noch Angehörige?“, wollte Wolf wissen.

„Eine Mutter“, sagte Detlef, „aber sie ist im betreuten Wohnen in Hessisch Oldendorf untergebracht. Ich habe schon in der Einrichtung angerufen. Wir dürfen sie dort gerne besuchen, sagte die Heimleitung, man könne jedoch nicht voraussagen, wann sie einen hellen Moment hat. Das spurlose Verschwinden ihrer Tochter Elisabeth hatte der Dame so sehr zugesetzt, dass sie Fantasie und Realität nicht mehr klar auseinanderhalten konnte.“

„Das klingt ermittlungstechnisch nicht sehr vielversprechend“, bedauerte Wolf. „Fahrt trotzdem hin, ihr zwei, und lasst euren Charme spielen. Die Vergangenheit wird wahrscheinlich noch eher präsent sein als die Gegenwart.“

„Sollen wir ihr vom Tod ihrer Tochter erzählen?“, fragte Peter.

„Diese Entscheidung solltet ihr in Absprache mit der Heimleitung treffen“, bestimmte Wolf. „Sie wissen am besten, was Frau Kröger zugemutet werden kann.“

„Gut, dann wollen wir mal“, sagte Detlef und stupste seinen immer noch knurrigen Kollegen an. „Auf dem Weg können wir uns in Deckbergen bei der Landbäckerei Scholz etwas Leckeres holen.“ Diese verlockende Aussicht brachte Peters Lebensgeister zurück.

Als das Telefon klingelte, schreckte Isabella zusammen. Sie musste noch einmal kurz eingenickt sein. Immerhin hatte sie diesmal nicht geträumt, dachte sie erleichtert.

Große Lust zum Reden hatte sie nicht, aber sie erkannte an der Nummer, dass sich Pettenkofer am anderen Ende der Leitung befand. Einen kurzen Moment haderte sie mit sich, ob sie das Gespräch annehmen sollte, dann gab sie sich einen Ruck. Er konnte schließlich nichts für das, was sie im Schlaf erlebte.

„Hallo, Sie Nachtschwärmerin", sagte eine fröhliche Stimme etwas blechern.

„Hallo, Herr Dr. Pettenkofer. Sind Sie im Auto? Sie klingen so merkwürdig."

„Ja, ich bin gleich in Bad Nenndorf, bin ganz gut durchgekommen."

Isabella rechnete im Geiste, knapp drei Stunden dauerte die Fahrt. Damit schied er aus, falls sie doch nicht geträumt hatte. Was denke ich da, schimpfte sie mit sich.

„Wunderbar", sagte sie zu ihm.

„Und, sind die Zwillinge auch gut gelandet?"

„Alles zufriedenstellend mit kleinen Abzügen in der B-Note", erklärte Isabella.

„Ich wollte mich noch für den schönen Abend bedanken." Seine Stimme floss wie warmer Honig in ihre Ohren.

„Der Abend war wirklich schön. Es tut mir leid, dass ich ihn so abrupt beenden musste."

„Aber das ist doch verständlich. Wenn man mit einer freiberuflichen Hebamme zum Essen verabredet ist, muss man immer damit rechnen. Sie hatten es ja auch schon vorab gesagt, dass der Fall eintreten könnte."

„Schon, aber trotzdem ist es ärgerlich. Und das mit der Hebammentätigkeit könnte sich bald erledigt haben", sagte sie.

„Wollen Sie sich beruflich verändern?", fragte Pettenkofer.

„Was heißt wollen?", antwortete sie. „Sie haben es bestimmt schon in der Presse verfolgt. Die Haftpflichtversicherung für Hebammen steigt in astronomische Höhen. Wir zahlen ohnehin schon die Kranken- und Rentenversicherung selbst. Und jetzt das. 1981 betrug sie noch rund dreißig Euro, ab Juli 2014 sollen es fünftausendeinhundert Euro sein. Wie kann man dagegen noch anverdienen?"

Pettenkofer seufzte. „Das ist viel Geld. Das will erst mal erarbeitet werden. Und was haben Sie jetzt vor?"

„Ich weiß es noch nicht genau. Nächste Woche muss ich nach Rinteln zum Notar. Das Testament meiner Mutter wird eröffnet. Sie hatte eine Finca auf Teneriffa. Vielleicht mache ich da weiter und wandere aus."

Stille am anderen Ende der Leitung.

„Dann sind Sie ja ganz in der Nähe", sagte Pettenkofer, „wenn Sie nach Rinteln kommen. Bleiben Sie länger? Dann könnten wir uns doch sehen? Das mit dem Auswandern würde ich mir aber noch mal überlegen."

Isabella lachte. „Ich werde Ihnen doch wohl nicht fehlen bei Ihren Geburtshilfekenntnissen ..."

„Wer weiß, vielleicht sollten Sie in die Veterinärmedizin wechseln und vierbeinigen Babys auf die Welt helfen. Ich schlage vor, wir besprechen das bei einem guten Glas Wein, einverstanden?"

„Mal sehen", sagte Isabella, „ich will noch nichts versprechen. Kommt drauf an, wie lange ich in der Gegend bin." Dabei dachte sie, dass es doch eine gute Idee sein könnte, Esens für eine Weile den Rücken zu kehren, denn auch wenn sie inzwischen sicher war, geträumt zu haben, so fühlte sie sich dennoch immer noch nicht allein. Das Gefühl, dass andere Augen zusahen, wollte nicht weichen. Bei Tante Moni könnte sie unterkommen. Sie hatte es angeboten.

„Ich hoffe, Sie können es einrichten", sprach Pettenkofer in ihre Gedanken hinein. „Ich melde mich spätestens Anfang der Woche noch mal."

„Sie sind aber hartnäckig", lachte Isabella.

„Worauf Sie Gift nehmen können!", sagte der Arzt schmunzelnd und verabschiedete sich.

Isabella dachte nach. Das war im Grunde genommen eine gute Idee, hier allem für eine Zeit lang den Rücken zuzukehren oder vielleicht sogar für immer? Klar, den einen oder anderen würde sie natürlich vermissen. Daniel, den Piloten zum Beispiel, die Familie Esen aus den Bauernstuben und Olaf den Kellner, die vielen Mütter, die sie betreut hatte. Und Vicky, zu der der Kontakt zwar niemals abreißen würde, aber so oft würden sie sich nicht mehr sehen, wenn sie tatsächlich irgendwann ganz weit fortging. Ausgerecht jetzt hatte sie außerdem zwei wirklich interessante Männer kennengelernt. Bei jedem würde es sich lohnen, ein bisschen hinter die Fassade zu schauen. Ihr Weg nach Todenmann sollte sie daran auf keinen Fall hindern, im Gegenteil, sie war den beiden räumlich viel näher. Vielleicht sollte das alles so sein. Eine Entscheidung konnte sie sowieso erst treffen, wenn sie wusste, was genau im Testament ihrer Mutter stand. Wie gerne hätte sie ein besseres Verhältnis zu ihr gehabt. Es war seltsam, dass sie nun nach ihrem Tod mehr über sie erfahren würde als jemals zu Lebzeiten. Eine komische Welt war das manchmal. Ihre Tante Moni hatte sie immer ganz gerne gemocht, aber sie hatten sich aus den Augen verloren.

Es hatte eine Phase in ihrem Leben gegeben, da war sie so verletzt, dass sie mit niemandem aus ihrer Familie etwas zu tun haben wollte. Das war ungerecht gewesen.

Nach Mutters Tod konnte sich jetzt alles zum Guten wenden, hoffte sie. Tante Moni war inzwischen auch allein und würde sich bestimmt über ein bisschen Gesellschaft freuen. Und sie konnte ihrer Wohnung mit den tausend Augen für eine Weile entkommen. Ihr Entschluss stand fest. Nun musste sie nur noch die notwendigen Dinge regeln, ihre Vertretung organisieren und ihre Tante anrufen. Doch noch bevor sie zum Telefon greifen konnte, klingelte es bereits.

„Seitz hier, ich grüße Sie! Ich wollte nur mal hören, ob Sie die anstrengende Nacht gut überstanden haben."

„Herr Dr. Seitz, das ist aber lieb, dass Sie nachfragen." Mit ihm hatte Isabella jetzt nicht gerechnet.

„Den Doktor lassen wir aber mal weg, ja?", bat Seitz.

„Na gut. Sind Sie auch schon auf dem Rückweg in die hannoverschen Gefilde?", wollte Isabella nicht ganz uneigennützig wissen.

„Ich musste noch Station in Oldenburg machen, aber jetzt bin ich bald da."

Mit dieser ungenauen Aussage konnte Isabella nichts anfangen. Es war nur ein Traum, schalt sie sich.

„Es könnte sein, dass ich ein paar Tage in Todenmann bei meiner Tante verbringe. Ich war übrigens schon ewig nicht mehr im Zoo ..."

„Dann darf ich Sie vielleicht zu einer Spezialführung einladen? Sie müssten sich aber alte Sachen mitnehmen", erklärte Seitz. „Ich gucke abends ab und zu noch mal nach meinen Schützlingen, wenn die Besucher schon weg sind. Dann hat der Zoo einen ganz besonderen Charme. Anschließend könnten wir essen gehen."

„Nur, wenn ich Sie einladen darf", betonte Isabella.

„Dann wird das leider nichts", sagte Seitz bedauernd und legte auf.

Isabella saß da wie vom Donner gerührt. Was war das denn? So etwas hatte sie ja noch nie erlebt. Oder war er in ein Funkloch geraten? Doch es war schon putzig, dass das Gespräch genau an diesem Punkt abbrach. Sie wartete noch einen Moment, ob er wieder anrief. Aber nichts geschah. Mit jeder Sekunde ärgerte sie sich mehr. Was bildete sich der denn ein! Und von dem hatte sie sich einladen lassen. Sie überlegte, wie sie ihm das Geld zurückerstatten konnte. Da klingelte ihr Telefon wieder.

Es war Seitz.

War er doch in einem Funkloch gewesen? Einen Augenblick lang dachte sie darüber nach, es einfach bimmeln zu lassen, aber die Neugier siegte und dass sie ihm die Meinung sagen wollte. Sie hob ab.

„Na, sind Sie jetzt böse auf mich?", fragte Seitz mit einem süffisanten Unterton.

„Ein bisschen schon, falls Sie einfach so aufgelegt haben", gab Isabella zu.

„Schön, dass Sie ehrlich sind!“, freute sich Seitz. „Ich bin es auch und zwar immer und ohne Ausnahme, manchmal vielleicht ein bisschen zu direkt. Also, gehen Sie mit mir zu meinen Bedingungen essen? Es wird immer so sein, dass Sie mein Gast sind!“

„Ich überleg's mir“, sagte Isabella.

„Gut, damit kann ich leben. Das ist eine Option von fünfzig Prozent. Ich nehme an, Sie melden sich bei mir?“, wollte Seitz wissen.

„In jedem Fall, egal ob ja oder nein“, bestätigte Isabella.

„Dann hoffe ich aufs Beste und wünsche Ihnen einen schönen Tag“, sagte er und legte nach ihrem: „Ihnen auch!“ auf.

Was für ein seltsamer, aber interessanter und vor allem gradliniger Mann, fand Isabella. Wieder war sie hin- und hergerissen in ihren Sympathien. Der eine war smart und warm, ein echter Womanizer, fürsorglich waren beide.

Der andere hatte aber etwas Geheimnisvolles an sich. War es unrecht, dass sie beide näher ergründen wollte? Aber bevor es überhaupt dazu kommen konnte, musste sie die Weichen stellen und ihre Tante anrufen. Diesmal kam ihr niemand zuvor. Sie wählte Monis Nummer.

„Kahlert.“

„Hallo Tante Moni, ich bin's, Isabella. Ich wollte auf dein Angebot zurückkommen und mich ein paar Tage bei dir einnisten.“

„Das ist ja wunderbar!“, rief Moni in den Hörer und dachte dann sofort an Wolf, der das im Moment möglicherweise gar nicht so passend fand, aber sie konnte sich ja sonst zu ihm schleichen wie ein Teenager, das hatte doch auch etwas. „Wann kommst du?“

„Ich würde hier heute alles regeln und dann morgen nach dem Frühstück losfahren. Dann wäre ich so gegen Mittag bei dir.“

„In Ordnung, dann habe ich noch Zeit, dein Zimmer herzurichten. Weißt du schon, wie lange du bleiben wirst?“, fragte Moni.

„Ehrlich gesagt nein ...“

„Nanu, ist etwas passiert?“

„Nein, nicht direkt. Es ist nur so, dass ich schlecht geträumt habe. Echter Horror. Also, ich hoffe, dass es ein Traum war. Seitdem fühle ich mich allein unwohl und da du mich gefragt hattest, habe ich mir gedacht, ich besuche dich. Natürlich nur so lange du magst.“

„Aber ich freue mich doch. Bleib ruhig erst mal hier, alles andere wird sich finden. So etwas muss man verarbeiten. Vielleicht magst du ihn mir erzählen, wenn du hier bist. Das hilft manchmal.“

„Ja vielleicht“, sagte Isabella und war sicher, dass sie das niemals tun würde.

„Gut, dann bis morgen und fahr vorsichtig!“, sagte Moni.

„Immer doch, bis dann!“, antwortete sie und hoffte, dass sie die Nacht gut hinter sich bringen würde. Ihr graute vor der Dunkelheit. Aber wenn sie nicht schlief, was sie sich durchaus überlegte, dann wäre sie am nächsten Tag zu müde zum Fahren. Das war zu gefährlich.

Sie beschloss, sich im Schlafzimmer zu verbarrikadieren und das Licht anzulassen. Du bist irre, sagte sie zu sich. Völlig bekloppt. Bist dir sicher, dass es ein Traum war und benimmst dich, als ob es keiner gewesen wäre.

Das Telefon hielt sie noch in der Hand. Ihr Ohr glühte bereits. Aber sie musste Vicky noch anrufen und ihr sagen, dass sie einige Zeit fort sein würde. Ob sie sie beim Shoppen stören konnte? Doch die Frage wurde fast zeitgleich beantwortet. Vicky schickte eine SMS. Sie säße jetzt gerade bei einer Tasse Kaffee und würde ihre Beute besichtigen. Isabella wählte ihre Nummer.

„Gib nicht so viel Geld aus", sagte sie zu ihrer Freundin, als diese abnahm.

„Mach ich doch gar nicht. Ich gebe immer nur diese Plastikkarte hin, dann tippen die ein paar Zahlen ein und schon gehört der Fummel mir!", sie lachte. „Ist ganz schmerzlos - erst mal!"

„Du, ich werde ein paar Tage verreisen", begann Isabella mit zögernder Stimme.

„Was heißt das?", fragte Vicky misstrauisch.

„Ich muss doch zu diesem Notar und besuche meine Tante."

„Die Tante, die sich jahrelang nicht um dich gekümmert hat?"

„Sie wusste doch nicht, wo ich bin."

„Faule Ausreden", schimpfte Vicky, „aber mach mal, wenn du meinst. Dann hättest du wenigstens heute mit mir nach Jever fahren können."

„Nicht böse sein, ich hab's mir doch eben erst überlegt. Ich muss mal raus hier."

„Wann kommst du wieder?"

„Weiß ich noch nicht!"

„Kann es sein, dass du ganz abhauen willst?"

„Nein, nicht so direkt. Ich muss gucken, wie das mit dem Erbe ist, dann entscheide ich, was ich mache."

„Und wo komme ich in der Geschichte vor? Oder habe ich ausgedient?" Sie schluchzte.

„So ein Quatsch, du bist doch meine beste Freundin. Wir besprechen das dann gemeinsam, wenn ich mehr weiß, ja?"

„Na gut", sagte Vicky immer noch schniefend, „ich will dich nicht verlieren!"

„Das wirst du nie, glaub mir!"

Isabella sagte ihr noch ein paar beruhigende Worte, dann legten die beiden wehmütig auf. Die Zeit stand nie still. Es war nichts so beständig wie die Veränderung.

Wie sehr hätte er sich gewünscht, Mikrofone an seinen kleinen Spionen zu haben. Mehrfach hatte sie telefoniert, aber er wusste nicht mit wem. Jetzt sah er, dass sie ihre Koffer vom Dachboden holte. Die Installation der Webcams hatte ihm nicht viel gebracht, wenn sie verreisen würde. Er war froh, dass er wenigstens so schlau gewesen war, einen GPS-Empfänger unter ihrem Auto zu installieren. So würde er sie zumindest nicht ganz aus den Augen verlieren. Wenn er ihren Aufenthaltsort genau lokalisiert hatte, würde er auch dort seine geheimen Wächter anbringen.

Er lehnte sich zurück und genoss es, wie sie sich durchs Haus bewegte. Sie hatte einen wunderschönen Bewegungsablauf, wenn sie durch die Räume ging. Es war fast so, als tanzte sie. Nach und nach legte sie ihre Kleidungsstücke in die Koffer. Für ihn war es berauschend sich vorzustellen, wie sie in dem einen oder anderen aussehen mochte, doch als er sah, mit wie viel Bedacht sie ihre Dessous aussuchte, wurde er wütend und erregt zugleich. Sie sollte nur ihm gehören. Niemand anders durfte sie so sehen. Sie war sein Eigentum. Alles wusste er von ihr. Welches Deo sie nahm, was für ein Shampoo sie benutzte, welche Sorte Slipeinlagen sie trug, welches Parfüm ihr liebstes war. Er hätte ihre Kulturtasche auch packen können. Doch so konnte er im Geiste die Regieanweisungen geben. „Deine Zahnbürste hast du noch vergessen!“, sagte er, ohne dass sie es hören konnte. Aber als ob sie diesen Einwurf vernommen hätte, kam sie ins Bad zurück und packte sie ein. Er grinste zufrieden und fand, dass sich die Verbindung, die zwischen ihnen beiden herrschte, zu festigen schien, auch wenn sie davon nichts ahnte.

Nach drei Schinken-Käse-Croissants war Peters Laune wieder besser. Detlef grinste in sich hinein. Er hatte noch niemanden gekannt, dessen leerer Magen solche verheerenden Folgen haben konnte. Doch wenn man das Problem erkannt hatte, konnte man gut damit umgehen. In Zukunft, so beschloss Detlef, würde er immer etwas Essbares griffbereit haben. Mit sich und der Welt zufrieden, fuhren die beiden Kommissare beim Seniorenzentrum Poppelbaum vor und ließen sich in das Zimmer von Klothilde Kröger führen. Die alte Dame saß da und stickte. Aber was sie stickte ergab keinen Sinn, es sei denn, man war ein Freund abstrakter Fadenkunst.

„Frau Kröger", sagte die Pflegerin, „Sie haben Besuch."

„Es hat doch noch gar nicht geschneit", beschwerte sich die Seniorin, „wieso kommen die Weihnachtsgäste schon?"

„Das ist kein Besuch, die Herren sind von der Polizei und haben ein paar Fragen wegen Ihrer Tochter Elisabeth", erklärte die Betreuerin. Man war überein gekommen, dass sie dabeibleiben und notfalls unterstützen sollte. Jetzt nickte sie den Kommissaren zu.

„Guten Tag Frau Kröger, wir haben ein paar Fragen zu Ihrer Tochter Elisabeth", wiederholte Peter.

„Die ist weggegangen", sagte die alte Dame.

„Ah ja", wich Peter aus, „wir wollten wissen, ob sie Freunde oder Bekannte hat und ob Sie die Namen wissen."

„Elisabeth ist sehr beliebt. Im Kindergarten vergöttern sie sie. Möchten Sie Tee?"

„Nein, vielen Dank. Wie hieß denn ihr Freund oder hatte sie eine Freundin?"

„Frau Kröger", schaltete sich die Pflegerin ein, „Ihre Tochter ist doch schon erwachsen, erinnern Sie sich? Sie hat eine eigene Praxis."

„Stimmt, sie ist Ärztin", nickte Frau Kröger.

Die Betreuerin zog es vor, dies nicht zu korrigieren. „Gab es einen Mann in Elisabeths Leben?"

„Erlauben Sie mal, mein Mädchen ist ein anständiges Kind! Sie treibt sich nicht mit Männern rum." Die Stimmung drohte zu kippen.

„Selbstverständlich. Aber sagen Sie, Sie haben mir doch mal von einer Maren erzählt. Ist das Elisabeths Freundin?"

„Diese falsche Schlange", rief die Seniorin aufgebracht, „hat meine Tochter im Stich gelassen. Sie hätte doch warten können, bis sie wieder da ist. Aber nein, sie hat sich einfach aus dem Staub gemacht."

„Wie hieß diese Maren doch noch mal mit Nachnamen?", fragte die Pflegerin.

„Ritter", kam die Antwort wie aus der Pistole geschossen, „der Name passt nicht zu ihr!" Frau Kröger widmete sich wieder ihren Stickereien und summte ein Weihnachtslied. „Hat es schon geschneit?", wollte sie wissen.

„Nein, Frau Kröger", antwortete Detlef, „mochte Elisabeth denn Schnee und Berge?"

„Es hat keinen Sinn mehr", erklärte die Betreuerin, „sie ist wieder in ihrer eigenen Welt versunken, aber vielleicht hilft Ihnen der Name weiter, bitte kommen Sie jetzt!"

„Ja, vielen Dank für Ihre Hilfe", sagte Peter, „wir werden das überprüfen."

Als sie wieder im Auto saßen, hatte Detlef den Namen schon gegoogelt. „Du, diese Maren Ritter hat eine Physiotherapiepraxis in Fischbeck. Sollten wir ihr auch einen Besuch abstatten?"

„Keine schlechte Idee, wenn wir sowieso schon hier sind", sagte Peter. „Diese Mutter war ganz schön abgedreht. Ob sie wohl vor dem Verschwinden ihrer Tochter noch normal war?"

„Das kann ich mir kaum vorstellen, aber ich bin auch kein Arzt. Auf jeden Fall hätte es keinen Sinn gemacht ihr mitzuteilen, dass man ihre Tochter schon vor Jahren in Südtirol tot aufgefunden hat." Detlef lehnte sich zurück. Er war müde von der Nacht auf dem Sofa.

„Ich frage mich, ob so ein Schock nicht auch heilsam sein könnte. Es gibt doch nichts Schlimmeres als die Ungewissheit. Sie könnte ihre Tochter endlich betrauern ..."

„Was du nicht loslassen willst, kannst du auch nicht verarbeiten, Peter. Guck dir Wolf an. Er zweifelt sogar den Tod seiner damaligen Verlobten an. Und das, obwohl es Berichte in Hülle und Fülle gibt, die das Gegenteil beweisen. Man kann sich alles schönreden oder Tatsachen anzweifeln. Die Realität ist nicht immer so einfach zu akzeptieren", sagte Detlef.

„Du scheinst aus Erfahrung zu sprechen?"

„Vielleicht", murmelte Detlef und hielt nach den Straßen Ausschau. „Da hinten links, wir sind gleich da!"

Peter parkte vor dem Neubau im Sonnenbrink und nahm sich vor, später noch einmal nachzubohren, was Detlefs Vergangenheit anbelangte. Aber jetzt ging die Arbeit vor. Leider dauerte es, bis Frau Ritter zwischen ihren Patienten einen Moment Zeit fand, um mit den Kommissaren zu sprechen. Detlef erklärte ihr die Situation, ohne zu sehr ins Detail zu gehen. Maren Ritter war trotz allem richtig geschockt. Sie musste sich setzen.

„Bitte entschuldigen Sie, aber das haut mich jetzt um! Ich dachte immer, Elisabeth würde irgendwann nach enttäuschter Liebschaft wieder auftauchen. Aber dass sie tot ist, damit habe ich nicht gerechnet. Das hätte ich auch nie geglaubt. Sind Sie sich sicher?"

„Todsicher", sagte Peter und erntete dafür einen bösen Blick von Detlef.

„Sie war so ein liebevoller Mensch ... und was sagten Sie, sie ist in Südtirol gefunden worden? Ist sie denn beim Wandern abgestürzt? Das würde wenigstens erklären, warum man sie so lange nicht gefunden hat", grübelte Maren Ritter.

„Bitte entschuldigen Sie, wir sind noch mitten in den Ermittlungen. Wir können Ihnen keine genaue Auskunft geben", bat Detlef um Verständnis. „Aber sagen Sie, wie gut kannten Sie sie?"

„Sehr gut, würde ich sagen. Wir waren richtige Freundinnen."

„Und da haben Sie sich nicht gewundert, dass der Kontakt so abrupt und für immer abriss?", bohrte Peter nach.

Maren Ritter wurde rot und sagte: „Na ja, wir hatten uns heftig gestritten, als wir uns zum letzten Mal sahen. Kein schönes Gefühl im Nachhinein, aber ich wollte nur ihr Bestes!"

„Inwiefern?", wollte Detlef wissen.

„Ach, sie war völlig hin und weg. Hatte einen Kerl kennengelernt und sprach von großer Liebe und von Auswandern und wer weiß was sonst noch. Sie war ihm hörig, denke ich."

„Wissen Sie seinen Namen?", fragte Detlef.

„Nein, leider nicht. Das hat sie alles ganz im Verborgenen gehalten. Ich habe ihn auch nie gesehen. Fast, als ob sie ihn verstecken wollte. Sie hatte auch kaum noch Zeit."

„Und dieser Streit", brachte Peter es noch mal auf den Punkt, „worum ging es dabei?"

Maren Ritter seufzte.

„Sie war so verändert. Zog sich immer mehr zurück. Irgendwie hatte ich das Gefühl, der Mann kontrollierte sie und hatte sie so fest im Griff, dass sie keine Luft mehr zum Atmen bekam. Das habe ich ihr gesagt und sie ist vollkommen ausgerastet. Danach wollte sie nichts mehr mit mir zu tun haben. Wenn ich anrief, legte sie auf. Auf Briefe und E-Mails reagierte sie nicht und dann hörte ich eines Tages, dass sie weg war. Es wunderte mich irgendwie nicht. Ich dachte, sie ist mit ihrem Lover abgehauen."

„Das war dann wohl ein Irrtum", sagte Peter.

„Wissen Sie, ob sie gerne in die Berge ging?", wollte Detlef wissen.

„Sie war im Allgemeinen sehr sportlich. Elisabeth lief Marathon, zuletzt wollte sie sich sogar im Triathlon beweisen. Dafür trainierte sie in ihrer Freizeit. Aber das war auch alles weniger geworden, seitdem dieser Typ in ihr Leben gekommen war. In den Bergen war sie früher mal mit ihren Eltern, glaube ich. Die letzten Urlaube fielen allerdings ihrer Praxiseinrichtung zum Opfer."

„Kennen Sie noch andere Freunde von Elisabeth Kröger?", fragte Peter.

„Sie hatte damals noch mit ihrer Nachbarin Kontakt, aber die ist in dem Jahr, als Elisabeth verschwand, nach Berlin gezogen", gab Frau Ritter Auskunft.

„Wissen Sie noch, wie die Frau hieß?", fragte Peter.

„Hach, Mensch, wie hieß sie noch gleich. Es war irgendwas mit Meier, aber noch was davor. Mist, ich komm' jetzt nicht drauf!"

Peter reichte ihr seine Visitenkarte. „Wenn Ihnen der Name wieder einfällt, rufen Sie uns bitte an und auch, falls es noch andere Personen gibt, an die Sie sich plötzlich erinnern, die mit Frau Kröger Kontakt hatten."

„Ja, ist gut, tut mir leid, aber es ist jetzt auch schon ein paar Jahre her. Und Sie können mir gar nichts sagen wegen Elisabeth? Werde ich denn wegen der Bestattung benachrichtigt? Die Mutter ist, glaube ich, in ein Heim gekommen."

„Soweit wir wissen, wird es hier keine Beerdigung geben", erklärte Detlef. „Bitte haben Sie dafür Verständnis, dass wir im laufenden Ermittlungsverfahren nichts preisgeben wollen."

„Ah, dann wird sie sicher da unten bestattet", sagte Maren Ritter ins Blaue hinein. „Wenn ich doch nur wüsste, was sie die ganzen Jahre getan und warum sie sich nicht gemeldet hat."

„Gehen Sie mal davon aus, dass sie das nicht mehr konnte", gab Peter ihr einen vagen Hinweis, um die Physiotherapeutin nicht mit der Vorstellung zurückzulassen, dass Elisabeth Kröger den Kontakt von sich aus abgebrochen hatte.

Doch genau mit diesen Worten ließ er Maren Ritter sprachlos und mit einem tiefen Schmerz in der Brust zurück. Es war nicht nur das, was er, sondern auch wie er es gesagt hatte.

Frau Dr. Kukla hätte gerne auf den Genuss verzichtet, persönlich bei der Leichenschau dabei zu sein, aber es ließ sich ausnahmsweise kein Kollege finden, der sie vertreten konnte. Meistens kam sie darum herum, aber nun gut, es war nicht zu ändern und die Frau aus dem Acker war noch frisch. Das machte die Sache einfacher. Dachte sie wenigstens, aber der unnatürlich verdrehte Kopf sah schon ziemlich speziell aus und die teilweise bis zur Kohle verbrannte Hand nicht besser.

Mit großer Gelassenheit ertrug sie die Eröffnung des Körpers im Y-Schnitt mit dem Skalpell und sah zu, wie die einzelnen Organe entnommen und gewogen wurden. Die Leber sah auch nicht anders aus als die vom Schlachter, dachte sie und war froh, dass sie ohnehin keine Innereien mochte.

Während Nadja unter Dr. Liebermanns Assistenz arbeitete und parallel via Headset ihren Befund diktierte, schweiften Kuklas Gedanken gelegentlich zu dem Mann ab, der sie heimlich hofierte. Er war endlich bereit, sie zu treffen. Wie er wohl aussah und woher er sie kannte, wie er roch oder sich anfühlte? Karin Kukla riss sich zusammen und konzentrierte sich wieder auf das Geschehen vor ihren Augen. Mit einer großen gebogenen Nadel und einem dicken Faden nähte Dr. Liebermann den Körper wieder zu, während ein Mitarbeiter des Instituts die Hautoberfläche abwusch. Dabei sprach Dr. Nadja Serafin eine Zusammenfassung auf Band, die einem im wahrsten Sinne des Wortes unter die Haut ging. Die Tote wies im Bereich des Rückens multiple Narben von Geißelungen auf, die ihr wahrscheinlich mit einer Peitsche zugefügt worden waren, an deren Enden sich feste Knoten befunden haben mussten. Sie waren aber abgeheilt. Weitere Narben zeigten sich an Hand- und Fußgelenken. Die Frau musste über einen längeren Zeitraum gefesselt gewesen sein. Besonders schockierend waren jedoch die massiven Verletzungen, die der Frau im Genitalbereich zugefügt worden waren, als sie noch lebte. Karin Kukla atmete tief durch und hörte erleichtert, dass die Verbrennung der Hand jedoch erst post mortem erfolgt war. Der Tod war aufgrund der Durchtrennung des Halswirbelnervenstrangs eingetreten. Man hatte ihr sozusagen das Genick gebrochen und den Kopf auf einhundertachtzig Grad gewendet. Der Staatsanwältin lief ein weiterer Schauer über den Rücken und mit ihm festigte sich der dringende Wunsch, dass dieses Schwein dringend gefasst werden musste. Sie nickte den Rechtsmedizinern kurz zu und zog es vor, diesen Ort schnellstmöglich zu verlassen. Draußen ließ sie die frische Luft in ihre Lungenflügel strömen. Es fühlte sich an wie eine Reinigung von innen. Dann rief sie Wolf Hetzer an.

„Kukla hier", sagte sie, als Wolf sich meldete, „ich komme gerade von der Sektion. Wir müssen den Kerl unbedingt kriegen. Das ist ein Monster!"

„Frau Dr. Serafin hatte schon so etwas angedeutet. Sie muss schlimme Verletzungen gehabt haben."

„Nennen wir es Folter", sagte die Staatsanwältin. „Wissen wir schon, wer sie ist?"

„Wir haben eine Vermutung, müssen aber erst den genetischen Abgleich abwarten", erklärte Wolf. „Wir glauben inzwischen, dass die Fälle zusammengehören. Der Mörder will mit den abgetrennten oder verunstalteten Körperteilen möglicherweise etwas ausdrücken."

„Inwiefern?"

„Wir haben uns überlegt, dass es sich um allgemeine Redensarten handeln könnte, die im übertragenen Sinne zu verstehen sind."

„Nennen Sie mir ein Beispiel!"

„Das geht am ehesten mit der Toten, die Sie heute bei der Sektion begleitet haben. Man könnte ihr, oder sie könnte irgendwem den Kopf verdreht haben."

„Klingt interessant Und was ist mit der Hand?"

„Sie könnte sie für jemanden ins Feuer gelegt haben ..."

„Bleiben Sie da dran, das hört sich wirklich vielversprechend an!", lobte Kukla. „Haben Sie auch eine Idee, wie diese Folterungen ins Bild passen?"

„Es scheinen sexuell motivierte Handlungen zu sein. Vielleicht genießt er seine Macht oder die Ohnmacht seiner Opfer."

„Wenn das so ist, müssen wir wohl davon ausgehen, dass er weitermacht", sagte die Staatsanwältin.

„Oder bereits dabei ist", wandte Wolf ein.

„Daran möchte man lieber nicht denken, aber Sie haben recht, Herr Hetzer. Umso wichtiger ist es, alle verfügbaren Kräfte zur Aufklärung dieser Verbrechen zu mobilisieren. Haben wir schon eine Ahnung, wer die anderen Frauen sein können, deren Extremitäten wir gefunden haben?"

„Den ersten Fund können wir einer Toten zuordnen, die in 2010 in Südtirol geborgen worden ist."

„Wie passt das denn zusammen?"

„Die Frau ist aus Hameln und seit 2009 verschwunden. Wir haben noch herausgefunden, dass alle von uns als mögliche Opfer herausgefilterte Personen in medizinischen oder pflegerischen Berufen tätig waren. Ich hatte Ihnen meinen Bericht schon ins Fach gelegt."

„Ich hab' ihn in meiner Mappe. Sonst noch eine wichtige Info?"

„Alle Frauen waren alleinstehend und hatten eher wenig soziale Kontakte. Manche sind um ihren Urlaub herum verschwunden oder nach einer Fortbildung nicht wieder aufgetaucht. Wir lassen jetzt die DNA der Vermissten mit dem genetischen Fingerabdruck der Leichenteile vergleichen. Dass der Mörder seine Opfer einfriert, ist Ihnen bekannt?"

„Frau Dr. Serafin erwähnte das auch bei der Leichenschau. Wir haben kurz darüber gesprochen."

„Steht wie gesagt alles in meinem Bericht, aber das war jetzt die Kurzversion zur Info."

„Ja, danke, ich lese mir die Ermittlungsergebnisse nachher noch genau durch. Die Presse hat übrigens Wind von der Ackerleiche bekommen. Eine Konferenz habe ich bisher mit der Begründung ablehnen können, dass wir noch nicht genug wissen. Wir sollten aber überlegen, ein Foto der Toten aus dem Feld veröffentlichen zu lassen, falls der genetische Abgleich keinen Hinweis auf die Identität des Opfers gibt", sagte Karin Kukla.

Wolf war genervt. Wieso sagte sie ihm, was er sowieso wusste und veranlasst hätte? Er brummte nur zustimmend.

„Gut, das wäre erst mal alles. Und Hetzer, die Ermittlungen in dieser Sache haben höchste Priorität ..." Die Staatsanwältin legte auf, noch bevor er antworten konnte.

Ihm selbst ging immer wieder der blöde Spruch von Peter durch den Kopf. Diese bekannte Zigarettenwerbung, die man höchstens gelegentlich im Kino sah und die trotzdem noch immer in den Gedanken präsent war. Irgendetwas hatte das bei ihm angestoßen, doch in Verbindung mit dem Arm fand er keine logische Erklärung. Er überlegte. Ein Auge oder zwei Augen und beide Hände in einem Fund, ein Arm und zwei Füße im anderen. All diese Extremitäten wiesen Sägespuren, aber keine Verbrennungen auf. Dann eine intakte Leiche mit verdrehtem Kopf und verbrannter Hand. Vielleicht war das eine Erweiterung, eine Veränderung seiner Vorgehensweise? Und wieso tauchten jetzt plötzlich die Körperteile einer Frau auf, die er vor mehr als vier Jahren getötet haben musste? Was hatte sich geändert? Fragen über Fragen und ausgerechnet jetzt wollte er seinen Freund Thorsten Büthe vom LKA Hannover nicht anrufen. Er hatte Silberhochzeit gehabt und befand sich mit seiner Frau auf einer Kreuzfahrt. Als er eben überlegte, ob er ihm wenigstens mailen könnte, meldete sein Smartphone eine neue Nachricht: „Sie lebt noch immer weiter in Angst um ..."

Es hatte einige Zeit in Anspruch genommen, bis Isabella alles so weit geregelt hatte, dass sie Esens für einige Zeit verlassen konnte. Die Konkurrenz unter den freiberuflichen Hebammen in Ostfriesland war zwar gelegentlich spürbar, aber man half sich in solchen Situationen immer und vertrat seine Kolleginnen, wenn einen jemand darum bat. Das war nicht ganz uneigennützig, denn die eine oder andere Patientin blieb.

Im Garten war noch nichts zu tun, die wenigen Zimmerpflanzen waren Orchideen, die kaum Wasser brauchten. Isabella war kein Freund davon, Bekannten oder Nachbarn einen Schlüssel zu geben. Nur Vicky hatte einen, aber sie war wie eine Schwester für sie und würde sicherlich während ihrer Abwesenheit nicht nur nach dem Rechten sehen, sondern die eine oder andere Reinigungszeremonie ausüben, nachdem sie die Aura der Räume ausgependelt hatte. Vielleicht hatte sie dann künftig keine Albträume mehr. Vickys spirituelle Ader ging ihr manchmal auf die Nerven, aber wenn sie es nicht mitbekam, ließ sie sie. Die Freundin meinte es gut und ihr tat es nicht weh. Nur gegen das Legen von Engelkarten wehrte sie sich entschieden.

Sie wollte nicht einmal die Ergebnisse wissen, wenn Vicky heimlich für sie etwas herausgefunden hatte. Esoterik war eine Macke, mit der Isabella dennoch gut leben konnte und die sie von Zeit zu Zeit belächelte. Sie selbst stand zu fest mit beiden Beinen im Leben, um sich von irgendwelchem Hokuspokus beeinflussen zu lassen. Das glaubte sie wenigstens ...

Nachdem alles fertig gepackt war, vermied sie es, sich aufs Sofa zu setzen. Es war ihr immer noch nicht geheuer, auch wenn sie mittlerweile davon überzeugt war, nach der anstrengenden Nacht in einem fiesen Albtraum gefangen gewesen zu sein. Etwas unschlüssig kontrollierte sie nochmals alle Türen und Fenster, drehte die Heizungen auf Frostschutz und beschloss, heute früh ins Bett zu gehen und sich im Schlafzimmer einzuschließen.

Da sie die Küche nicht mehr schmutzig machen wollte und ohnehin keine Lust zum Kochen hatte, fuhr sie schnell ins E-Center nach Neuharlingersiel und holte sich eine Pizza zum Aufbacken. Im Vorbeigehen nahm sie noch eine Flasche Cidre mit und eine große Tafel Schokolade. So gut ausgerüstet konnte sie die Nacht schon überstehen. Die Müdigkeit würde ihr Übriges tun. Als sie bezahlt hatte, überlegte sie, dass es doch schön sei, noch einmal aufs Meer zu gucken und fuhr zum Hafen.

Sie hatte Glück, denn es war tatsächlich da, und als sie am Strand stand, schwappte es ihr mit beruhigender Gleichmäßigkeit entgegen. Sie liebte die Nordsee. Nur ihretwegen war sie hierher gezogen. Kein anderes Meer war so schön, so wild und so abwechslungsreich. Als sich die Sonne senkte, trat sie den Rückzug an. Von der Deichkrone schlenderte sie zum Parkplatz und fuhr nach Hause. Eigentlich flog sie mehr über das Wasser, als dass sie darin schwamm oder am Strand lag , dachte sie melancholisch. Wenn man hier lebte, war es etwas anderes, als an der See Urlaub zu machen. Sie gehörte dazu, wurde ein Teil von einem selbst, aber man schenkte ihr nicht mehr Beachtung als jeder anderen Sehenswürdigkeit, an deren Anblick man sich gewöhnt hatte.

Als sie wieder zu Hause war sah sie, dass das Gartentor offen stand, obwohl sie fest davon überzeugt war, es zugemacht zu haben. Dass Vicky dagewesen sein musste, wusste sie spätestens in dem Moment, als sie die Tür nur einmal abgeschlossen vorfand. Es war ein Tick von ihr, das machte sie immer so.

Auf dem Tisch vor dem Sofa stand ein großer Strauß Rosen. Wie süß, dachte Isabella und hatte ein schlechtes Gewissen, dass sie nicht mit nach Jever gefahren war. Die schönen Blumen ... und sie würde nur so kurz etwas davon haben. Oder sie nahm sie einfach mit, dann könnte sich auch Tante Moni mit daran erfreuen. In der Küche heizte sie den Ofen vor und schob zehn Minuten später die Salamipizza hinein. Es war schon allein der Duft des kross werdenden Käses, der zufrieden machte, als er sich durch die Räume zog. Die Schokolade legte sie neben die Blumen, dann öffnete sie den Cidre und goss sich ein Glas ein. Er schmeckte hervorragend. Was war sie doch froh, dass sie das Auto schon gepackt hatte, dann konnte sie am nächsten Tag gleich frühmorgens losfahren und unterwegs einen Kaffee trinken.

Als der Ofen piepte, ließ sie die Pizza auf einen Teller gleiten und setzte sich mit einem Blick nach rechts und links etwas widerstrebend auf ihr Sofa. Sie fand sich selbst peinlich. Aber der Cidre und das herrlich satte Gefühl in ihrem Magen ließen ihre Erinnerung an den Traum in den Hintergrund treten, wenn auch ein komisches Gefühl blieb. Etwas in ihr war in Unruhe. Es war schwer zu beschreiben. Sie war heilfroh, ein paar Tage fortzukommen. Doch nach und nach verschwand diese Empfindung wie von selbst, als hätte es sie nie gegeben. Der Cidre schien trotz seiner zwei Prozent Alkohol eine beruhigende Wirkung zu haben, aber er machte auch müde. Während sie noch darüber nachdachte, ob sie nicht lieber sofort ins Bett gehen sollte, schlief sie einfach ein. Das Acepromazin verhinderte, dass sie sich übergeben musste.

Die Vergangenheit hatte ihn wieder eingeholt. Am liebsten hätte er sein Smartphone gegen die Wand geschmissen. Was sollte das jetzt bedeuten „Angst um ..." Dieses letzte Wort gab dem Satz wieder eine völlig neue Bedeutung. „Sie lebt noch immer weiter in Angst um ..." Ja, um wen denn zum Teufel? Er war aufgewühlt und sauer. Warum tat ihm jemand das an? Immer wenn er das Gefühl hatte, gerade ein bisschen Abstand gewonnen zu haben, kam eine neue Mail und schmiss alles wieder über den Haufen. Er wollte dem ein Ende bereiten. Endgültig. Am besten jetzt sofort, dachte er und nahm seine Jacke vom Bürostuhl. Denken und Büthe schreiben, das konnte er auch von zu Hause. Peter und Detlef würden ihn erreichen, wenn es etwas Neues gab.

Mit Wut im Bauch fuhr er nach Hause und ignorierte Moritz, der ihn miauend an der Tür empfing. „Später", rief er ihm zu und ging ins Obergeschoss. Von dort fuhr er die Dachbodentreppe aus und stieg ganz hinauf. In einer Ecke stand die Kiste mit den Erinnerungen an Charlotte. Als er sie öffnete und hineinsah, fühlte er wieder den alten Schmerz. Da war das gemeinsame, quietschgrüne Sparschwein, ihr gerahmtes Bild, auf dem ihr die Sonne durch das wehende Haar schien, eine Südfrankreichkarte voll von markierten Kreuzen, eine DVD mit Geburtstagsgrüßen an ihn, die sie für ihn aufgenommen hatte, das Kuschelkissen mit Sonnenblumenmuster, das ihre Großmutter ihr gehäkelt hatte und ihrer beider Briefe. Das Kissen schien die einzige Möglichkeit zu bieten, überhaupt DNA-Spuren aufzuweisen. Wolf steckte es behutsam in eine Asservatentüte, die er mit nach oben genommen hatte.

Mittlerweile war er gar nicht mehr sicher, ob er es wirklich wissen wollte, falls sie ihn so schändlich hintergangen hätte, dachte er in einem schwachen Moment, aber dann schimpfte er mit sich selbst. Er würde diese Akte, oder besser gesagt dieses Kapitel seines Lebens abschließen und entweder sich selbst verzeihen, dass er so schlecht von Charlotte gedacht hatte, oder ihr, weil sie ihn hintergangen hatte. Aus welchen Gründen auch immer. Moni hatte ihm erklärt, dass es beim Loslassen ganz wichtig sei zu verzeihen, damit die alten Wunden heilen konnten. Ein weiterer Tipp von ihr war, Charlotte - egal ob post mortem oder nicht - einen Brief zu schreiben, um die Seele zu erleichtern, aber er hatte eine andere Idee. Er würde als eine Art Schlussstrich alles verbrennen, was in diesem Karton war, auch das Kissen, wenn Nadja damit fertig war. Aber erst einmal musste sie es haben. Es hatte gedauert, bis er sich dazu durchringen konnte, auf den Dachboden zu gehen, aber jetzt war er konsequent und fuhr sofort weiter nach Stadthagen. Vor der Tür der Rechtsmedizin rief er Nadja an.

„Kannst du bitte mal rauskommen?", fragte er, als sie sich meldete.

„Ist was passiert?", wollte sie besorgt wissen.

„Nein, aber ich hab' hier was für dich!"

„Verstehe", sagte sie und verstand gar nichts. „Bin gleich da. Du hast Glück, ich wollte eben wieder loslegen. Dauert es lange?"

„Nein", versprach er.

„In Ordnung!" Kurze Zeit später kam sie an die Tür. „Na, was hast du denn Geheimnisvolles?"

„Nur das, was wir besprochen hatten. Ein Kissen von Charlotte zum Abgleich, falls du daran noch etwas findest."

Sie nickte. „Wo lag es?"

„In einer Holzkiste auf dem Dachboden."

„Ich nehme mal an, dass da keiner weiter dran war und dass du sie ziemlich bald nach ihrem Tod gepackt hast?"

„So ungefähr. In das Kissen habe ich noch eine Zeit lang hineingeheult, aber es war das einzig Brauchbare."

Nadja betrachtete die gehäkelte Oberfläche. „Hm, wenn wir Glück haben, finde ich noch Hautschuppen in den Maschen. Von deiner DNA kann ich das dann schon unterscheiden", sagte sie und klopfte ihm auf die Schulter. „Du bist und bleibst männlich! Ach, und das behalten wir für uns, einverstanden?"

„Ehrensache!"

„Gut."

„Eine Bitte habe ich noch", sagte Wolf.

„Und die wäre?"

„Ich hätte gerne die schonungslose Wahrheit – so oder so!"

„Wenn wir sie denn überhaupt rausfinden", betonte Nadja und wich so dem Versprechen aus. „Es wird aber ein paar Tage dauern."

„Macht nichts. Ich habe schon so lange im Ungewissen gelebt, da kommt es jetzt nicht mehr drauf an", sagte Wolf und verabschiedete sich.

Etwas war leichter und schwerer zugleich geworden.

Auf einmal hatte sie alle Hände voll zu tun. Wenn Isabella am nächsten Tag ankam, sollte alles fertig sein. Sie bezog das Gästezimmer und putzte das dazugehörige Bad, dann fuhr sie einkaufen und mähte schnell noch den Rasen. Sie wollte sich mit diesen Dingen nicht beschäftigen, während sie Besuch hatte. Zu guter Letzt ging sie noch in den Keller und holte die Kiste mit den Briefen hoch. Sie wollte Isabella diejenigen aushändigen, die sie ihrer Mutter geschrieben hatte. Alle waren gänzlich unversehrt und niemals geöffnet worden, aber liebevoll mit einer Schleife versehen. Sie zögerte einen kurzen Moment und überlegte, ob sie ihr auch Viktorias Briefe geben sollte, in denen so einiges über Isabella stand, aber diese Idee verwarf sie wieder. Es hätte das Verhältnis der beiden Freundinnen möglicherweise belastet. Daran wollte sie nicht schuld sein.

Beim Sortieren fielen ihr „Bärchis" Briefe wieder in die Hände. Sie schmunzelte. Die würden ihre Nichte bestimmt auch interessieren. Als sie sie in die chronologisch korrekte Reihenfolge bringen wollte, sah sie, dass auf dem einen Umschlag die komplette Anschrift vermerkt war. Das war ihr bei der ersten Durchsicht entgangen. Jetzt konnte sie nochmals im Netz nachschauen, denn eine Eingabe nur mit „Gustl" oder „Bärchi" oder beiden Suchbegriffen zusammen machte keinen Sinn. Am besten schaute sie jetzt gleich. Sie war gespannt.

Die Neugier war eine ihrer weniger guten Eigenschaften, fand Moni und ging zu ihrem Laptop. Sofort wurde sie fündig und las einen Nachruf über den

Freund ihrer Schwester in einer Illustrierten. Er schien in Fachkreisen bekannt gewesen zu sein. Ihr „Bärchi" war allerdings früh gestorben. Da hätte Gisela wenig von ihm gehabt, dachte sie im Stillen. Sie druckte den Artikel aus und schnürte ihn mit den Briefen zusammen. Die anderen Schriftstücke und Umschläge packte sie wieder ein. Dann brachte sie die Kiste in den Keller zurück, blies den Staub von der Urne ihrer Schwester und hoffte, dass sie sie bald in alle Winde verstreuen konnten. Moni konnte sich gut vorstellen, dass das auch in Isabellas Sinn war, die bestimmt gar nicht wusste, was ihre Mutter da auf Teneriffa alles aufgebaut hatte. Sie würde Augen machen.

Als sie aus dem Keller wieder hochkam, klingelte es an der Haustür und da Lady Gaga vor Freude wedelnd zur Tür rannte, war ihr klar, dass es nur Wolf sein konnte.

„Nanu, du bist ja heute früh zu Hause", sagte sie zu ihm und lächelte ihn an. „Ich habe überhaupt noch nicht ans Essen gedacht. Hast du Hunger?"

„Überhaupt nicht", antwortete er und an seinem Tonfall erkannte sie sofort, dass etwas nicht stimmte.

Sie sah ihn von der Seite an. „Ist was passiert?"

„Ach, ich habe wieder so eine Mail bekommen und auch diesmal geht der Satz weiter. Er erhält dadurch einen ganz anderen Sinn. Der ominöse Absender schreibt heute ‚Sie lebt noch immer weiter in Angst um ...' und mir reichte es jetzt. Ich bin auf den Dachboden gegangen und habe ein Kissen von Charlotte rausgesucht. Nadja soll gucken, ob da noch DNA zu finden ist. Falls ja, soll sie einen Abgleich machen. Wir hatten das neulich abends zu viert besprochen, als Peter und sie da waren. Mehr Leute sollten es auch nicht wissen."

„Schon klar, Wolf", sagte sie, „oder denkst du, ich gehe sofort zur Zeitung?"

„Nein, natürlich nicht, bitte entschuldige, aber immer wenn so eine Mail kommt, liegen meine Nerven blank, obwohl ich es nicht will."

„Ich weiß, es wird gut sein, wenn du endlich Klarheit hast."

„Jetzt müssen wir erst mal sehen, ob sich überhaupt genetisches Material aus dem Kissen isolieren lässt. Das ist noch nicht raus", erklärte Wolf.

„Wir glauben einfach fest daran", schlug Moni vor. „Du, ich muss dir auch noch etwas sagen. Meine Nichte kommt morgen. Sie bleibt ein paar Tage hier. Wir können uns also nur vielleicht - und wenn - ganz heimlich nachts treffen."

Wolf zuckte zusammen, zögerte einen Moment und nickte anschließend. „Gut, dann gehen wir jetzt mal, die Lady und ich."

„Ich sagte, sie kommt erst morgen, Wolf. Warum willst du gehen?"

„Weil ich mir im Moment selbst zu viel bin. Ich finde mich schrecklich. Einerseits hänge ich alten Geschichten nach, andererseits bin ich eifersüchtig, dass fremde Verwandte deine Zeit beanspruchen."

„Du, wir hatten eine Vereinbarung, erinnerst du dich? Wir wollen Freunde sein, die die Nächte zusammen verbringen. Ohne dass jemand von Letzterem weiß."

„Schöne Theorie, aber was du da beschreibst, ist so ziemlich genau das, was Eheleute füreinander sein sollten", wandte Wolf ein, „bis auf den Zusatz."

„Hast du da nicht noch eine Kleinigkeit vergessen?", insistierte Moni.

„Ich wüsste nicht, was", sagte Wolf und zwinkerte ihr zu. „Nein im Ernst, ich bin heute nicht gut drauf.

Ich kann mich selbst nicht ausstehen und will in Ruhe überlegen, was der Satz bedeuten soll ‚Sie lebt noch immer weiter in Angst um ...'"

„Und das können wir nicht gemeinsam?"

„Ich weiß nicht, ich will dich nicht damit belasten."

„Tust du nicht. Es belastet mich mehr, wenn du da drüben allein herumgrübelst, Wolf! Und es ist mir egal, ob du dir selbst zuwider bist, solche Tage haben wir alle mal. Eine einsame Nacht macht es nicht besser, glaub mir."

Hetzer überlegte. „Unter einer Bedingung ... na ja, zwei ..."

„Und die wären?"

„Erstens reden wir überhaupt nicht mehr über diese Mail, weil ich mich immer noch so wahnsinnig darüber ärgere. Da denkst du, jemand lebt in Angst und Schrecken und dabei sorgt er sich um irgendeinen oder irgendwas. Wen interessiert das schon?"

„Vielleicht ist der nächste Satzfetzen ‚dich'?", überlegte Moni laut.

Wolf guckte grimmig. „Nicht über die Mail sprechen!", wiederholte er.

„Na gut, einverstanden", sagte sie, „tut mir leid, ist mir so rausgerutscht, weil du davon gesprochen hast. Und die zweite Bedingung?"

„Ganz einfach! Ich möchte heute nur kuscheln. Mir steht der Sinn nicht nach Sex."

Moni schmunzelte. „Also eine gemeinsame Nacht hat nicht zwingend zur Folge, dass wir übereinander herfallen müssen. Auch wenn es gestern wunderschön war."

„Das fand ich auch. Ich schlafe übrigens immer nackt", fügte er noch hinzu.

„Mensch, das ist mir letzte Nacht gar nicht aufgefallen, dass du nichts anhattest", sagte Moni und zwinkerte ihm zu.

„Sehr witzig!"

„Wieso? War doch dunkel ... aber hör mal. Ich mache dir folgenden Vorschlag. Wir essen jetzt einfach ein bisschen Baguette mit Käse und gehen dann früh ins Bett. Ich bin auch ziemlich kaputt. Und morgen sieht alles schon ganz anders aus."

Während sie den Tisch deckten, erzählte Wolf ihr von den neuesten Erkenntnissen in den aktuellen Fällen. Moni konnte kaum glauben, dass jemand eine Frau oben bei den Spronser Seen ermordet und verstümmelt hatte. Sie kannte die Gegend gut, weil sie dort früher mit ihrem Mann gewandert war.

„Ich kann mir kaum vorstellen, dass jemand den Aufstieg zur Taufenscharte barfuß schafft. Da ist alles voller kleiner Steine und scharfer Felskanten. Streckenweise sind hohe Stufen zu erklimmen", meinte Moni.

„Die Füße müssen auch völlig zerschnitten und blutig gewesen sein. Der rechtsmedizinische Befund las sich wie das Drehbuch eines Horrorfilms. Oberhalb der Armstümpfe sowie an den Knöcheln befanden sich Fesselspuren, älteren und neueren Datums. Der Körper war übersät mit Verletzungen in den unterschiedlichsten Stadien der Heilung oder Vernarbung."

„Hör bitte auf! Das ist ja schrecklich!", entfuhr es Moni. „Jetzt musst du erst recht hierbleiben."

„Entschuldige, so genau wollte ich das gar nicht ausführen. Den Rest erspare ich dir lieber", sagte Wolf.

„Ich möchte nicht wissen, was mit den anderen Frauen passiert ist, deren Körperteile ihr gefunden habt."

„Wir vermuten, dass die Fälle zusammengehören, aber wir wissen nicht, seit wann die Frauen tot sind."

„Warum? Lässt sich das nicht eingrenzen?“

„Nein, er friert sie alle ein. Das macht es nahezu unmöglich.“

„Was muss das für ein Mensch sein?“

„Die Kukla nannte ihn ein Monster.“

„Vielleicht ist er das, aber wahrscheinlich sieht er nicht so aus“, sagte Moni.

„Wenn sich der Charakter im Äußeren widerspiegeln würde, hätten wir es einfacher“, meinte Wolf und gähnte.

Moni trank den letzten Schluck Rotwein aus ihrem Glas, dann schnappte sie sich den müden Kommissar. „Lass alles stehen, das mache ich morgen ganz früh. Wir gehen jetzt hoch und legen uns hin, sonst schläfst du mir trotz all der Grausamkeiten noch am Tisch ein.“

Wolf hatte weder Lust noch Kraft sich zu wehren und ließ sich mit nach oben ziehen. Er war wirklich zu nichts mehr in der Lage und freute sich, dass er seine alten Knochen endlich ausstrecken konnte. Genüsslich kuschelte er sich an Monis warme, weiche Haut und schlief fast augenblicklich ein. Dadurch entging ihm sowohl der Anruf von Peter als auch später das Geräusch eines parkenden Wagens vor Monis Haus.

Nachdem Peter bei Nadja angerufen hatte, dass es wieder später werden würde, weil sie noch eine Befragung in Hameln durchführen wollten, dachte die Rechtsmedizinerin, dass dies ein Wink des Schicksals sei, sich gleich um Wolfs Angelegenheit zu kümmern. Sie hatte schon am Tag zuvor in weiser Voraussicht unter einem Vorwand Einsicht in die Asservate von Charlotte genommen. Dabei hatte sie sich ein Kleidungsstück mit erkennbaren Brandspuren als Ausleihe erbeten. Angeblich für einen Abgleich in einem aktuellen Fall. Irgendwie stimmte das ja auch. Selbst wenn die Sache nicht offiziell untersucht wurde. Insofern hielt sich ihr schlechtes Gewissen in Grenzen. Sie behielt sich vor, das Ganze ans Licht zu bringen, falls Wolf mit seinen Vermutungen recht hatte.

Zuerst jedoch musste sie herausfinden, ob das Kissen wirklich noch DNA-Spuren seiner Verlobten aufwies. Eines jedoch wusste sie genau: Falls die Brandleiche damals jemand anders gewesen war, so hatte man deren Daten vorsorglich ausgetauscht und als Charlottes hinterlegt. Und genau das war hinterher mit Sicherheit wieder korrigiert worden, nachdem Gras über die Sache gewachsen war. Insofern war sie überzeugt, in der Akte die korrekte DNA von Charlotte vorliegen zu haben. Doch sie wollte es genau wissen. Dazu musste sie Spuren der Toten auf dem Kissen finden. Und idealerweise waren diese mit den im Computer hinterlegten Ergebnissen identisch. Vorsichtig machte sie sich an die Arbeit.

Karin Kukla war sehr erfreut gewesen, dass ihr mysteriöser Verehrer nun Nägel mit Köpfen gemacht und ihr sofort für den Abend ein Treffen im Waldkater vorgeschlagen hatte. Sie war des Wartens und Rätselns auch wirklich überdrüssig geworden.

Sorgfältig duschte und pflegte sie ihren Körper, schminkte sich und stand später unschlüssig vor ihrem Kleiderschrank. Es war schwer, die Balance zwischen zu bieder und zu verführerisch zu finden. Schließlich wählte sie ein figurbetontes Kleid, das aber keinen zu tiefen Ausschnitt hatte. Ihre Oberweite ließ sich zwar nicht verbergen, aber man musste nicht auch noch einen intensiveren Einblick ermöglichen. Sie hatte mehr zu bieten als ihren Körper.

Die Verabredung war um sieben Uhr. Auf keinen Fall wollte sie zu früh dort sein, damit es nicht so aussah, als warte sie auf ihn. Dennoch hatte sie den Anspruch, pünktlich zu sein. Damit ihr das gelang, fuhr sie von Rinteln aus in eine der Seitenstraßen unterhalb des Hotels und startete von dort so rechtzeitig, dass ihr eine Punktlandung glückte. Schlag sieben fuhr sie auf den Parkplatz am Wald und stellte ihren Wagen ab. Als sie ausstieg, sah sie ihn in der Dämmerung direkt gegenüber stehen. Er trug einen dunkelblauen Trenchcoat. Sie konnte aber sein Gesicht nicht erkennen. Anhand der Statur war es ihr unmöglich, die Identität der Person zu erraten. Als sie näher kam dachte sie, dass sie ihn schon einmal gesehen hatte.

Peter und Detlef waren soeben auf die B 83 in Richtung Bückeburg abgebogen und sahen ihrem wohlverdienten Feierabend entgegen. Großartige neue Erkenntnisse hatten sie nicht in Erfahrung bringen können. Die Stimmung war also freudig gedämpft. Detlef hatte noch überlegt, ob er sich für den Abend mit Mimi verabreden sollte, aber da er die letzte Nacht bei Peter verbracht hatte, fühlte er sich weder frisch noch wach genug für ein erstes Treffen mit ihr. Er brauchte jetzt erst mal sein eigenes Bett und vor allem frische Klamotten, fand er, nahm sich aber vor, wenigstens später noch mit ihr zu telefonieren.

Als Peters Mobiltelefon klingelte, fummelte er es mühsam aus der Hosentasche und reichte es Detlef.

„Oberkommissar Krahwinkel, Apparat Kruse."

„Ritter, guten Abend. Spreche ich mit einem der Kommissare, die vorhin bei mir in der Praxis waren?", fragte sie.

„Das ist korrekt", antwortete Detlef.

„Ich rufe Sie an, weil mir der Name der früheren Nachbarin wieder eingefallen ist."

„Die Dame, die nach Berlin gezogen ist?"

„Genau, sie heißt Helga Dammeier. Ich hörte aber, dass sie inzwischen wieder in Hameln wohnt. Eine meiner Mitarbeiterinnen ist entfernt mir ihr verwandt, aber das fiel mir in dem Moment nicht ein, als Sie hier waren."

„Kein Problem. Wir haben Sie ja auch mitten aus der Behandlung gerissen. Vielen Dank, dass Sie sich bei uns gemeldet haben."

„Darf ich Ihnen noch eine Frage stellen?“, bat Frau Ritter.

„Selbstverständlich.“

„Es beschäftigt mich, was Sie wegen Elisabeth gesagt haben. Ich weiß, dass Sie jetzt nichts preisgeben dürfen, wenn Sie ermitteln, aber darf ich mich in ein paar Wochen noch einmal bei Ihnen melden? Das Schicksal meiner früheren Freundin berührt mich doch sehr.“

„Sie können es gerne probieren, Frau Ritter. Wenn der Fall dann schon abgeschlossen ist, können wir Ihnen ein paar weitere Dinge sagen. Bitte haben Sie aber Verständnis dafür, dass wir trotzdem nicht ins Detail gehen werden“, bat Detlef.

„Ja, das verstehe ich, ich möchte aber den Ort wissen, wo sie begraben liegt.“

„Gut, Frau Ritter, fragen Sie einfach von Zeit zu Zeit nach“, schlug Detlef vor.

„Vielen Dank“, sagte sie und verabschiedete sich.

„Kannste mal gucken, ob du sie ausfindig machen kannst?“, bat Peter, der mit einem Ohr zugehört hatte.

„Bin schon dabei“, sagte Detlef und gab ihren Namen auf seinem Smartphone bei „Das Örtliche“ ein. „Hier, ich hab' sie! Sie wohnt in der Osterstraße, direkt in der Innenstadt.“

„Ruf mal an, ob sie da ist.“

„Wieso?“

„Dann können wir gleich umkehren. Wir sind eh auf halber Strecke.“

Detlefs Miene verfinsterte sich. „Irgendwann würde ich auch gerne wieder mal nach Hause fahren. Du erinnerst dich, das ist in Nienburg? Wenn wir nun erst nach Hameln düsen und zurück, geht mindestens eine Stunde ins Land, mit Befragung vielleicht anderthalb.“

„Genau, und deshalb rufst du jetzt sofort an, dann verlieren wir nicht noch mehr Zeit", bestimmte Peter, während er an der rechten Straßenseite anhielt.

Detlef kochte. Er fand Peters Verhalten rücksichtslos. Selbst wenn er ihm wieder einen Platz auf seinem Sofa anbieten wollte, so musste er doch einsehen, dass das völlig sinnlos war, denn er brauchte dringend ein frisches Hemd und neue Unterwäsche. Es führte also kein Weg daran vorbei, dass er heute noch nach Hause fuhr. So ging es auf keinen Fall weiter. Während er die Nummer von Helga Dammeier wählte, beschloss er endgültig, sich eine Wohnung in Schaumburg zu suchen, auch wenn sie teurer war als in Nienburg.

Frau Dammeier hob nach kurzem Klingeln ab. Detlef erklärte ihr Anliegen und fragte, ob die Beamten kurz vorbeikommen könnten. Nach anfänglichem Zögern stimmte sie zu und Peter wendete den Wagen. Die weitere Fahrt verlief schweigend. Detlef sagte nichts, weil er sauer war und Kruse schwankte zwischen schlechtem Gewissen und dem dringenden Bedürfnis, sich zu profilieren. Zusätzlich war es ein Versuch, Detlef durch die Blume klarzumachen, dass es auf Dauer keinen Sinn hatte, mehr als eine Stunde vom Arbeitsort entfernt zu wohnen. Als sie an der Fontanestraße vorbeifuhren, erinnerte sich Peter an den Pfarrer, der in der Weser ein jähes Ende erlitten haben musste, bevor er in Rinteln gestrandet war. Er verdrängte die Bilder des verstümmelten Geistlichen.

Glücklicherweise fanden sie in der Straße „Am Posthof" einen Parkplatz. In der Hamelner Innenstadt war das immer so eine Sache. Von dort aus gingen sie durch die Häuserflucht am Schaukasten der „Deister- und Weserzeitung" entlang direkt in die Osterstraße. Es dauerte eine Weile, bis sie die Wohnung von Frau

Dammeier fanden, die sich in Richtung Hochzeitshaus in einem alten Fachwerkgebäude befand, aber frisch renoviert schien. Die ehemalige Nachbarin von Elisabeth Kröger öffnete ihnen und ließ sich die Dienstausweise zeigen.

„Bitte treten Sie ein", sagte die elegante Dame, die Detlef auf Anfang fünfzig schätzte.

„Vielen Dank", sagte er und sah sich um. Helga Dammeier schien wohlhabend zu sein. Sie lebte in Antiquitäten. Alles machte einen sehr gepflegten und noblen Eindruck.

„Entschuldigen Sie, dass wir Sie zu so später Stunde noch stören, aber wir ermitteln in einem Fall rund um Ihre ehemalige Nachbarin Elisabeth Kröger", erklärte Peter. „Können Sie uns irgendetwas über Frau Kröger sagen?"

„Nun, sie war ein sehr angenehmer Mensch, freundlich und hilfsbereit. Darüber hinaus war sie sportlich außerordentlich ehrgeizig. Ich habe sie täglich – Sommer wie Winter – in Funktionskleidung aus dem Haus laufen sehen, und nach mehr als zwei Stunden ist sie erst wiedergekommen. Sie trainiere für einen Triathlon, hatte sie mir damals erklärt, als ihr neues Fahrrad geliefert worden war."

Peter verzog das Gesicht. Anstrengungen dieser Art waren ihm zuwider. Er mochte nicht einmal daran denken.

„Hatten Sie näheren Kontakt zu ihr?", wollte Peter wissen.

„Eigentlich nicht", erklärte Frau Dammeier, „man sah sich gelegentlich auf der Straße. Wir wohnten damals in Wangelist. Da mein Balkon direkt gegenüber ihrer Haustür lag, blieb mir natürlich nicht verborgen, wenn sie dort ein- und ausging."

„Kamen auch Besucher? Andere Nachbarn oder Bekannte? Hatte sie beispielsweise einen Freund?", fragte Detlef.

„Privat war sie eher ein Einzelgänger, vermute ich, denn es klingelte kaum jemand bei ihr. Sie hatte wahrscheinlich tagtäglich genug Kontakt mit Menschen in ihrer Praxis. Als Heilpraktikerin hatte sie einen guten Ruf. Ich war selbst bei ihr in Behandlung."

„Und kein Kontakt zu Männern?", bohrte Detlef nach.

„Ich weiß nicht so recht", gab Helga Dammeier zu, „möglicherweise gab es da zum Schluss jemanden, aber nur ganz kurz, bis sie in den Urlaub fuhr. Das muss im Herbst 2009 gewesen sein. Ich erinnere mich, dass ich noch während ihrer Abwesenheit nach Berlin umsiedelte."

„Haben Sie denn jemanden in ihr Haus gehen sehen?", wollte Peter wissen.

„Ich habe ein, zwei Mal eine Person beobachtet, die abends nach Einbruch der Dunkelheit ins Haus gelassen worden ist, oder vielleicht sogar einen Schlüssel hatte."

„Männlich oder weiblich?", fragte Peter.

„Eher ein Mann, der Statur nach, aber sicher kann ich es nicht sagen. Derjenige hatte einen Mantel mit Kapuze an."

„Hatte sie sich in dieser Zeit verändert, oder hatte sie andere Gewohnheiten angenommen?" Detlef sah aus dem Fenster. Hier war die Aussicht für Frau Dammeier noch interessanter. Sie konnte genau sehen, wer in der Fußgängerzone unterwegs war.

„Vielleicht war sie ein bisschen stiller – und warten Sie, wenn ich mich jetzt zurückerinnere, dann habe ich sie zuletzt auch nicht mehr so oft gesehen."

„Ist Ihnen sonst noch etwas aufgefallen? Ein parkender Wagen, der vorher nicht dagewesen war oder etwas ähnliches?", fragte Peter.

„Nein, sonst nichts", überlegte Helga Dammeier, „oder vielleicht noch eine Sache, aber ich weiß nicht, ob sie von Belang ist."

„Alles könnte wichtig sein, auch wenn es sich heute noch nicht so darstellt", erklärte Detlef.

Sie nickte. „Ich war noch mal bei ihr in der Praxis, bevor sie in den Urlaub ging, weil ich noch Globuli brauchte. Da kam sie mir ein bisschen fahrig und nervös vor, aber das ist nur mein persönlicher Eindruck gewesen. Sie ruhte nicht wie sonst in sich selbst."

„Gut, wir werden das im Hinterkopf behalten", versprach Peter, „und sollte Ihnen noch etwas einfallen, wenden Sie sich bitte gerne an uns." Er gab ihr seine Karte und sah, dass es die vorletzte war, die er in seiner Brieftasche hatte.

Nachdem sich Peter und Detlef verabschiedet hatten, fuhren sie wiederum schweigend in Richtung Bückeburg zurück. Erst nach einer Weile sagte Peter: „Du brauchst jetzt nicht sauer auf mich zu sein."

Detlef zuckte mit den Schultern und tat so, als ob ihm alles egal sei.

„Nee, in echt jetzt", versuchte es Peter nochmals, „das ist Mist, wenn du in Nienburg wohnen bleibst."

„Und das wolltest du mir jetzt demonstrieren?", fragte Detlef.

Peter grinste schief.

„Nur ein bisschen vielleicht, aber es ist wirklich wichtig, dass wir bei unseren Ermittlungen nicht noch mehr Zeit verlieren. Schlaf doch ruhig noch mal bei uns."

„Wie stellst du dir das vor? Ich habe keine Klamotten dabei."

„Du kriegst 'ne Unterhose und ein T-Shirt von mir", schlug Peter vor.

Jetzt musste Detlef doch lachen. „Glaubst du, ich laufe morgen im Kleid rum? Nee, nee, lass mal, ich fahre noch nach Nienburg. Aber ich werde mir hier was suchen. Du hast ja recht, auch wenn du manchmal ein rücksichtsloser Arsch sein kannst."

„Uhh, ich wusste gar nicht, dass du solche Worte kennst. Der feine Herr Detlef ist doch sonst so edel in seiner Aussprache", frotzelte Peter.

„Leck mich", war das Letzte, was Detlef dazu mit einem Schmunzeln sagte, dann schwiegen sie wieder, aber ohne dass die Stille wie eine zentnerschwere Last zwischen ihnen hing. Sie waren beide müde.

Als Peter endlich zu Hause ankam, war alles still. Er rief ein „Nadja" in die dunklen Räume und schalt sich dann selbst einen ungehobelten Klotz, denn vielleicht schlief sie ja schon. Da er nichts hörte, schlich er sich nach oben, doch auch da war keine Spur von Nadja zu finden. Erst wunderte er sich, dann ärgerte er sich, bis die Sorge, dass ihr etwas passiert sein könnte die Oberhand gewann und er ihre Handynummer wählte. Sie ging sofort dran.

„Ach, hallo Schatz, bist du schon zu Hause?", fragte sie.

„Im Gegensatz zu dir, ja!", sagte er mit vorwurfsvollem Unterton, den sie einfach überhörte.

„Ich bin hier noch damit beschäftigt, Charlottes DNA auf einem Kissen zu suchen."

„Aha", sagte Peter nur mäßig interessiert, „und?"

„Schwierig", antwortete sie, „um ganz sicher zu sein, bräuchte ich auch noch die ihrer Eltern. In der DNA-Analyse-Datei, die vom LKA und BKA verwaltet wird, ist Charlottes nicht mehr vorhanden. Ich habe Wolfs Freund Büthe vom LKA Hannover angerufen. Der ist gerade wieder von seiner Kreuzfahrt zurück."

„Wie wäre es, wenn du erst mal nach Hause kämst?"

„Hast du Hunger? Du klingst so brummig ... Es ist noch Linseneintopf von Babuschka im Kühlschrank mit viel Fleischeinlage. Mach ihn doch schon mal heiß, ich komme gleich."

„Hast du auf die Uhr gesehen? Es ist halb zehn!", sagte er.

„Ja, und? Sonst isst du doch um diese Zeit auch noch."

„Mensch, ich habe mir Sorgen um dich gemacht", schimpfte Peter. „Pfeif doch auf den Eintopf!"

„Du liebst mich mehr als Linsen mit Kartoffeln und Speck?", lachte Nadja, „dann sollte ich dich doch heiraten."

Peter fühlte sich veralbert. „Gut, ich nehme dich beim Wort. Jetzt gibt es kein Zurück mehr!"

Er legte auf und ging in die Küche. Dort tat er zwei Dinge. Er holte den Suppentopf aus dem Kühlschrank und setzte ihn auf den Herd bei kleiner Flamme. Dann holte er die Packung mit der Alufolie aus der Schublade. Als Nadja den Schlüssel in der Haustür umdrehte, war der Eintopf heiß und alles vorbereitet. Sogar eine Kerze hatte Peter auf den Tisch gestellt und in Ermangelung eines Weines oder Champagners kühles Bier in zwei Sektflöten gefüllt. Das war zwar etwas ungewöhnlich, aber hier hatten sich zwei ebenso besondere Menschen gefunden. Der verfressene Peter, den man bei erster Bekanntschaft eher für ein trotteliges Riesenbärenbaby hielt, der aber im Abitur sogar ein Zehntel besser als Nadja abgeschnitten hatte und die hochgewachsene Rechtsmedizinerin mit dem immer wüsten Haarschopf, die seine Nähe und seinen starken Arm, in den sie sich kuscheln konnte, ebenso sehr liebte wie seine außergewöhnliche Art. Im Innersten waren sie aus einem Holz geschnitzt, wenn sie sich auch äußerlich vollkommen anders präsentierten.

„Oh", sagte Nadja und nahm Platz, „du hast dir aber Mühe gegeben!"

„Einem Herrn meines Schlages liegt das Verwöhnen im Blut", sagte er mit gespielt ernster Miene, „darf ich servieren?“ Und als ob es sich um Austern und Kaviar handelte, platzierte er die Suppenteller mit einem Küchenhandtuch über dem Arm auf dem Tisch. „Gestatten Gnädigste, dass ich mich zu Ihnen setze?“

„Sehr gern“, antwortete Nadja und legte sich die Serviette mit spitzen Fingern auf die Knie.

„Ich möchte mein Glas auf die wunderbarste Frau der Welt erheben“, sagte Peter und stand wieder auf. Dabei zog er ein Päckchen aus der Tasche, das nach einer leeren Ohrenstäbchenschachtel aussah. „Willst du die Meine werden?“, fragte er und holte seinen selbst gebastelten Ring aus Alufolie heraus. „Was anderes hab' ich auf die Schnelle nicht hingekriegt, aber ich wollte dich beim Wort nehmen, bevor du's dir vielleicht anders überlegst.“

Nadja wusste nicht, was sie sagen sollte. Sie war völlig baff und gleichzeitig gerührt. Am Telefon hatte sie nur einen Spaß gemacht und niemals damit gerechnet, dass Peter das ernst nehmen würde.

„Äh, tja also, das kommt jetzt ein bisschen plötzlich“, stammelte sie.

„Wieso, du hast doch gesagt, wenn ich dich lieber hätte als die Linsensuppe, dann würdest du mich heiraten“, zwinkerte er ihr zu. „Ich gestehe sogar, dass ich dich mehr liebe als ein englisch gebratenes Filetsteak. So einen Mann findest du nicht wieder. Du solltest zuschlagen.“

„Du erinnerst dich aber daran, dass ich keine Kinder bekommen kann?“, fragte sie.

„An lärmenden Windelpupsern, die später an unseren Kühlschrank gehen, habe ich sowieso kein Interesse“, sagte Peter. „Kannst du nicht einfach Ja sagen?“

„Ich weiß nicht, ob du dir das gut überlegt hast?“

„Schon lange. Ich will, dass du endlich hier zu mir ziehst.“

„Meinst du, wir kommen auf Dauer miteinander klar?"

„Das liegt ja nun an uns. Wenn wir das beide wollen, gelingt uns das auch", sagte Peter überzeugt.

„Okay, ich schlafe eine Nacht drüber, oder willst du die Antwort jetzt sofort?"

„Am liebsten schon, denn ich stehe hier blöd rum und das auch noch mit einem Verlobungsring aus Alu, den ich dir anstecken will. Provisorisch meine ich, als Platzhalter sozusagen. Einen echten muss ich erst besorgen."

Nun musste Nadja doch insgeheim schmunzeln.

„Du scheinst ein Nein überhaupt nicht einkalkuliert zu haben."

„Nö. Wieso auch? Wir lieben uns, sind ein paar Jahre zusammen und wollen uns nicht trennen, also können wir auch heiraten!"

„Pragmatisch wie immer", sagte sie, „so einfach ist das also?"

„Ganz genau", sagte er und nickte. „Falls du jetzt endlich Ja sagst."

„Na gut", gab sie grinsend zurück und streckte ihm ihren linken Ringfinger hin.

„Ich werte das mal als Ja, beim Standesamt kommst du damit aber nicht durch. Da musst du schon deutlicher werden", sagte Peter.

„Damit können wir uns doch Zeit lassen", schlug Nadja vor.

„Ja klar. Ich dachte so an vier Wochen oder so", sagte er und setzte sich. Während sie die Suppe auslöffelten, fragte sich Nadja insgeheim, ob ihr das nicht zu schnell ging.

Während Detlef in Richtung Nienburg unterwegs war, wählte er über den Bordcomputer Mimis Nummer. Sie nahm sofort ab.

„Schön, dass du dich noch meldest, Detlef. Ich dachte schon, du seist verschollen“, sagte sie.

„Tut mir leid, wir hatten eben noch eine Befragung in Hameln, ich fahre erst jetzt nach Hause und bin total platt. Die letzte Nacht habe ich auf Kruses Sofa verbracht. Da war es auch so spät geworden.“

„Dann musst du ja echt gerädert sein“, bedauerte sie ihn. „Schade, dass es mit unserem Treffen noch nicht geklappt hat. Irgendwie ist der Wurm drin. Es kommt immer etwas dazwischen. So, als ob es nicht sein sollte.“

„Wir kriegen das auf jeden Fall hin“, versprach Detlef. „Ich habe heute auch beschlossen, dass ich mir eine Wohnung in Bückeburg oder Umgebung suchen werde. So geht das nicht weiter.“

„Das ist doch mal eine gute Entscheidung“, freute sich Mimi. „Diese Fälle halten uns alle sehr in Atem. Ich bin auch vor Kurzem erst nach Hause gekommen.“

„Danke für dein Verständnis“, sagte Detlef, „und falls du hörst, dass jemand eine Wohnung vermieten will, gib mir kurz Bescheid.“

„Im Internet hast du bestimmt schon geguckt?“

„Ja, aber das war alles ziemlich teuer. Zwischendurch hatte ich schon überlegt, mir ein Feldbett ins Büro zu stellen“, erklärte Detlef.

„Das finde ich nicht so gemütlich“, meinte Mimi. „Da hätte ich dann auch eher ein Sofa anzubieten.“

„Danke, aber auf Dauer geht das so nicht weiter. Das weiß ich selbst. Was machst du denn am Wochenende?"

„Da fahre ich mit einer Freundin an die Nordsee", sagte Mimi bedauernd.

„Vielleicht hast du Lust, nächstes Wochenende mal mit deinem Motorrad nach Nienburg zu kommen?", fragte Detlef vorsichtig. „Ich meine, falls nichts dazwischen kommt."

„Das könnte klappen", freute sich Mimi. „Lass uns das schon mal locker ins Auge fassen."

„Schön", sagte Detlef, „ich freue mich. Wir telefonieren vorher noch. Also bis dann."

Die letzten Kilometer bis nach Hause fuhr er in besserer Laune zurück.

Als Isabellas Wagen vor dem Haus ihrer Tante hielt, hatte sie selbst jeden Überblick über Raum und Zeit verloren. An die vergangenen Stunden konnte sie sich überhaupt nicht erinnern. Auch die Minuten jetzt erlebte sie wie im Traum. Nur ganz entfernt erinnerte sie sich an das Haus ihrer Tante, hätte es aber jetzt im Dunklen niemals erkannt. Sie wusste nicht, wo sie war.

Ihrem Fahrer gefiel es, eine der Taschen, die Isabella für ihren Aufenthalt gepackt hatte, direkt vor der Gartenpforte abzulegen. Dann stieg er wieder ein, drehte die Spritze auf ihren venösen Zugang und schenkte ihr eine weitere Zeit des seligen Vergessens.

Es war Wolf, der noch etwas müde und erschlagen beinahe über die Tasche gefallen wäre, als er nach einer gemütlichen Nacht mit Moni zu seinem Auto gehen wollte. Seine Schäferhündin Lady Gaga war gleich dort geblieben und Moni hatte versprochen, sich später auch um die Kater zu kümmern. Jetzt jedoch stand er vor der Tasche und wunderte sich. Ob sie wohl Moni gehörte? Aber am Abend zuvor war sie ganz sicher noch nicht dagewesen. Also machte er kehrt, hob die Tasche auf und klingelte wieder bei seiner ... Ja, was war sie eigentlich? Freundin und Bettgefährtin? Im Moment konnte er das selbst nicht so genau sagen.

Moni guckte verdutzt, als Wolf ihr erklärte, dass die Tasche genau vor ihrer Gartentür gelegen hatte. Sie selbst kannte sie nicht.

„Dann wollen wir sie doch mal aufmachen und hineinsehen", sagte Wolf.

„Das sind die Sachen einer jungen Frau", überlegte Moni laut, als sie Spitzen-BHs und Kleidung in Größe achtunddreißig fand.

„Wieso?", fragte Wolf. „Das könnte jeder schlanken Frau gehören."

„Die Tampons und die Pille sprechen aber eher dafür, dass wir es mit einer Dame vor den Wechseljahren zu tun haben", beharrte Moni auf ihrer Vermutung.

„Die setzen doch heute später ein, meist jenseits der Fünfzig, wenn ich mich recht erinnere."

„Ja, aber guck mal die Kleider und Shirts an", bat Moni, „ich schätze sie auf unter dreißig."

Wolf durchsuchte die Reißverschlussseitentaschen und fand ein Foto in einem Terminkalender. Er sah es sich an und schaute Moni ins Gesicht. „Also so hast du mal ausgesehen", sagte er. „Jetzt bist du noch hübscher!"

„Gib her", forderte sie ihn auf. „Wieso ist in dieser Tasche ein Foto von mir?"

„Keine Ahnung. Hast du gesehen, dass deine Adresse hintendrauf ist? Im Kalender stehen auch merkwürdige Dinge. Was ist denn Partus für ein Begriff? Ist hier ganz oft mit Namen und manchmal mit einer Ortsbezeichnung vermerkt."

„Das müsste ich gleich mal nachschauen", sagte Moni, ging zum Schrank, wo die Lexika standen und blätterte im Duden, „um was für Orte handelt es sich denn? Was hat das mit mir zu tun?"

„Alles im Norden", gab Wolf Auskunft.

„Partus heißt Geburt oder Entbindung", erklärte Moni, dann kam ihr ein Geistesblitz, „Mensch, das muss Isabellas Tasche sein, dann macht auch das Foto einen Sinn."

„Da könntest du recht haben, aber wo ist sie? Hat sie sich denn schon gemeldet?"

„Gestern Abend, dass sie heute Morgen losfahren will", sagte Moni verwundert, „aber wieso ist dann ihre Tasche schon da?"

„Vielleicht hat sie es sich anders überlegt und ist schon früher los?", schlug Wolf vor.

„Könnte sein, dass sie nicht schlafen konnte. Sie hatte mir am Telefon von einem Albtraum erzählt, der sie ziemlich erschüttert haben musste. Sie hoffte, überhaupt zur Ruhe kommen zu können."

„Was war das für ein Traum?"

„Das wollte sie mir nicht sagen, leider", erklärte Moni.

„Na gut, jetzt warten wir mal, bis sie sich meldet. Vielleicht wollte sie dich so früh nicht stören und ist irgendwohin gefahren, um einen Kaffee zu trinken oder so."

„Das mit der Tasche ist trotzdem komisch. Warum stellt sie sie vor die Tür?", grübelte Moni. „Die hätte sie doch auch im Auto lassen können."

„Damit du weißt, dass sie schon da ist?", schlug Wolf vor.

„Möglich, aber merkwürdig. Also warten wir es ab", seufzte Moni. „Wir packen erst mal alles wieder ein. Nicht, dass sie denkt, wir schnüffeln in ihren Sachen rum."

„Okay, dann fahre ich jetzt. Wenn du irgendwas hörst, meldest du dich bitte. Wenn sie nicht auftaucht, rufst du mich spätestens gegen Mittag an, einverstanden?", bat Wolf.

„In Ordnung", sagte Moni.

„Wie kommen wir denn nun an die DNA von Charlottes Eltern?", fragte Nadja beim Frühstück. „In der Vergleichsdatei ist sie nicht mehr vorhanden, sagte mir Wolfs Freund Büthe vom LKA."

„Du stellst Fragen am frühen Morgen", stöhnte Peter. „Ich fürchte, das geht nur mit Trick siebzehn. Und dann fällt mir auch eher ein, wie wir eine vom Vater kriegen könnten, aber das reicht dir doch, oder?"

„Klar", sagte Nadja.

„So ganz wohl ist mir dabei aber nicht", gab Peter zu verstehen.

„Es ist für Wolf und er muss es ja auch nicht erfahren", beruhigte Nadja ihn. „Denk dir einfach eine plausible Geschichte aus, dann zeigst du deinen Dienstausweis vor und schon klappt die Sache. Am besten jetzt gleich, vielleicht ist er noch zu Hause. Ist ja erst kurz vor sieben."

„Wo sie wohnen, hast du bestimmt ebenso parat wie das Röhrchen, stimmt's?", fragte Peter.

„Sicher, du kennst mich ja!"

„Eben. Also, wo muss ich hinfahren?"

„Sie wohnen in Bückeburg ‚An den Hofwiesen'. Ist ganz in der Nähe. Direkt hinter dem Ortseingangsschild links, wenn du von Kleinenbremen kommst. Nummer einundvierzig", fügte sie noch hinzu.

„Und wenn sie misstrauisch werden und sich meinen Namen merken?", äußerte Peter seine Bedenken.

„Sei einfach überzeugend genug", schlug Nadja vor. „Denk daran, dass es für Wolf ist und dass du die Eltern einfach nicht damit belasten willst. Stell dir vor, du würdest sagen, aus welchem Grund du die Speichelprobe brauchst. Es würde alles wieder bei ihnen aufwühlen."

Peter seufzte und stand auf. „Her mit dem Röhrchen und drück mir die Daumen."

„Mach ich doch glatt", versprach sie, küsste und verabschiedete ihn.

Peter hatte schon das Ortseingangsschild von Bückeburg passiert, als das schlechte Gewissen die Oberhand gewann. Nein, das konnte er nicht machen, fuhr es ihm durch den Kopf. Er bog in die Brandenburger Straße ein und hielt rechts am Rand an. Ein paar Mal atmete er tief durch, dann wendete er im Röthekamp und fuhr in die Ulmenallee. Er war erleichtert, wusste jedoch noch nicht, wie er Nadja beichten sollte, dass er sich umentschieden hatte.

Detlef kam fast zeitgleich mit Wolf an, hatte aber dicke Ringe unter den Augen.

„Na, kriegst du auch genug Schlaf?“, fragte Wolf.

„Wird Zeit, dass ich hier in der Gegend sesshaft werde“, gab Detlef zu, „dann habe ich schon mal ein Stündchen mehr am Morgen und am Abend.“

„Gute Entscheidung“, sagte Wolf, und Peter, der in dem Moment durch die Tür kam, wollte wissen, was er denn damit meinte.

„Was ich dir gestern auch schon gesagt hatte. Ich suche mir hier eine Wohnung, mehr nicht.“ Detlefs Schlafdefizit ließ ihn leicht gereizt werden.

„Ja, finde ich auch super“, antwortete Peter und ignorierte seine schlechte Laune. Er war froh, eben auch die richtige Entscheidung getroffen zu haben.

Während Peter und Detlef von den gestrigen Ermittlungen berichteten, öffnete Nadja die Tür zur Rechtsmedizin. Es war so, als wäre sie gerade erst fortgegangen. Nur wenige Stunden lagen zwischen ihrem Feierabend und Arbeitsbeginn. Zu wenige, fand sie manchmal, aber das war nicht zu ändern. Gestern hatte sie außerdem mehr oder weniger in eigener Sache geforscht. Als sie den Mantel aufgehängt hatte, klingelte ihr Handy. Es war Thorsten Büthe.

„Frau Dr. Serafin?“

„Ja, am Apparat!“

„Büthe hier. Ich muss Sie bitten, von weiteren Untersuchungen zum Tod von Charlotte Abstand zu nehmen“, erklärte der Beamte vom LKA.

„Aha, wieso?“, wollte Nadja wissen.
„Es führt zu nichts“, erklärte er.
„Könnte ich das vielleicht selbst herausfinden?“, bat sie.
„Könnten Sie, aber es wäre besser, keine schlafenden Hunde zu wecken. Charlotte ist tot. Das kann ich Ihnen bestätigen. Bitte glauben Sie mir! Ich habe mich der Sache gleich nach Ihrem Anruf angenommen. Mein Aktenaufruf ist nicht verborgen geblieben. Mehr möchte ich nicht sagen. Das ist für uns alle besser.“
„Hört sich ja höchst geheim an ...“
„Ja!“
„Aber Wolf ist Ihr Freund. Er leidet, weil er denkt, Charlotte lebt noch. Er glaubt, sie sei in einem Zeugenschutzprogramm untergebracht worden.“
Büthe schwieg einen Moment in der Leitung. „Sie ist ganz sicher tot! Ich schwöre es Ihnen. Gibt es eine Möglichkeit, wie Sie Wolf das schlüssig beweisen können? Über die Umstände müssen weder er noch Sie etwas wissen.“
„Ich weiß nicht, ob ich das ohne sicheren Nachweis glauben soll. Ich will nur Wolfs Bestes.“
„Das will ich auch. Er ist mein Freund und ich möchte nicht, dass er leidet. Wenn Sie ihm irgendeinen medizinischen Beweis liefern und wir beide Stillschweigen bewahren, können wir ihn ganz einfach von dieser Last befreien, ohne dass er die genauen Hintergründe wissen muss. Das ist auch nicht notwendig. Dann nimmt niemand Schaden, die Reputation bleibt Charlotte erhalten. Es ist zum Wohl aller Beteiligten, auch ihrer Eltern. Vertrauen Sie mir! Wolfs Verlobte ist seit Jahren tot und nichts kann sie zurückbringen.“
Bei dem Begriff Eltern schoss es Nadja heiß in die Magengrube. Hoffentlich hatte sie mit ihrer Speichelprobe nichts angerichtet.

„Ich denke darüber nach und melde mich bei Ihnen, Herr Büthe. Vielen Dank, dass Sie mich angerufen haben."

„Halt, Frau Dr. Serafin, wir müssen das jetzt klären. Es ist durch meine Nachforschungen schon zu viel Staub aufgewirbelt worden. Man wird auch Ihnen genau auf die Finger schauen."

„Dann geben Sie mir bitte einen kleinen Hinweis, dass Ihre Behauptung stimmt. Etwas ist doch faul an der Sache."

Schweigen am anderen Ende der Leitung.

„Herr Büthe, was finden wir, wenn wir eine Exhumierung veranlassen würden? Ich habe mir die DNA der verkohlten Leiche besorgt und Wolf gab mir ein Kissen von Charlotte, das sicher verschlossen auf dem Dachboden aufbewahrt worden war. Darin habe ich ein Haar von ihr gefunden. Es hatte sich ins Kissen gebohrt. Es ist also ein Leichtes, jetzt einen Abgleich vorzunehmen, um ganz sicher zu sein, dass es sich bei der verbrannten Toten nicht um Wolfs Verlobte gehandelt hat", bluffte Nadja.

Thorsten Büthe atmete tief durch. Damit hatte er nicht gerechnet.

„Ich bitte Sie eindringlich. Vernichten Sie die DNA. Untersuchen Sie nichts weiter. Ersparen Sie vor allem Wolf Ihre möglichen Ergebnisse!"

„Was würden wir denn in ihrem Grab finden?", fragte Nadja beharrlich. „Nichts oder jemand anderen? Wo liegt sie selbst?"

„Tut mir leid. Da kann ich Ihnen nicht weiterhelfen", sagte Büthe mit veränderter Stimmlage. „Es gab da mal so eine Serie mit Jutta Speidel. Die hieß ‚Zwei sind einer zu viel', vielleicht ist die gemeint." Dann legte er einfach auf.

Nadja blieb verdutzt zurück. Sie verstand nur Bahnhof. Was sollte das? Warum sagte er so einen Mist? War jemand in den Raum gekommen, und wollte er ihr deshalb etwas durch die Blume sagen? Sie gab die Worte ins Internet ein und klickte auf Suchen, doch anstatt „Zwei sind einer zu viel" erschien „Drei sind einer zu viel". Das musste etwas zu bedeuten haben. Plötzlich fiel es ihr wie Schuppen von den Augen. Das genau war die Botschaft. Zwei sind einer zu viel ... Zwei Menschen in einem Grab! Sie überlegte. In ihrem Hirn ratterte es. Wahrscheinlich hatte Wolf mit seiner Vermutung recht gehabt, dass Charlotte damals in einem Zeugenschutzprogramm untergebracht werden sollte. Aber irgendetwas musste jedoch schiefgegangen sein. Sie hatte den Tag nicht überlebt. Plötzlich war eine Leiche zu viel da, die man vorher extra zum Austausch organisiert hatte. Sie würde mehr als zweihundert Knochen zu viel in diesem Grab finden. Da war sie sich jetzt sicher. Was bedeutete das für Wolf, überlegte sie? Charlotte hätte ihn also tatsächlich verlassen und irgendwo anders weitergelebt. Nein, es war besser, wenn er das nicht erfuhr, zumal sie noch am selben oder vielleicht nächsten Tag gestorben war. Büthe hatte recht, es war besser, das alles im Verborgenen zu lassen. Sie allein konnte jetzt Wolfs Ungewissheit beenden, indem sie ihm sagte, dass sie herausgefunden hatte, dass Charlotte wirklich tot war. In gewisser Weise war das nicht einmal gelogen, wenn man davon absah, dass ihre Erkenntnisse nicht auf medizinischen Tatsachen beruhten, sondern auf den Nachforschungen seines Freundes. Nadja fragte sich, warum Wolf nicht bei Büthe um Hilfe gebeten hatte. Vielleicht wollte er ihn nicht in die Bredouille bringen. Wer aber schrieb ihm diese mysteriösen Mails, wenn es doch

Charlotte nicht sein konnte? Das würde noch zu klären sein. Sie beschloss, auch Peter nichts von dem Telefonat mit Thorsten Büthe zu erzählen und die Speichelprobe einfach wegzuwerfen. Etwas zu wissen, konnte auch belasten. Es sollte endlich Gras über diese unselige Sache wachsen, die sich im Ergebnis genau so entwickelt hatte, wie es allen Beteiligten vorgegaukelt worden war. Eine Aufklärung brachte niemandem etwas Positives.

Die Staatsanwältin schwebte an diesem Morgen förmlich in die Räume an der Ulmenallee. Sie war guter Laune. Der junge Mann, der am Eingang auf sie gewartet hatte, begleitete sie nach einer höflichen Begrüßung. Vor Wolf Hetzers Büro hielt sie an und klopfte.

„Ja!"

Karin Kukla steckte den Kopf durch die Tür. „Guten Morgen Hetzer, haben Sie einen Moment?", fragte sie.

„Immer doch, kommen Sie rein!"

Sie schob die Tür ganz auf. „Ich möchte Ihnen PK Müller vorstellen. Er wird Ihr Team ab sofort verstärken und hoffentlich eine Menge Praxisbezogenes bei Ihnen lernen. Er kommt frisch von der Hochschule. Von seinen Computerkenntnissen können wir sicherlich alle profitieren. Herr Müller, das ist Kriminalhauptkommissar Wolf Hetzer."

Wolf war verdattert. Er hatte gar nicht gewusst, dass sie Unterstützung bekommen sollten.

„Ich verstehe nicht ...", fing er an.

„Das müssen Sie auch nicht. Ich habe mich dafür eingesetzt, dass Sie etwas Entlastung bekommen. Ich sehe doch, was hier los ist." Karin Kukla verschwieg ihm, dass sie gleichzeitig auch einer alten Freundin einen Gefallen getan hatte. Dann winkte sie zum Abschied kurz und ließ den jungen Mann einfach in Wolfs Büro stehen.

„Tja", sagte Wolf Hetzer, „das kommt zwar etwas überraschend, aber durchaus nicht ungelegen. Dann will ich Ihnen mal mein Team vorstellen."

„Das ist mir jetzt echt unangenehm, dass man Sie so überfallen hat. Mir geht es übrigens nicht anders. Zuerst hieß es, ich soll nach Oldenburg, jetzt bin ich hier gelandet", erklärte Niklas Müller.

Hetzer, der inzwischen aufgestanden war, lachte und klopfte ihm auf die Schulter. „Wer weiß, wer da seine Finger im Spiel hatte. Machen wir das Beste daraus. Immerhin haben wir derzeit einen wirklich interessanten Fall." Der junge Beamte machte einen sympathischen Eindruck. „Kommen Sie mit nach nebenan. Ich will Ihnen die Oberkommissare Kruse und Krahwinkel vorstellen."

Peter und Detlef sahen von ihren Bildschirmen auf und machten für einen kurzen Moment kein besonders intelligentes Gesicht. Sie blickten von Wolf zu dem Neuen und wieder zurück mit einer Miene, wie man sie eher bei Wiederkäuern erwartet hätte. Wolf war froh, dass sie in ihrer Überraschung nicht noch mit offenem Mund dasaßen.

„Wir haben einen neuen Kollegen", erklärte er, „das ist Kommissar Müller, frisch von der Polizeihochschule."

„Angenehm, POK Krahwinkel aus Nienburg. Ich bin seit einem Jahr hier. Herzlich willkommen", sagte Detlef, der sich als Erster wieder gefangen hatte.

„Ja. Hallo und willkommen im Team. Ich bin POK Kruse", fügte Peter an und versuchte in Wolfs Gesicht zu lesen.

„Informiert euren neuen Kollegen schon mal über die aktuelle Ermittlungsarbeit und sorgt dafür, dass seine DNA als Vergleichsprobe zu Nadja kommt", bat Wolf, dessen Smartphone in dem Moment zu klingeln begann. Er hob ab und ging in sein Büro zurück. Es war Moni.

Nur langsam kam Isabella wieder zu Bewusstsein. Es war dämmerig. Ihre Hand- und Fußgelenke schmerzten, aber sie begriff noch nicht warum. Alles drehte sich. Als sie versuchte, die Augen ganz zu öffnen, wurde der Schwindel schlimmer. Also ließ sie es. Das Denken war anstrengend. Sie hatte nur eine ganz vage Erinnerung an den letzten Abend zu Hause, danach war gähnende Leere. Der Schlaf ergriff erneut von ihr Besitz.

Als sie wieder wach wurde, wunderte sie sich, warum ihr kalt war, bis sie begriff, dass sie nackt war. Entsetzt riss sie die Augen auf und starrte in den sich noch immer drehenden Raum, aber sie erkannte, dass sie gefesselt war. Jeder ihrer Knöchel war mit einem Seil an einem Bettpfosten befestigt worden. Mit gespreizten Beinen lag sie da und konnte sich nicht rühren. In ihrem Mund steckte etwas, das sie nicht ausspucken konnte. Tränen, geformt aus einer Mischung von Angst, Scham, aber auch Wut bildeten kleine Seen in ihren Augenwinkeln, bis sie die Wangen hinabliefen. Doch mit zunehmendem Bewusstsein siegte die Angst, wurde übermächtig und ihre Blase entleerte sich auf das Laken. Der Inhalt versickerte dort aber nicht, er verteilte sich nur auf dem Baumwolltuch. Sie selbst lag in einer kühlen Pfütze.

„Ich liebe dich, auch wenn du ins Bett machst", sagte eine Stimme, die ihr bekannt vorkam aus der Ecke des Raumes.

Sie begann zu zittern. Es war die Stimme aus dem Traum.

„Ist dir kalt?“

Sie nickte vorsichtig und versuchte ihre Sinne zusammenzunehmen.

„Dann drehe ich die Heizung hoch“, versprach er und stand auf. „Ich hole auch ein neues Laken. Wirst du ganz brav alles machen, was ich sage?“

Sie nickte wieder.

„Mal sehen. Vielleicht mache ich dich irgendwann los, aber nur vielleicht, wenn du ganz lieb und gehorsam bist. Hier kommst du eh nicht raus.“

Kurze Zeit später kam er wieder. „Heb deinen Po“, befahl er.

Sie stützte sich auf Schultern und Nacken und begriff, dass er eine Vorlage wie in einem Krankenhausbett austauschte. Wahrscheinlich lag sie in einem, dachte sie, als er das Bett in die Höhe fuhr.

„Wenn du wieder musst, sagst du Bescheid!“, befahl er und stellte eine Schüssel mit warmem Wasser zwischen ihre Beine. „Ich sorge gut für dich.“

Sie fühlte, wie er begann sie zu waschen. Erst an den Beinen, dann unter dem Gesäß und schließlich in ihrer Spalte. Sie machte sich steif.

„Es hat keinen Sinn, wenn du dich wehrst. Es macht es nur schlimmer für dich. Du hast versprochen, brav zu sein. Also schön locker bleiben! Wenn ich dich gewaschen habe, creme ich dich ein.“

Isabella erkannte, dass ihr keine Chance blieb. Sie wusste auch, dass er recht hatte. Wenn sie sich verkrampfte, würden die Schmerzen sich potenzieren. Aber es war nicht einfach, gegen den Schutzmechanismus ihres Körpers anzukämpfen.

Er wusch sie ausgiebig. Wieder und wieder. Zwischendurch rasierte er sie. Keine noch so kleine Körperfalte ließ er bei seiner Säuberung aus. Inwändig reinigte er sie durch ein Spekulum. Als er es einbrachte und weiter stellte, hielt sie kurz die Luft an und zwang sich dann weiterzuatmen.

„Braves Mädchen!“, lobte er sie. „Jetzt warten wir ein Weilchen, bis alles abgetrocknet ist. Dann hole ich die Creme.“

Sie nickte. Doch das Nicken erstarb in einem grässlichen Gefühl, als er wieder am Rädchen des Spekulums drehte.

„Ich habe mir auch eins gekauft“, erklärte er, „aber es ist ein ganz spezielles Instrument. Du hast mich auf den Geschmack gebracht. So, ich glaube, das reicht für heute. Morgen machen wir mit der Übung weiter. Mal sehen, wie es heute schon mit dem Eincremen klappt. Du genießt es doch, oder?“

Das Nicken fiel ihr schwer, aber sie zwang sich dazu. Im Moment war sie einfach nur froh, dass der reißende Schmerz nachgelassen hatte. Als er mit der weichen Paste kam, hatte sie längst keine Illusionen mehr. Während er seine linke Hand Finger für Finger immer mehr in sie hineindrängte, rieb er sich mit der rechten und stöhnte dabei.

Sie hoffte nur noch, dass es schnell vorbei war, aber er ließ sich Zeit oder die Uhr ging in diesen schlimmen Minuten langsamer. In einem letzten, lustvollen Schrei versuchte er, noch tiefer zu kommen, scheiterte aber an der Breite seiner Hand. Dann war es zu Ende. Ihre Schmerzenslaute blieben im Knebel hängen. Sie hustete, weil sie sich an ihrer eigenen Spucke verschluckt hatte.

Der Mann mit der Maske wusch seine Hände in der Schüssel und tupfte ihren Unterleib ab. Sie hustete immer noch.

„Das war doch ein ganz guter Anfang", sagte er zufrieden. „Wenn du nicht schreist, nehme ich dir das Ding aus dem Mund. Hier kann dich sowieso niemand hören. Willst du das?"

Mit nassem Gesicht nickte sie. Vorsichtig band er das Tuch hinter ihrem Kopf los und nahm den Baumwollfetzen aus ihrem Mund. Wieder hustete sie und krächzte ein „Danke!"

„Ich kann das jederzeit wieder ändern", drohte er.

„Bitte nicht!", flüsterte sie.

„Es liegt nur an dir", sagte er, „solange du alles tust, was ich verlange, wird es dir gut gehen."

„Ja", hauchte sie.

„Hat es dir gefallen? Sag, dass es dir noch niemand so gut besorgt hat wie ich", forderte er.

Sie nickte unter Tränen.

„Wenn du erst schön weit und entspannt bist, wird es noch besser sein", versprach er.

Nadja hatte beschlossen, die Worte von Thorsten Büthe zwar ernst zu nehmen, aber sie wollte Gewissheit. Es gelang ihr, aus einem aufgetrockneten Speichelfleck unter dem Häkelbezug des Kissens DNA zu sichern. Wie gut, dass Menschen während ihres Schlafes sabberten, freute sie sich. Diese genetischen Spuren stimmten exakt mit denen überein, die von Charlotte im damaligen Fall hinterlegt worden waren. Ihre Vermutung war also richtig gewesen. Man hatte die DNA zuerst bewusst verändert und dann wieder in die korrekte ausgetauscht. Am Nachmittag hatte sie Gewissheit. Die untersuchten Zellen der Brandleiche waren genetisch nicht identisch mit denen von Charlotte. Doch immerhin konnte sie trotz allem noch leben, egal was in irgendwelchen Akten stand. Was konnte man schon wirklich glauben? Oder sie war tatsächlich tot, weil etwas schiefgegangen war. Vielleicht war Wolfs Gefühl richtig gewesen, dass sie in seinen Armen den letzten Atemzug getan hatte.

Was für ein Stein würde ins Rollen gebracht, wenn sie aufgrund ihrer Erkenntnisse eine Exhumierung beantragen wollte? Sie selbst müsste sich für die rechtswidrige Beschaffung der DNA verantworten und würde damit unter Umständen ihren Job riskieren. Aber es war überhaupt nicht abzusehen, wem sie alles auf die Füße trat, wenn sie in diesem Tümpel rührte. Sie wusste nur eines. Am Ende war sie die Dumme. Es stimmte im Grunde, was Büthe gesagt hatte. Alles so zu lassen, wie es sich darstellte, war das Beste für jeden Beteiligten. Ganz egal, ob Charlotte noch irgendwo lebte oder mit einer anderen Frau in diesem Grab lag. Es musste ihre Entscheidung gewesen sein, ihr Leben so nicht weiterführen zu wollen. Und genau das war der Schmerz, der ihren Eltern und Wolf erspart bleiben sollte.

Sie wählte Büthes Nummer und sagte nur einen Satz. „Serafin hier, Sie haben recht, ich dachte, der Film wäre mit Grace Kelly gewesen."

„Haben Sie nachgesehen und etwas herausgefunden?"

„Selbstverständlich!"

„Und?"

„Es war Marylin Monroe. Kann man leicht verwechseln. Beide Filmstars sind blond, aber ganz verschieden."

„Stimmt, und beide sind schon lange tot", sagte Büthe mit einem verschwörerischen Unterton.

„Denken wir also an die anderen und kümmern uns nicht um die Schauspieler!", antwortete Nadja.

„Gute Entscheidung", bestätigte Büthe, „auch wenn ich den Film ebenso wenig mag wie Sie."

„Wir müssen ihn uns ja kein weiteres Mal mehr ansehen", schlug Nadja vor und legte auf.

Gerade in dem Moment kam Wolf mit einem jungen Mann durch die Tür. Sie sah vom einen zum anderen und stutzte.

„Stören wir?", fragte Wolf irritiert.

„Nein, überhaupt nicht, ich habe gerade aufgelegt", sagte sie. „Kommt rein!"

„Das ist unser neuer, junger Kollege PK Niklas Müller. Du möchtest bitte seine DNA wegen der Vergleichsspuren sichern", bat Wolf.

„Hallo Herr Müller", sagte Nadja und gab ihm die Hand, „wir werden noch öfter miteinander zu tun haben. Schön, dass das Team Verstärkung bekommen hat." Sie drehte sich um und nahm ein Röhrchen aus dem Schrank. „Kennen Sie die Prozedur? Ist wie bei einem Tatverdächtigen."

„Ja klar", bestätigte Müller und machte den Mund auf.

„So, das war's schon!", erklärte Nadja und steckte das Stäbchen zurück. „Wolf, kann ich dich gleich mal ganz kurz unter vier Augen sprechen?", bat sie. „Ist was Persönliches!"

„Sicher! Müller, sind Sie so lieb, schon mal zum Auto zu gehen? Ich komme gleich nach."

Während Nadja überlegte, ob sie noch etwas anderes sagen sollte, fragte Wolf: „Na, was gibt's denn so Wichtiges?"

„Ich habe jetzt das Resultat, Wolf. Deine Charlotte ist tatsächlich tot. Das haben die Untersuchungen ergeben. Tut mir leid." Damit hatte sie nicht gelogen.

Wolf schwieg, dann nickte er. „Ich danke dir, Nadja. Das ist trotz allem die bessere Alternative. Ich könnte es schwer ertragen, wenn sie mich hintergangen hätte."

„Wahrscheinlich war dein Gefühl richtig, dass sie schon in deinen Armen gestorben ist. Wenn man so mit jemandem verbunden ist, weiß man das sicher, wenn derjenige einen verlässt." Mit diesem Trost versuchte sie nicht nur ihn, sondern auch ihr eigenes schlechtes Gewissen zu beruhigen. Wenn man es genau nahm, hatten auch Büthe und sie ihn hintergangen, wenn auch aus edlen Motiven.

„Das wird die letzte Unsicherheit bleiben, Nadja", sagte Wolf.

„Laut rechtsmedizinischer Untersuchung hätte sie in keinem Fall überlebt, auch ohne Explosion nicht", erinnerte ihn Nadja. Sie wählte ihre Worte genau.

Wolf seufzte. „Stimmt wohl. Ich danke dir nochmals und hoffe, dass ich jetzt endlich mit der Vergangenheit abschließen kann."

„Geh zu ihrem Grab und sag ihr Lebwohl", schlug Nadja vor.

„Dann kann ich auch gleich Abbitte leisten", antwortete Wolf und verabschiedete sich.

Er war in Gedanken schon längst auf dem Friedhof und hatte für einen Moment das Handy vergessen, das Moni in Isabellas Gepäck gefunden hatte, weil plötzlich ein Klingeln aus der Tasche gekommen war. Das Telefon hatte sie in einem Paar Socken verstaut. Darum war es ihrer ersten Durchsicht entgangen. Isabella selbst war immer noch nicht wieder aufgetaucht.

Peter freute sich, als er sah, dass Nadja ihn anrief und brummte ein „Ja, mein Schatz?" in den Hörer. Dann fiel ihm wieder ein, dass er die Speichelprobe nicht besorgt hatte.

„Ich wollte dir sagen, dass ich herausgefunden habe, dass Charlotte tatsächlich tot ist. Ich konnte doch DNA auf dem Kissen finden. Hast du ihren Vater noch zu Hause erwischt?" Sie hoffte inständig, dass das nicht der Fall war.

„Nein", sagte Peter etwas einsilbig und log dabei nicht, auch wenn er den Grund für sich behielt, warum er ihn nicht angetroffen hatte.

„Wunderbar", freute sich Nadja, „ist also nicht mehr nötig."

Peter fiel ein Stein vom Herzen. „Klasse. Du konntest jetzt also einen Abgleich machen?"

„Genau, aber hör mal, ich hab' noch etwas anderes", lenkte Nadja ab. „Euer neuer Kollege war gerade hier, damit wir seine DNA als Vergleichsspur in die Datenbank aufnehmen können. Ich dachte im ersten Moment, ich habe ein Déjà-vu!"

Peter lachte. „Dann ging es dir nicht anders als uns. Wir saßen da wie die Ölgötzen und haben die beiden angeglotzt. Müller sieht aus wie die jüngere Kopie von Wolf. Nur den beiden scheint es nicht aufzufallen."

„Ein typischer Fall von Betriebsblindheit", erklärte Nadja. „Aber Wolf hat doch überhaupt keine Kinder, oder? Ist es nicht irre, dass sie sich so ähnlich sehen?"

„Das hätte er uns gesagt!", behauptete Peter im Brustton der Überzeugung.

„Wenn er's denn weiß ...", orakelte Nadja.

„Solche doofen Zufälle gibt es nicht", sagte Peter. „Das wird einfach eine Laune der Natur sein. Irgendwo sind wir alle verwandt."

„Möglich, aber es kriegt auch keiner mit, wenn ich mir die Sequenzen ihrer Erbinformation ganz nebenbei ansehe."

„Und ich kann den Müller ja mal ein bisschen über seine Vergangenheit ausfragen", schlug Peter vor.

„Gut, ich will jetzt aber erst mal am Fall weiterarbeiten. Enno hat fremde Hautzellen auf der Ackerleiche gefunden, die will ich mit denen vergleichen, die ich in einem Knochenspalt an dem abgetrennten Arm gefunden habe. Wir hoffen auf eine Übereinstimmung", erklärte Nadja.

„Na dann gib mal gleich Bescheid, falls es so ist!"

„Logisch, also dann bis später", sagte Nadja.

Sie musste erneut betäubt worden sein oder die Erschöpfung war zu groß, denn trotz dieser bizarren Vergewaltigung schlief sie ein. Er hatte ihr eine Decke gebracht. Es war dennoch kein ruhiger Schlaf. Entsetzen und Schmerz begleiteten ihn ebenso wie Halluzinationen. Aber alles blieb im Hintergrund. Sie spürte sich selbst wie durch Watte. Isabella versuchte ihre Liegeposition zu verändern, indem sie sich im Bett drehte. Dabei riss sie an den Fesseln aus Hanf, die sich in ihr Fleisch schnitten. Davon wachte sie irgendwann wieder auf.

Der Mann mit der Maske saß bei ihr. Sie erstickte ihren eigenen Schrei im letzten Moment.

„Du tust dir weh", sagte er, „wenn du so an deinen Fesseln reißt. Ich würde dich ja losmachen, aber ich weiß nicht, ob ich dir vertrauen kann."

„Bitte!", krächzte sie. Sie war bereit, alles zu tun, nur um zu überleben. „Ich tue alles, was Sie verlangen."

„Alles?", fragte er. „Das ist leicht versprochen, aber wirst du halten, was du schwörst?"

Sie nickte heftig und stammelte ein „Ja, ganz bestimmt!"

„Ein solcher Schwur kann nicht gebrochen werden, nur durch den Tod wird er aufgelöst. Verstehst du?"

„Ja."

„Wenn du ihn nicht einhältst, werde ich dich töten!"

Sie nickte wieder.

„Schwöre, dass du alles tun wirst, was ich sage, dass du mich niemals verlassen willst oder fliehen wirst, dass du mir gehorchst, was auch immer passiert!"

„Ich schwöre!", sagte sie leise.

„Das reicht nicht. Ich will deinen eigenen unverbrüchlichen Liebesschwur", forderte er, „und den werden wir mit unser beider Blut besiegeln. Danach gibt es kein Zurück!"

„Was soll ich sagen?", fragte sie bettelnd.

„Es muss aus dir kommen, aus deinem tiefsten Inneren", befahl er. „Ich werde wissen, ob du es ernst meinst. Dies ist mehr als ein Eheversprechen. Ich bin der Herr über dein Leben oder deinen Tod. Und ich zögere nicht, wenn du den Schwur brichst, werde ich dein Henker sein."

Fassungslose Angst ergriff von ihr Besitz. Sie glaubte ihm jedes Wort. Aber warum sie? Warum hatte er sie ausgewählt? Sie würde sich schnell etwas einfallen lassen, bevor sie seinen Zorn erregte.

„Schwöre jetzt!", zischte es ungeduldig durch die Maske. Sie zuckte zusammen.

„Ich schwöre, dass ich dich als meinen Herrn und Meister anerkennen werde und dass ich gehorchen werde", begann sie.

„Das ist kein Liebesschwur", donnerte er. „Ich will deine Liebe, alles andere versteht sich dann von selbst. Wenn du mich liebst, tust du alles für mich."

„Ich schwöre", begann sie erneut, „dass ich dich ewig lieben werde und dass mein Herz nur noch dir gehört!"

Er nickte zufrieden und holte seinen Leatherman aus der Hosentasche. Dann klappte er das Messer aus. Sie begann zu zittern. Was hatte er jetzt mit ihr vor? Doch er führte die Schneide über seinen eigenen Arm, bis das Blut zu tropfen begann. Dann vollzog er denselben Schnitt an ihr und presste beide Unterarme aufeinander.

„Nun ist der Schwur besiegelt", sagte er und trennte die Hanfseile durch, die sie in dieser unmöglichen Haltung ans Bett gefesselt hielten. „Worte hatten bisher nie gereicht", fügte er traurig hinzu. „Sie gelten wohl heute nichts mehr."

Isabella hoffte, dass dies nicht das bedeutete, was sie in dem Moment vermutete.

Dann nahm er die Maske ab und sie schauderte, denn sie wusste genau, dass sie dieses Monster niemals würde vergessen können.

Am Grab

Wolf hatte seinen jungen Kollegen gebeten, einen Moment im Wagen sitzen zu bleiben, als er am Friedhof an der Scheier Straße angehalten hatte. Am Grab von Charlotte wollte er allein sein.

Ihre letzte Liegestatt war wie immer gut gepflegt und jetzt mit Hornveilchen bepflanzt, als ob jeden Tag jemand vorbeikam und sich um dieses Fleckchen Erde kümmerte.

„Bitte verzeih mir", sagte Wolf leise und fragte sich, warum er überhaupt jemals an ihr gezweifelt hatte. Diese ominösen Mails hatten sein klares Gespür für die Vergangenheit außer Kraft gesetzt. Nadja hatte recht gehabt. Den Moment, als Charlotte gestorben war, hatte er auf besondere Weise gefühlt. Es war schwer zu erklären. Während er ihren Körper hielt, war sie aus ihm weggegangen. Ihr Fortsein hatte ihm etwas zurückgelassen, das wie Charlotte aussah, aber sie war es nicht länger. Bevor die große Leere ihn den eigenen Tod billigend in Kauf nehmen ließ, hatte man ihn weggezogen.

„Ich danke dir für die schönen Jahre", flüsterte er noch und verschwieg ihr, dass er gerne Kinder mit ihr gehabt hätte. Die Liebe war etwas Seltsames. Sie hatte so viele Facetten. Er hatte vergessen, wie es war, so Hals über Kopf verliebt zu sein. Oder war das ein Gefühl, zu dem nur junge Leute fähig waren? Gehörte den Älteren, zu denen er sich langsam auch zählte, eine besonnenere Art von Liebe? War das, was er mit Charlotte erlebt hatte, ohnehin unwiederbringlich?

Er seufzte, sagte einem Teil der über vierhundert Knochen Lebwohl und ahnte nichts von der anderen

Hälfte, die dort unten tief in der Erde unbetrauert blieb.

Nadjas neuerlicher Anruf riss Wolf aus seinen Gedanken, aber das war nicht schlimm, denn er wollte ohnehin gerade zum Wagen zurückgehen. Sie erzählte ihm, dass sie an dem Arm, der zusammen mit den Füßen gefunden worden war, und der Toten aus dem Feld identische, männliche DNA gefunden hätten und dass sie diese bereits zum LKA geschickt hatte. Falls der Täter bekannt war, wären sie in dem Fall ein gutes Stück weiter.

Wolf gratulierte der Rechtsmedizinerin zu diesem Erfolg, doch sie wiegelte ab. Der sei zum großen Teil Enno zu verdanken, erklärte sie. Nur bei dem ersten Fund hätten sie kein Glück gehabt, das Gewebe war einfach zu sehr zersetzt gewesen. Wolf bedankte sich und rief noch aus dem Auto bei Peter an.

„Hallo Peter, Wolf hier", sagte er, „wir können jetzt mit Sicherheit davon ausgehen, dass der Fund im Scheier Bruch mit den zuletzt gefundenen Leichenteilen vom Friedhof zusammenhängt und natürlich dadurch vermuten, dass wir es in allen Fällen mit demselben Täter zu tun haben."

„Super", antwortete Peter, „dann müssen wir allerdings auch damit rechnen, dass er weitermacht oder bereits andere Frauen umgebracht hat."

„Gibt es denn noch weitere verschwundene Frauen, die im medizinischen Bereich tätig waren?", fragte Wolf, dem bei seiner eigenen Aussage plötzlich mulmig wurde.

„Eine", gab Peter Auskunft, „aber von ihr fehlt bisher jede Spur."

„Vielleicht zwei", murmelte Wolf mit einem unguten Gefühl in der Magengegend, ohne etwas Weiteres zu erklären.

„Was hast du gesagt?"

„Ach nichts", antwortete er, „ich hab' nur laut gedacht. Ich bringe euch Müller zur Unterstützung. Klemmt euch mal hinter diesen Vermisstenfall und fragt bei der örtlichen Kripo nach, ob es etwas Neues gibt. Ich melde mich gleich noch mal."

Bei diesen Worten hielt er gerade an der Dienststelle in der Ulmenallee an und nickte seinem Kollegen zu, der ohne weitere Aufforderung wie von Wolf angekündigt ausstieg, weil er das Gespräch mitverfolgt hatte. Danach rief er Moni an. Sie ging sofort ran.

„Ist Isabella jetzt da?", fragte er.

„Nein, leider immer noch kein Lebenszeichen von ihr", sagte Moni besorgt. „Ich kann mir das überhaupt nicht erklären."

„Hmm, ja, merkwürdig. Sag mal, in welchem Beruf ist deine Nichte noch mal tätig?"

„Sie ist selbstständige Hebamme", erklärte Moni.

„Hast du versucht, sie zu erreichen? Bei sich zu Hause zum Beispiel?"

„Ja, aber da ist niemand. Ich habe auch nach der Nummer von dieser Vicky geforscht."

„Und?"

„Ich habe leider keinen Nachnamen."

„Hast du das Handy durchsucht? Die letzten Nummern angerufen?"

„Nein, absichtlich nicht. Das wollte ich dir überlassen, falls sie nicht vorher auftaucht. Ich habe ein ungutes Gefühl."

„Mir geht es ebenso", sagte er, „wir sollten die Sache ernst nehmen. Ich komme jetzt, hole Handy und Tasche ab, dann sehen wir weiter. Kannst du die Tasche in einen großen Plastikbeutel tun? In einen Wertstoffsack oder so?“

„Ja“, seufzte Moni, „du, ich mache mir wirklich Sorgen.“

„Ich kümmere mich jetzt darum. Kannst du mir die Sachen vielleicht rausbringen?“, bat Wolf. „Ich will dann sofort wieder los. In zehn Minuten bin ich da.“

„Mache ich“, versprach Moni.

Sie stand schon an der Straße, als Wolf anhielt. Er sprang kurz aus dem Wagen, verstaute die Tasche, nahm das Handy an sich und streichelte Moni über den Kopf.

„Wird schon alles gutgehen“, versprach er, ohne dass er selbst daran glaubte.

Nachdem er den durchsichtigen Beutel zu Nadja gebracht und ihr erklärt hatte, was er vermutete, fuhr er in die Ulmenallee und rief sein Team zusammen.

Er war immer schön gewesen und hatte den Vorteil dieses Umstandes früh erkannt. Eine ansprechende Fassade machte alles leichter. Heute jedoch hatte er sich von diesen Äußerlichkeiten befreit und nahm sich einfach, was er haben wollte. Er war des langen Balzens und Werbens müde. Sobald er sich verliebt hatte, schlug er zu und brachte die Angebetete in seine Gewalt. Medikamente und Hilfsmittel hatte er zur Genüge, um die Damen gefügig zu machen. Ihn faszinierten vor allem die Frauen aus dienenden Berufen, weil er vermutete, dass es ihnen sowieso im Blut lag, willig und fügsam zu sein. Isabella hatte er schon lange beobachtet, ihre Gewohnheiten studiert und den Moment ihres Verschwindens genau geplant.

Jetzt hatte er sie im Obergeschoss der alten Jagdhütte seines verstorbenen Onkels untergebracht, wo niemand sie hören konnte. Fenster- und Türgriffe hatte er abmontiert und vorher die Läden von innen verschlossen. Nur durch deren Schlitze fiel ein dämmriges Tageslicht. Es war ein Segen für ihn gewesen, dass sein Onkel keine Kinder gehabt hatte und ihm das kleine Haus im Schaumburger Wald zufiel. Er profitierte auch davon, dass der alte Griesgram gejagt und sein Wild in großen Kühltruhen im Keller gelagert hatte.

Das Fleisch war ihm zunächst gelegen gekommen. Doch nach und nach hatte er es aufgegessen und so Platz für seine eigene Jagdbeute geschaffen. Keine Frau sollte ihn je mehr verlassen, bevor er es gestattete. Er genoss es, wenn sie Angst vor ihm hatten und spielte mit ihnen. Sie versprachen ihm das Blaue vom Himmel hinunter und schworen alles, nur um ihr armseliges Leben zu retten. Rose Margarita hatte lange durchgehalten, bevor sie ihren unsinnigen Versuch unternahm, zu fliehen. Sie wussten doch alle, dass sie beobachtet wurden, denn er war ehrlich. Er sagte es ihnen. Seinerzeit hatten gewisse berufliche Notwendigkeiten noch seine gelegentliche Abwesenheit erfordert. Dann band er sie wieder am Bett fest. Mittlerweile hatte er mehr Zeit und genoss es, Isabella durch die Webcams zu beobachten, wenn er nicht selbst im Raum war.

Das ständige Gefühl, nicht allein zu sein, nagte an den Nerven. Auch die Ungewissheit, wann er sich ihres Körpers wieder bedienen würde, ließ sie in einem Zustand zwischen Lähmung und Panik dahinvegetieren. Dass sie ihn kannte und niemals geglaubt hätte, dass sich hinter dieser Fassade ein solches Monster verbarg, ließ ihren Glauben an das Gute im Menschen versiegen.

Sie wusste, dass sie so schnell wie möglich fliehen musste, sonst würde er sie umbringen. Doch wenn sie es nicht geschickt anstellte, würde es sie ebenfalls ihr Leben kosten.

Wolf betrat das Büro und sah, wie Niklas telefonierte. Die anderen lauschten gespannt.

„Staatsanwaltschaft Jever“, raunte Peter ihm zu. „Unser Frischling hat da besondere Beziehungen.“

„Aha“, sagte Wolf und dachte sich seinen Teil.

Niklas Müller beendete sein Gespräch mit den Worten „Ja, Mutter, ich bin hier gut aufgenommen worden.“

„Na?“, fragte Peter, „was ist nun mit der Vermissten?“

„Meine Mutter lässt uns die Akte zukommen. Es ist aber wohl erst kürzlich ein Schriftstück gefunden worden, das vermuten lässt, dass sich diese Frau umgebracht hat. Man glaubt, sie sei ins Watt gegangen“, erklärte Niklas Müller. „Nur ihre Leiche hat man noch nicht gefunden.“

„Dann lasst uns jetzt bitte erst mal auf etwas anderes konzentrieren, bis die Akte da ist und wir Einsicht genommen haben“, bat Wolf. „Die Nichte meiner Nachbarin ist verschwunden. Wir haben nur eine Tasche vor der Tür gefunden. Handy und Notizbuch daraus habe ich mitgebracht. Die Reisetasche ist schon bei Nadja und Seppi in Stadthagen zur Untersuchung. Niklas, Sie durchstöbern bitte die Kontakte aus den Notizen, legen ein Verzeichnis der enthaltenen Personen an, auch die der Termine. Detlef, du kümmerst dich um das Mobiltelefon. Anrufe, kommende und abgehende. Ich will die ganze Liste mit Namen der Teilnehmer. Peter, du kommst bitte mit mir“, bestimmte Wolf.

Als sie in seinem Büro waren, schloss er die Tür und sah Peter an. „Hast du das wegen Charlotte gehört?"

„Ja, Nadja rief vorhin an und hat es erwähnt. Ich bin froh, dass wir nicht doch noch eine Schaufel brauchen." Er grinste schief. „Kommst du damit klar?"

„Besser als ich dachte", antwortete er. „Von allen schlechten Lösungen ist das immer noch die beste. Nur für diese Mails habe ich überhaupt keine Erklärung."

„Vielleicht hakst du sie am besten als Unfug ab", schlug Peter vor.

„Ja vielleicht ..."

„Was ist das jetzt mit Monis Nichte?", wollte Peter wissen. „Seit wann ist sie verschwunden?"

„So genau kann ich dir das gar nicht sagen. Sie wollte heute Morgen aus Esens losfahren, aber ihre Reisetasche stand bei Moni vor der Gartentür, als ich zur Arbeit gehen wollte. Ohne sie, ohne weiteren Hinweis, einfach so."

Peter verschluckte die Frage, was er so früh dort gemacht hatte und sagte: „Das ist merkwürdig und unlogisch. Wäre sie nicht angekommen, könnte die Tasche nicht da sein. Wäre sie entführt worden, hätte der Täter sie bestimmt nicht dort abgelegt."

„Wir hatten gedacht, sie wollte sich vielleicht noch mit jemandem treffen, aber ihre Sachen schon dalassen und weil sie niemanden so früh stören wollte, hat sie sie halt vor die Tür gelegt."

„Wen sollte sie denn so zeitig schon treffen wollen?", fragte Peter.

„Keine Ahnung, vielleicht erfahren wir das ja bald. Mal sehen, was die beiden herausfinden", sagte Wolf.

„Ja, da bin ich auch gespannt", bestätigte Peter. „Du glaubst aber doch jetzt nicht, dass das mit unserem aktuellen Fall zusammenhängt, oder?"

„Besser nicht", stöhnte Wolf.

„Netter Bengel übrigens, dieser Niklas Müller", fing Peter mit einem anderen Thema an.

„Tja, kam etwas plötzlich dieser Zuwachs, aber es ist klasse, wenn ihr gut mit ihm klarkommt", sagte Wolf. „Außerdem können wir ihn gerade ganz gut gebrauchen."

„Er soll auch ziemlich fit mit Computern sein. Könnte sein, dass er dir wegen dieser Mails helfen kann."

Wolf brummte zustimmend.

„Seine Mutter wollte übrigens auch mal zur Kripo, hat er uns erzählt", fügte Peter an. „Sie hat aber so eine Art Rheuma bekommen und musste dann umsatteln. Heißt Lupus oder so. Ist das nicht das lateinische Wort für Wolf?"

„Schon", sagte Wolf leicht genervt, „aber warum erzählst du mir das alles?"

„Weil du blind bist!"

„Ich, wieso?", fragte Wolf.

„Ach, lass gut sein. Ich geh mal gucken, ob ich die beiden unterstützen kann. Wieso kamst du eigentlich darauf, dass das Verschwinden von Monis Nichte etwas mit unseren Fällen zu tun haben könnte?"

„Ganz einfach. Sie ist freiberufliche Hebamme, also im medizinischen Bereich tätig, und sie wollte wegfahren. Genau da ist sie verschwunden. Wie alle anderen. Vielleicht irre ich mich aber auch."

„Hmm", sagte Peter. „Wir sollten mit Hochdruck daran arbeiten, sie zu finden!"

„Genau meine Meinung!", antwortete Wolf.

Dass er jetzt noch schöner war, verdankte er einem besonderen Umstand. Ein Unfall hatte sein Gesicht verunstaltet und einige Eingriffe notwendig gemacht. Die ohnehin etwas zu groß geratene Nase war ebenso gebrochen gewesen wie Jochbein und Kiefer. Als der Verband damals das erste Mal von seinem Gesicht abgenommen worden war, hatte er gedacht, er blicke in das Antlitz von Frankenstein junior. Doch die Blutergüsse hatten sich verflüchtigt, die Narben waren verblasst und später mittels Laser weiter geglättet worden. Nur wenn man ihm sehr nahe kam, konnte man sie erahnen.

Leider hatte der Unfall auch dazu geführt, dass einige Nerven rund um seinen Beckenboden zerstört worden waren. Eine Eisenstange hatte sich direkt oberhalb der Blase in seinen Unterleib gebohrt. Seitdem war es ihm zwar noch möglich, Lust zu empfinden und darüber hinaus fulminante Orgasmen zu erleben, aber sein Penis wurde nicht mehr richtig steif. Die Urologen behaupteten zwar, dass sich das Nervengewebe in gewisser Weise wieder regenerieren würde, ob es aber ausreiche, um eine Erektion zu bekommen, sei nicht vorhersagbar.

Erst litt er darunter, wusste nicht, wie er es den Frauen erklären sollte, dann fand er andere Wege der Lust und begriff, dass es viel köstlicher war als alles, was er zuvor erlebt hatte. Er sagte einfach gar nichts und fesselte sie. So konnte er mit ihnen und sich machen, was er wollte, ohne in Erklärungsnöte zu geraten, warum er sie nicht penetrierte. Und mit seinen metallenen Instrumenten war er so viel fantasiereicher als mit dem einen aus Fleisch und Blut. Das genoss er zu seiner eigenen Befriedigung, die intensiver und erhebender als je zuvor war.

Detlef und Niklas hatten herausgefunden, dass die letzten beiden Nummern, die auf Isabellas Handy angerufen hatten, zu zwei Tierärzten gehörten. Beide waren nicht erreichbar. Der eine sei im Zoo in Hannover unterwegs, hieß es in der Garbsener Praxis, beim anderen sei nur die Mailbox drangegangen, erklärten sie.

„Hatte sie denn Tiere?“, fragte Wolf verwundert und nahm sich vor, Moni zu fragen.

Nach mehreren Versuchen erreichten sie Daniel, den Piloten. Er konnte etwas Licht ins Dunkel bringen und erzählte von der Geburt mit tierärztlicher Unterstützung auf Langeoog. Auch wusste er, dass sich Isabella einen Abend später noch mit zwei Veterinären im Landhotel Bauernstuben getroffen hatte. Er selbst hatte sie nach Juist geflogen, als die sich ankündigende Zwillingsgeburt den Abend abrupt beendet hatte. Das Letzte, was ihm noch einfiel war, dass Isabella ihre Tante besuchen wollte, aber wann genau sie gefahren sei, konnte er nicht sagen. Er selbst sei den ganzen Tag mit der Fliegerei beschäftigt gewesen, erklärte er.

Nachdem sie alle anderen Nummern abtelefoniert hatten und sich nichts Neues ergab, gelang es ihnen doch noch, Dr. Pettenkofer an den Apparat zu bekommen, der angab, den ganzen Tag im Labor gewesen zu sein, wofür es jedoch keine Zeugen gab. Er schien aber sehr besorgt zu sein, als er erfuhr, dass man nach Isabella suchte und versprach seine Unterstützung. Dr. Seitz blieb weiterhin unerreichbar.

Als er wieder in die Räume ging, in denen er Isabella festhielt, dachte er sich, dass es gut sei zu testen, ob sie ihm wirklich gehorchte. Sie war noch immer nackt, hatte sich jedoch in ihre Decke gehüllt. Am Geruch, der im Zimmer hing, sah er bestätigt, was er schon durch die Webcam vermutet hatte. Der Toilettenstuhl im Raum war von ihr nicht nur zum Urinieren benutzt worden. Er schob ihn vor die Tür.

„Du gewöhnst dich langsam ein, mein Mädchen", sagte er und setzte sich zu ihr aufs Bett. Dabei streifte er die Decke hoch, um sie an ihren Schenkeln zu streicheln. Es kostete sie große Mühe, nicht zusammenzuzucken.

„Mach die Beine breit und lehn dich zurück", befahl er. „Ich werde es dir jetzt mit der Zunge besorgen. Ich will, dass du auch zufrieden bist. Und täusch mir nichts vor. Ich höre erst auf, wenn du einen Orgasmus hattest."

Sie nickte.

Als er seine Hose öffnete, während sie sich folgsam zurücklehnte, sah sie aus den Augenwinkeln, wie etwas aus seiner hinteren Gesäßtasche rutschte. Da er noch mit sich beschäftigt war, schlug sie unbemerkt die Decke darüber und lag jetzt vollkommen nackt vor ihm.

„Morgen weite ich dich wieder", versprach er ihr. Unter der Decke versuchte sie im selben Moment, das Werkzeug zu erforschen. Mit einer Hand war es schwierig zu meistern. „Heute kümmern wir uns nur um dein Lustzentrum. Ich will es wachsen, glühen und vergehen sehen."

Sie überlegte, wie sie die Hände zusammenbringen konnte, ohne dass er es merkte und stöhnte leicht.

„Gut“, sagte er erregt und vergrub seinen Kopf in ihrer Scham. Das war der Moment, in dem sie das Werkzeug in der linken Hand verbarg und beide Arme über den Kopf führte. Als er aufsah, stöhnte sie wieder und tat so, als ob sie sich an einer der Streben des Bettes festhielt. Sie musste unbedingt vermeiden, dass Metall an Metall geriet. Das hätte sie verraten. Während sie sich ein bisschen räkelte und ihm ihr Gesäß noch mehr entgegenstreckte, schaffte sie sich etwas mehr Platz nach oben. Sein Mund saugte gierig an ihr und die Finger seiner linken Hand kniffen unsanft in ihre Brustwarzen. Als er zu stöhnen begann, vermutete sie, dass er auch an sich selbst hantierte. Das war ihr mehr als recht, denn dann würde er unaufmerksamer sein. Sie gab ein paar tiefe Seufzer von sich und versuchte, das Messer auszuklappen. Es war schwierig. Wohin stechen?, überlegte sie. Sie hatte nur einen Versuch. Die Nieren wären eine gute Idee gewesen, aber bis dahin kam sie nicht, weil er vor ihr kniete. Durch den harten Schädel kam sie nicht. Blieb nur der Hals.

Als er in ihre Klitoris biss, schrie sie leicht auf. Er hielt es für das Zeichen zunehmender Lust und rieb sich selbst schneller und härter. Mit beiden Händen umfasste sie das Werkzeug und rammte den Schraubenzieher in seinen Hals. Es war das Einzige, was sie über Kopf hatte herausklappen können.

Wolf war in Unruhe. Von diesem Dr. Seitz fehlte immer noch jede Spur. Die Kollegen aus Hannover hatten ihn weder im Zoo noch in seiner Garbsener Praxis auffinden können. Er war wie vom Erdboden verschwunden. Dr. Pettenkofer schien sehr kooperationsbereit und ehrlich besorgt um Isabella zu sein. Er hatte versprochen, am übernächsten Tag nach Bückeburg zu kommen, wenn er aus Diepholz zurück sei, wo er eine stattliche Anzahl von Schweinen zu besamen hatte. Wolf hatte in dem Hotel Ratsstuben in Rehden angerufen, in dem er angeblich in der nächsten Nacht untergekommen war und Pettenkofers Aussage bestätigt bekommen. Der Veterinär hatte tatsächlich kurz zuvor eingecheckt.

Isabella blieb verschwunden.

Als Wolf am späten Nachmittag bei Moni klingelte, sah er, dass sie geweint hatte. Er nahm sie in die Arme und führte sie zu diesem unmöglichen Sofa.

„Sag mal", begann er, „du hast doch in diesen Briefen deiner Schwester gelesen. Gab es da vielleicht noch irgendeine Information, die uns jetzt helfen könnte? Andere Personen aus Isabellas Leben zum Beispiel, die eine Rolle gespielt haben."

Moni dachte nach. „Also mit dieser Vicky oder Viktoria ist das ganz merkwürdig. Sie muss eine ganz enge Freundin von Isabella sein. Es scheinen aber nur Briefe zu existieren, diese Person hat weder einen Nachnamen noch eine Adresse."

„Gut, ich frage noch mal bei den Personen nach, die Isabella aus Esens kennen. Vielleicht kann uns dieser Pilot Daniel oder der Kellner Olaf aus den Bauernstuben weiterhelfen. Wenn sie bis morgen nicht auftaucht, bitte ich die Kollegen in Esens ihr Haus zu durchsuchen."

„Wer Isabellas Vater war, weiß ich nicht. Gisela hat es nie preisgegeben. Ich denke, es war ein verheirateter Mann", grübelte Moni weiter.

„Hmm", sagte Wolf, „aber wieso sollte er seine Tochter entführen? Er bräuchte doch nur zu ihr zu gehen. Das ergibt, glaube ich, keinen Sinn."

„Der Einzige, der mir jetzt noch einfällt, ist Isabellas geschiedener Mann, aber der ist damals nach Neuseeland gegangen. Also kommt er auch nicht infrage."

„Wie hieß er denn?", fragte Wolf.

„Robert Ahlers. Das weiß ich aus den Briefen von dieser Viktoria. Sie schrieb Gisela, dass er dorthin gegangen sei", erklärte Moni.

„Vielleicht stimmte das gar nicht, oder er ist zurückgekommen", überlegte Wolf laut. „Ich glaube, ich fahre noch mal ins Büro und forsche das nach."

„Sind denn Peter und Detlef nicht mehr da?", fragte Moni.

„Nein, nachdem wir erst mal nicht weiterkamen, habe ich die drei aus Fürsorgegründen nach Hause geschickt", erklärte Wolf. „Es war in letzter Zeit immer sehr spät geworden."

„Wieso drei?", fragte Moni.

„Ach ja", seufzte Wolf, „tut mir leid. Ich bin noch gar nicht dazu gekommen dir zu sagen, dass wir einen neuen Kollegen haben. Jung und dynamisch. Wird dir gefallen. Niklas Müller heißt er. Du wirst ihn bestimmt bald mal kennenlernen."

Sie nickte und war mit den Gedanken ganz woanders. Mühsam quälte er sich aus dem Sofa, vertröstete die wedelnde Hündin, die sich einen Spaziergang erhofft hatte und stieg in seinen Wagen. Er fuhr genau wieder dahin, woher er gerade gekommen war. Moni nahm die Leine vom Haken. Lady Gaga folgte ihr. Sie war die Einzige, die heute Abend fröhlich und ohne Sorgen war.

Wie ein waidwundes Tier schrie er auf und riss den Kopf zurück, als der Schraubenzieher Haut, Fettgewebe, Gefäße und schließlich die Speiseröhre durchdrang. Dann fiel er hintenüber und röchelte.

Isabella sprang vom Bett hoch und riss die Zimmertür auf. Eine sofortige Flucht war ihre einzige Chance. Sie wusste nicht, wie sehr er verletzt war und ob er ihr folgen konnte. Der Griff des Toilettenstuhls bohrte sich in ihren Unterleib, als sie durch die Tür wollte. Sie riss das Ding zur Seite und rannte die Treppe hinab. Oben hörte sie ihn schreien, dann würgte er und hustete dabei. Es klang grässlich. Sie wollte nur weg.

Als sie fühlte, dass die Haustür verschlossen war, öffnete sie eines der kleinen, zweiflügeligen Fenster, zwängte sich hindurch und ließ sich auf den Grasboden fallen. Sie bemerkte kaum, wie ihr Bein am Sims der Länge nach aufriss und hörte voller Panik, dass er auf dem Treppenabsatz nach ihr brüllte. Schnell rappelte sie sich auf und rannte in den Wald. Einfach weg. So weit fort wie möglich. Ihr Fluchtinstinkt blendete alles aus. Sie spürte keinen Schmerz, keine Kälte, obwohl sie nackt war. Von Ferne hörte sie etwas, das sich wie ein tollwütiges Tier anhörte.

Robert Ahlers war, wenn überhaupt, nur ganz kurz in Neuseeland gewesen. Eine Ummeldung auf den anderen Kontinent hatte niemals stattgefunden. Er hatte zunächst wechselnde Adressen im norddeutschen Raum gehabt. Die letzte eingetragene jedoch war: Wietser Horst drei in Bückeburg.

Wolf atmete tief durch. Das war eine heiße Spur. Er gab die Adresse ins Internet ein und sah, dass sie mitten im Schaumburger Wald lag. Dann forschte er nach dem Namen.

Zuerst fand er nur einen beruflichen Eintrag. Robert Ahlers war Pharmareferent für veterinärmedizinische Produkte und im gesamten Bereich Norddeutschland tätig. Dann guckte er nach Bildern unter diesem Namen und holte Luft. Berge! Ihm wurde heiß und kalt. Er musste der Sache nachgehen. Am besten sofort.

Detlef war jedoch längst in Nienburg und Peter lag wahrscheinlich endlich mal in den Armen seiner Nadja.

Da fiel ihm der junge Kollege ein. Wo wohnte er eigentlich? Er rief dessen Personalakte auf und fand heraus, dass Niklas Müller in der kleinen Pension „Gästehaus Monika" untergekommen war. Sie lag in der Fürst-Ernst-Straße unweit der Bückeburger Dienststelle. Er beschloss ihn anzurufen.

„Müller."

„Hetzer hier, ich grüße Sie. Entschuldigen Sie, dass ich Sie an Ihrem Feierabend störe."

„Kein Problem“, sagte Müller, „die sind momentan nicht wirklich interessant. Ich kenne hier noch niemanden und im Fernsehen kommt sowieso nur Mist.“

Wolf hatte spontan ein schlechtes Gewissen. Müller hatte recht.

Er nahm sich vor, sich ein bisschen um ihn zu kümmern, wenn er mehr Zeit hatte.

„Es gibt eine neue Spur im Fall Isabella Ahlers“, erklärte er, „wollen Sie mich begleiten?“

„Klar“, sagte Niklas Müller. „Worum geht's?“

„Der angeblich nach Neuseeland ausgewanderte Exmann wohnt in Wirklichkeit ganz hier in der Nähe. Ich würde ihm gerne einen spontanen Besuch abstatten.“

„Das ist fein. Holen Sie mich ab, oder soll ich zur Dienststelle kommen?“

„Ich bin gleich da, Sie können schon rausgehen“, bat Wolf.

„Wie kommen Sie jetzt auf den?“, wollte Niklas Müller wissen. „Von ihm war bisher überhaupt noch keine Rede.“

„Das ist jetzt zu kompliziert“, erklärte Wolf. „Wenn ich Ihnen sage, dass Isabellas Tante, die meine Nachbarin ist, es in den Briefen an ihre verstorbene Schwester gelesen hat, bringt Sie das nicht weiter.“

„Okay, sehe ich ein“, schmunzelte Niklas Müller und zog sich seine Jacke über. „Ich warte draußen.“

Kurze Zeit später fuhr Wolf vor. „Schönes Haus“, sagte Wolf und nickte bewundernd.

„Ja, aber es wird bald abgerissen. Ich bin der letzte Gast.“

„Ach, schade, wieso? Ist doch noch ganz gut in Schuss“, fragte Wolf.

„Keine Ahnung, hab' nicht gefragt", gab Müller Auskunft.

„Gibt es schon eine Alternative?"

„Morgen gucke ich mir zwei Wohnungen an, dann sehen wir weiter."

„Dann sind Sie schneller als unser Kollege aus Nienburg", lachte Wolf.

„Warum, sucht der auch?", wollte Müller wissen.

„Ich glaube schon."

„Vielleicht könnten wir eine Wohnung zusammen nehmen. Ist viel billiger. Ich werde ihn morgen mal fragen."

„Gute Idee", sagte Wolf und bog von Rusbend in Richtung Cammer ab.

„Ziemlich einsam hier", fügte er nach einer Weile an, als der Wietser Horst in einen Schotterweg überging. „Wir gucken erst mal von außen." Aus irgendeinem Grund war ihm mulmig.

Isabella war einfach immer weitergerannt, bis sie nicht mehr konnte. Sie wusste nicht, ob er hinter ihr her war. Es würde bald dämmerig werden. Sie brauchte Schutz und etwas zum Anziehen. Dieser verdammte Wald schien kein Ende zu nehmen, dachte sie und schleppte sich weiter. Mit ihrer blanken Haut war sie zu gut zu sehen. Inzwischen fühlte sie auch die Kälte wieder. Als sie an einen Holzstapel kam, der mit einer grünen Plane bedeckt war, hatte sie eine Idee. Es dauerte zwar eine Weile, bis sie die Knoten lösen konnte, aber nach und nach gelang es ihr. Immer wieder sah sie sich um. Einmal hatte sie einen Zweig knacken hören, aber da dies das einzige Geräusch blieb, beruhigte sie sich wieder. Die Abdeckung bestand aus zwei unterschiedlich großen Teilen. Sie humpelte ins Dickicht, wollte ein Stück der Plane als Decke verwenden und wickelte sich in das andere. Dann band sie eine Schnur um ihre Brust und ihre Taille. Das gab ihr ein Stück Selbstsicherheit zurück. Sie war nicht mehr nackt. Die wunden Füße hüllte sie vorsichtig in Moos ein und legte sich unter die Plane.

Aus sicherer Entfernung beobachtete er sie und grinste trotz seiner rasenden Schmerzen. Seine Zeit würde kommen.

Wolf hatte am Wegrand geparkt. Die letzten Meter zur Hütte legten sie zu Fuß zurück. Als sie näher kamen, sahen sie gleich, dass hier etwas nicht stimmte. Die Tür und ein Fenster standen sperrangelweit auf.

„Blut“, flüsterte Niklas Müller und zeigte auf eine der braunroten Pfützen auf dem Boden.

Hetzer legte den Finger auf die Lippen. Müller nickte. Sie zogen ihre Dienstwaffen und entsicherten sie.

Wolf stürmte als Erster durch die Tür und rief: „Herr Ahlers?“ Dann lauschten sie. Das Erdgeschoss bestand aus einem einzigen Raum. Am Rand führte eine Treppe nach oben. Es stank.

„Hier ist noch mehr Blut“, sagte Hetzer und zeigte auf den Teppich, „aber ich glaube nicht, dass er noch hier ist. Sie bleiben trotzdem hier unten an der Tür stehen. Ich gehe allein rauf.“

Oben auf dem Treppenabsatz fand er den umgestoßenen Toilettenstuhl und hielt die Luft an. Vorsichtig stieg er über die mit Exkrementen vermischte Lache aus Blut und Urin. Dann betrat er den Raum. Er war spärlich eingerichtet. In einer Ecke stand ein mittelgroßes, altes Bett. An jedem der Pfosten hing ein Seil. Auch das Laken zeigte Blutspuren, doch an einer Seite fand sich eine seltsame Vermengung aus Blut und Erbrochenem. Wolf fürchtete das Schlimmste und versuchte die Instrumente aus glänzendem Metall zu ignorieren, die schreckliche Bilder in seinem Kopf entstehen lassen wollten.

„Hier ist auch niemand“, rief er Niklas Müller von oben zu, „aber ich fürchte, wir sind auf der richtigen

Fährte. Ruf Verstärkung und einen Krankenwagen für alle Fälle."

„Da ist noch eine Bodenklappe", antwortete Niklas. Er hatte einen Teppich zurückgeschlagen.

„Du solltest doch an der Tür bleiben", sagte Wolf vorwurfsvoll. „Wir wissen nicht, ob sich hier noch jemand rumtreibt."

„Ja", sagte Niklas Müller zerknirscht.

„Ich will, dass du meinen Anweisungen immer genau folgst", bestimmte Wolf. „Ich bin auch für deine Sicherheit verantwortlich. Das kann ich nur gewährleisten, wenn du machst, was ich sage. Bleib also an der Tür. Ich steige durch die Luke hinab."

In dem kleinen Keller war es kühl und feucht. Das Surren elektrischer Geräte lag in der Luft. Es brauchte nicht viel Fantasie zu erraten, was er in den Truhen finden würde. Doch obwohl Wolf es wusste, war der Anblick einer einarmigen Frau ohne Füße, deren Gesicht mit feinen Eiskristallen überzogen war, schwer zu ertragen. Er war froh, dass die nächste Kühltruhe leer war und vermutete, dass in ihr die Leiche aus Scheie gelegen haben musste. Nur einmal musste er noch einen Deckel heben und konnte sich kaum überwinden. Er hoffte, dass auch diese Truhe leer war. Doch er irrte und holte tief Luft. Vor ihm lag eine schöne Frau, die auf den ersten Blick vollkommen unversehrt schien und deren Hände auf einem Haarbüschel ruhten. Als er genauer hinsah, entdeckte er, dass dies ihre Schädelplatte war. Das Gehirn war fort. Er unterdrückte ein leichtes Würgen und klappte den Deckel wieder zu. Dann stieg er nach oben und schloss die Luke.

„Und, was gefunden?", fragte Niklas Müller, der sich diesmal nicht vom Fleck gerührt hatte. Doch als er in das Gesicht seines Vorgesetzten sah, hätte er keine Antwort gebraucht.

Wolf Hetzer ersparte dem jungen Kollegen, was er unten gefunden hatte. Er konnte es später nachlesen. Auch wollte er ungern in Worte fassen, was mit dem menschlichen Verstand nicht greifbar war.

„Ja, wir sind auf der richtigen Spur“, war das Einzige, was er dazu sagte. „Ist die Verstärkung unterwegs?“

„Funkloch!“

„Scheiße“, entfuhr es Wolf, was sonst ganz und gar nicht seine Art war. Er holte sein eigenes Smartphone aus der Tasche. Fehlanzeige!

„Glauben Sie, er hat diese Isabella hier festgehalten?“

„Ja.“

„Und wie erklären Sie sich das ganze Blut?“, wollte Niklas Müller wissen. „Hat er sie umgebracht?“

„Nein, da geht er anders vor“, erklärte Wolf, „ich vermute, es ist zu einem Kampf gekommen und sie konnte vielleicht fliehen ...“

„Dann ist er immer noch hinter ihr her“, mutmaßte Müller.

„Könnte sein“, sagte Wolf. Ihn schauderte bei dem Gedanken. „Hier ist er nicht, da hinten stehen zwei Autos, also muss er zu Fuß unterwegs sein.“

Sie umrundeten die Hütte.

„Ich glaube, sie sind hier lang“, sagte Niklas Müller und zeigte auf die abgeknickten Äste.

„Fahr du mit dem Wagen in Richtung Straße, bis du Empfang hast und sieh zu, dass wir umgehend Hilfe bekommen. Ich folge schon mal vorsichtig dieser Spur. Wer weiß, wie viel Zeit uns bleibt! Gib mir die Taschenlampe aus dem Seitenfach.“

Niklas Müller sprang in Hetzers Auto und reichte sie raus.

„Damit wir uns ganz klar verstehen", fing Wolf nochmals an, „du bleibst hier, bis die Verstärkung vor Ort ist und kommst nicht hinterher! Das ist ein Befehl! Kapiert?"

Widerwillig nickte Niklas Müller.

„Sieh zu, dass der Kruse auch hierher kommt. Er kann seine Freundin gleich mitbringen", fügte Wolf hinzu.

„Soll ich ihm das so sagen?"

„Genau so! Und jetzt los!"

Wolf hatte es eilig. Eine Zeit lang konnte er der Spur gut folgen. Dann wurde es schwieriger. Als er schon glaubte, völlig auf dem Holzweg zu sein, hörte er einen Schrei.

Sie atmete auf. Es war das erste Mal seit ihrer Flucht. Hier unter der dunkelgrünen Plane würde sie jetzt in der Dämmerung oder später in der Nacht niemand finden.

Als er auf sie sprang, hatte sie nicht mehr damit gerechnet, in Gefahr zu sein. Er nutzte den Überraschungseffekt und hielt ihr das Messer an die Kehle. Es war scharf und malte einen kleinen Blutstrich unter die Klinge.

„Du hast mir versprochen, dass dein Herz nur mir gehört", krächzte er und spuckte einen Pfropfen Blut aus. „Jetzt werde ich es mir holen!"

Isabella lag starr vor Schreck. Sie konnte sich nicht rühren.

„Du bist doch wie all die anderen", sagte er angewidert. „Mit dir hat sowieso alles angefangen, also bringen wir es auch gemeinsam zu Ende. Ich dachte, du hättest dazugelernt."

„Wieso, Robert?", stammelte sie, um Zeit zu gewinnen.

„Du weißt, wer ich bin?"

„Ja."

„Aber ich sehe jetzt anders aus. Besser", behauptete er und hustete.

„Stimmt, aber dein Muttermal am Ohr hat dich verraten. An der Stimme hätte ich dich nicht wiedererkannt."

„Das liegt auch an diesem Unfall in Neuseeland. Jetzt wird es nicht besser werden." Er röchelte wieder. „Seitdem kann ich mit keiner Frau mehr normal zusammensein. Du bist schuld. Nur deinetwegen bin ich weggegangen.“ Das Sprechen fiel ihm immer schwerer.

„Tut mir leid“, flüsterte Isabella.

Er machte mit der linken Hand eine wegwerfende Bewegung. Die rechte hielt er weiterhin an ihre Kehle. „Bringen wir es zu Ende!“

„Warte!“, bettelte sie. „Ich will dir mein Herz wirklich schenken, aber freiwillig, nicht als Gefangene.“

Er lachte heiser und bitter. „Du willst deine Haut retten, aber der gebrochene Schwur hatte sie alle ihr Leben gekostet. Ich halte meine. Die eine hatte versprochen, dass sie nur noch Augen für mich hätte und dass sie ihre Hände auf ewig in die meinen legen würde. Sie starb in dem See, den ich gelobt hatte ihr zu zeigen. Das war das Letzte, was sie sah.“

Isabella zitterte. Der Druck des Messers verstärkte sich.

„Die andere wollte mit mir Arm in Arm durchs Leben gehen. Willst du mehr hören?“

Ein schwaches Nicken.

„Eine schwor, dass ihr noch nie jemand so den Kopf verdreht hatte wie ich und dass sie für sich selbst und die Einhaltung ihres Schwurs die Hand ins Feuer legen würde.“ Er lachte grausam. „Das Fleisch hat ganz schön gestunken, als es verbrannte.“ Er holte mit dem Messer aus. „Wir bringen es jetzt zu Ende. Es geht ganz schnell“, versprach er.

Isabella konnte ihren Körper nicht mehr beherrschen. Sie bebte. Die Todesangst öffnete alle Schleusen. Doch in dem Moment, als er zustach, zuckte sie zusammen, sodass das Messer etwas oberhalb ihrer Brust eindrang. Er fluchte, würgte dabei und zog die Schneide wieder heraus. Hellrotes Blut quoll aus der

Wunde. Gerade, als er ein zweites Mal zustechen wollte, riss ihn etwas zur Seite. Er sah erstaunt in die Augen eines Mannes, den er nicht kannte und zögerte nicht. Noch im Fallen stieß er dem Angreifer das Werkzeug in den Leib. Wolf stöhnte auf und rollte sich auf Robert Ahlers. Dabei drückte er ab. Der zweite Schuss traf den linken Lungenflügel, aber Wolf konnte sich gar nicht erinnern, ein weiteres Mal geschossen zu haben. Luft trat in die Lunge ein und ließ das Gewebe zusammensacken. Das neuerliche Blut hustete er nicht aus dem Magen, sondern aus seinen Bronchien.

Wolf wälzte sich von dem Schwerverletzten und krümmte sich vor Schmerz. Er musste das Messer rausziehen, sagte er sich. Und nach Isabella sehen. Es kostete ihn einige Überwindung, den Schaft zu packen und mit ganzer Kraft die Klinge aus seinem Leib zu ziehen. Blut sickerte hervor. Er warf das Messer weit weg in den Wald und richtete die Waffe auf Ahlers. Das Monster war immer noch nicht tot. Er hätte es verdient, dachte Wolf.

„Hauptkommissar Hetzer", flüsterte es plötzlich in sein Ohr, „ich hab' das Schwein im Visier, Sie können sich zurücklehnen!"

„Lebt die Frau noch?", fragte Wolf.

Niklas Müller ging zu Isabella und fühlte ihren Puls, ohne Ahlers aus den Augen zu lassen. „Schwacher Herzschlag", sagte er, „aber sie ist noch unter uns." Dann nahm er sein Smartphone.

„Ich denke, wir sind im Funkloch", sagte Wolf gepresst und versuchte den Schmerz zu ignorieren.

„Da hinten schon, hier nicht", erklärte Niklas und rief Peter Kruse an. „Hab' alles im Griff, Kruse, orten Sie mein Smartphone, dann finden Sie uns schneller. Wir brauchen dringend medizinische Hilfe."

Als die Beamten des Sondereinsatzkommandos eintrafen, übernahmen sie die Bewachung von Robert Ahlers. Fast zeitgleich kamen Kruse und seine Freundin durchs Dickicht, die eine Tasche bei sich trug und sich den Ersthelfern mit einem süffisanten Grinsen als Rechtsmedizinerin vorstellte und deren fassungslosen Blick genoss, da niemand tot war. Die Rettungswagen und Notärzte mussten über die Straßen aus dem Bereich Meinser Kämpen anrücken, um halbwegs nah an die Stelle zu kommen, wo die Verletzten lagen. Nadja kümmerte sich nach einem ersten kurzen, aber fachmännischen Blick zuerst um Isabella und legte ihr eine Infusion. Sie war weiterhin bewusstlos, aber ihr Kreislauf stabilisierte sich.

„Hat wohl Glück gehabt", sagte Nadja, „die Lunge scheint nicht getroffen worden zu sein, was man von ihrem Widersacher nicht behaupten kann, aber ich schätze, sie kommen beide durch. Wie geht es dir?"

„Wollen Sie übernehmen?", fragte der behandelnde Notarzt, der gerade einen Kompressionsverband bei Wolf Hetzer anlegte.

„Nein, nein, der ist mir noch viel zu lebendig", sagte sie mit einem Augenzwinkern. „Ich frage nur als Freundin."

„Du kriegst auch noch ganz schön was zu tun", versprach Wolf. Ihm war immer noch speiübel, aber so langsam ließ der Schmerz durch die Medikamente nach.

„Seppi ist schon in der Hütte", sagte Nadja. „Und meine Patienten haben es nicht eilig."

„Wir nehmen ihn jetzt mit", erklärte der Notarzt.

„Vielleicht begleiten Sie ihn, Müller?", schlug Peter vor, der missbilligend auf Wolf hinabsah. „Uns schickt er nach Hause und will dann allein die Welt retten, oder zumindest einen Teil davon. Mensch Wolf, du Hornochse! Darüber sprechen wir noch ..."

„Jetzt schimpf nicht", bestimmte Nadja, „sei froh, dass es so glimpflich ausgegangen ist. Wenn du was Sinnvolles tun willst, dann ruf bei Moni an. Sie hat jetzt zwei Patienten im Krankenhaus, um die sie sich kümmern wollen wird."

Peter grummelte und verabschiedete sich mit einem „Gute Besserung sagt man wohl ..."

„Nimm's ihm nicht übel", bat Nadja. „Er macht sich große Sorgen um dich. Das ist seine Art, damit umzugehen. Wir kommen dich morgen besuchen!"

„Ja, danke Nadja, ich kenne den alten Stinkstiefel doch, und er hat ja so recht."

„Sag's ihm nicht, sonst wird er unausstehlich", sagte Nadja und verabschiedete sich von den beiden.

Moni war nach Peters Anruf sofort ins Bückeburger Krankenhaus gefahren und saß zwischen den Betten von Wolf und Isabella auf der Intensivstation. Isabellas war leer. Sie war noch im OP. Wolf wartete auf seine Darmspiegelung. Sie wollten sichergehen, dass nichts perforiert war. Niklas Müller hatte er nach Hause geschickt und ihm vorher noch einmal fest die Hand gedrückt.

„Ihr könnt einem ja einen ganz schönen Schrecken einjagen", sagte sie und hielt seine Hand. „Erst verschwindet sie, dann kommst du nicht wieder."

„Ist doch alles gut gegangen", beruhigte Wolf sie.

„Wie man's nimmt", antwortete sie. „Der Körper ist das eine. Aber was die Seele für Schaden genommen hat, werden wir abwarten müssen."

„Ja, sie hat Schlimmes erlebt", bestätigte Wolf. „Sie wird eine psychologische Betreuung brauchen. Das steckt man nicht einfach so weg."

„Und du, du kannst das aber, ja? Einfach so?"

„Klar, ich habe einen guten Abstand zu meiner Arbeit. Ich lasse nichts an mich ran. Das schützt mich gut genug."

Moni seufzte. Es hatte keinen Sinn, ihn darauf anzusprechen.

„Du Moni", begann Wolf vorsichtig, „ich muss dir noch was sagen."

„Ja?"

„Nadja konnte endlich beweisen, dass Charlotte nicht mehr lebt. Sie ist damals durch eine Kugel tödlich verletzt worden."

„Und wie geht es dir jetzt?", fragte Moni besorgt.

„Besser als ich dachte. Es ist der Anfang vom Ende. Ich kann jetzt mit diesem Lebensabschnitt abschließen."

„Lass dir Zeit damit, du hast da viel aufzuarbeiten", schlug Moni vor.

„Hilfst du mir dabei?"

„Habe ich dich schon jemals im Stich gelassen?"

„Nein", bestätigte er und ärgerte sich über seine eigene Frage.

„In der nächsten Zeit werde ich aber meine Kräfte aufteilen müssen. Da sind zwei Kater, eine Hündin, meine Nichte und du."

„Vielleicht heirate ich dich doch noch, dann bin ich an erster Stelle dran", schmunzelte er.

„Untersteh dich, auch nur den Versuch zu wagen", gab sie zurück. „Wir haben eine Vereinbarung!"

Wolf beschloss, jetzt nicht länger auf dem Thema herumzureiten.

Als Isabella aus dem OP kam, war sie noch nicht ansprechbar. Moni strich ihr vorsichtig über die Haare und küsste sie auf die Stirn.

„Wir sehen uns morgen wieder", versprach sie und drückte ihre Lippen sanft auf Wolfs Wange. Dann ging sie durch die Schleuse. Wolf sah zu Isabella hinüber, deren Augen sich unruhig unter den Lidern hin und her bewegten. Sie war leichenblass. Kaum jemand hatte Dinge wie sie erlebt. Das würde auf ewig Spuren hinterlassen. Er wusste aber auch, was ihr zu guter Letzt noch erspart geblieben war. Darüber freute er sich.

Am nächsten Tag schob man ihn schon früh in ein normales Krankenzimmer. Glücklicherweise lag er allein.

Die Darmspiegelung hatte eine Perforation ausschließen können. Bei ihm waren durch die Klinge nur Weichteile getroffen worden. Ganz gut, wenn man ein bisschen Speck auf den Rippen hatte, fand Wolf, noch immer ohne Appetit.

Als Nadja und Peter sein Zimmer mit einem großen Blumenstrauß betraten, freute er sich, auch wenn der alte Griesgram immer noch grimmig guckte und wenig sagte.

„Ist doch ein toller Tag heute“, meinte Nadja. „Ihr lebt beide und du bist schon wieder aus der Intensiv entlassen worden. Klasse!“

„Ist der andere auch durchgekommen?“, fragte Wolf.

„Keine Ahnung, der liegt in Stadthagen“, antwortete Nadja, doch Peter brummte ein „Ja, leider!“

„Müllerchen kommt auch gleich noch. Netter Bursche übrigens. Sieht dir verdammt ähnlich“, sagte Nadja.

„Jetzt fängst du auch noch damit an“, stöhnte Wolf.

„Ist ja auch kein Wunder“, fügte sie noch hinzu, ohne auf seine Worte einzugehen.

„Wieso?“, fragte Wolf skeptisch.

„Ganz einfach, weil er dein Sohn ist!“

„Du spinnst!“, sagte Wolf und tippte sich an die Stirn. „Ich kannte vor mehr als zwanzig Jahren keine, die Müller hieß.“

„Ja und? Gene lügen nicht!“, sang sie triumphierend nach der Melodie von „Tränen lügen nicht“.

„Du hast doch wohl nicht ...“, begann er.

„Doch, hab' ich. War auch ganz einfach. Wir mussten seine sowieso archivieren. Ich habe sie nach Feierabend mit deiner verglichen. Es ist eindeutig!“

„Ich fasse es nicht!“, sagte Wolf, dem die Worte ausgingen. Es hatte ihm die Sprache verschlagen.

Peter lachte. „Das gefällt mir. Es fehlen dem alten Sack endlich mal die Worte. Seine frühjugendliche Zeugungsfähigkeit hat ihn sprachlos gemacht.“

„Ist doch toll, wenn zwei Freunde gemeinsam Vater werden“, meinte Nadja und musste ein Lachen verbergen. „Da können sie sich gegenseitig unterstützen.“

„Hä? Ich bin nicht Niklas Vater, höchstens sein Onkel, wenn man es großzügig sieht“, wandte Peter ein.

„Ich meinte ja auch nicht von Niklas, sondern von dem da“, sie zeigte auf ihren Bauch und starrte in ein weiteres fassungsloses Gesicht.

Wolf begann lauthals zu lachen und fasste sich dann an die Seite. Die tat noch höllisch weh. „Ich glaub's ja nicht!“

„Ich dachte, du kannst keine kriegen wegen deiner komischen Eierstöcke?“, fragte Peter, als er sich wieder gefangen hatte.

„Das dachte ich auch und alle Gynäkologen haben es bestätigt, aber die Natur hat gesiegt“, schmunzelte sie. „Freust du dich? Hast ja noch ein paar Monate Zeit, dich an den Gedanken zu gewöhnen. Wolf hat nur Minuten. Ich wollte es euch beiden gemeinsam sagen. Das hatte irgendwie was.“

„Ein kleiner Neandertaler?“, wollte Peter wissen. Wolf meinte, etwas Stolz aus seiner Stimme herauszuhören.

„Mal sehen“, lachte sie. „Ist noch zu früh.“

„Glückwunsch, ihr beiden", kam es aus Wolfs Bett, „aber ein Problem haben wir damit. Wer soll denn die Sektionen machen? Da bist du doch jetzt außen vor."

„Stimmt, Enno wird das solange übernehmen und danach wird sich Babuschka mit um das Kind kümmern. Habt ihr überhaupt mitgekriegt, dass der jetzt mit der Kukla zusammen ist?"

„Nee", sagte Wolf, „das ist ja der Hammer. Hast du noch mehr Neuigkeiten auf Lager?"

„Krass", stimmte Peter zu und meinte sarkastisch, „dann wird sie doch bestimmt ab sofort gerne bei der Leichenschau dabei sein."

„Eher nicht", meinte Nadja. „So, wir gehen jetzt. Soll ich dir deinen Filius hereinschicken?"

„Ob ich mit ihm darüber sprechen kann?"

„Nicht können, du solltest", sagte Peter.

„Vielleicht weiß er's schon und nur ich bin der Dumme."

„Das glaube ich nicht!" Nadja war fest überzeugt.

Wolf holte tief Luft. „Na, dann will ich die frohe Botschaft mal überbringen und hoffe, sie schockt ihn nicht zu sehr."

„Wird schon, Alter!" Peter schlug ihm auf die Schulter und zuckte sofort zurück. „Oh Verzeihung."

„Geht schon wieder."

Noch bevor Niklas das Krankenzimmer betrat, meldete sich Wolfs Smartphone mit einer Mail. „Sie lebt noch immer weiter in Angst um euch" las er und hatte zum ersten Mal eine vage Vermutung, was die Botschaften zu bedeuten hatten und wer sie versandt hatte.

Unter der Frankenburg war nun endlich der Frühling eingezogen. Schöne, warme Tage standen bevor. Die

Wände der alten Kate würden von neuen Stimmen und einem noch unbeschwerten Lachen erfüllt sein. Das Leben war wandelbar. Es hatte immer neue Überraschungen auf Lager.

Geheimnisse sind etwas Wunderbares, und darum habe ich auch nicht jedes in diesem Buch aufgelöst.

Wer schreibt zum Beispiel jene mysteriösen Mails an Wolf Hetzer? Gibt es einen Grund für diese Nachrichten?

Was hat es mit den Briefen auf sich, die noch bei Moni im Keller liegen?

Ist Vicky mit Viktoria identisch, und falls ja, wer verbirgt sich hinter dieser Person?

Wie wird das Leben von Niklas Müller weitergehen? Oder das von Isabella?

Wie wirken sich die aktuellen Lebensereignisse auf die Beziehung zwischen Wolf und Moni aus?

Diese und andere Fragen habe ich ganz bewusst unbeantwortet gelassen, denn die Geschichte unserer Kommissare wird weitergehen.

Voller Freude kann ich sagen: Fortsetzung folgt!

Ich hoffe, ihr teilt sie mit mir
... denn der Schatten des Bösen stirbt nie ...

Danksagung

Mein besonderer Dank gilt meinem lieben Freund, dem Fallanalytiker des LKA Niedersachsen Carsten Schütte, der SchattenSchwur von Anfang an begleitet hat und sein waches Auge nicht nur auf die ermittlungstechnischen Belange gelegt hat.

Wie in jedem SchattenKrimi liest auch meine literarisch begeisterte Freundin Sabine Semrau das Manuskript schon während der Entstehung mit und unterstützt mich mit ihren Kommentaren, die mich immer weiter- und manchmal auch zum Schmunzeln bringen.

Ein herzliches Dankeschön möchte ich auch dem Team von den CW Niemeyer Buchverlagen, Hameln, sagen. Carsten Riethmüller hat mehrere atemberaubende Coverentwürfe gestaltet. Sie haben mir alle gefallen, doch für eines musste ich mich entscheiden.

Auch die anderen Autoren meines Verlages möchte ich an dieser Stelle dankend erwähnen. Mit vielen hat sich ein liebes, interaktives Miteinander entwickelt, das zu gemeinsamen Lesungen, aber auch zu tollen Events rund um die Buchmessen in Frankfurt und Leipzig geführt hat.

Von Herzen danke ich außerdem den Menschen an meiner Seite, die mich unterstützen, mich zum Schreiben ermuntern und meine Bücher verschenken. Hier möchte ich vor allem meine Eltern nennen.

Doch ohne die Liebe zur Literatur kann nichts gelingen. Dass ich sie mit meinem Ehemann teilen kann, ist ein großes Geschenk, über das ich sehr glücklich bin. So kann ich meiner Berufung uneingeschränkt nachgehen und meine Bücher deutschlandweit auf Lesungen vorstellen. Danke, dass du immer bei mir bist.

Bei allen lieben und nahen Freunden möchte ich mich bedanken, die meine SchattenKrimis gelesen und mich zum Weiterschreiben ermuntert haben. Es sind zu viele, um sie alle nennen zu können.

Zuletzt danke ich den wunderbaren Fans deutschlandweit in den Buchhandlungen, Krimiforen und sozialen Netzwerken, die mich täglich unterstützen und meine Bücher weiterempfehlen!

Was wären die SchattenKrimis ohne euch …?

Im Verlag CW Niemeyer bereits erschienen ...

Eine Frau verschwindet. Von ihr werden blutverklebte Haarbüschel und ein Fetzen ihrer Kleidung gefunden. Ist sie ermordet worden oder gibt es noch Hoffnung? Die bekannten Kommissare Wolf Hetzer und Peter Kruse ziehen alle Register ihres kriminalistischen Könnens, um die Frau lebend finden zu können. Stundenlange Ermittlungen im Umfeld des Opfers bringen nach und nach grausame Details ans Licht.

Nané Lénard. SchattenGift
352 Seiten. Paperback. ISBN 978-3-8271-9412-1
E-Book 978-3-8271-9612-5 (Pdf)
978-3-8271-9812-9 (Epub)
Hörbuch 978-3-8271-9700-9

www.niemeyer-buch.de

Im Verlag CW Niemeyer bereits erschienen ...

Wem gehört die Hand, die vertrocknet aus der Entengrütze des Hexenteiches ragt? Wer ist der Serienmörder, der seine Opfer mit einem Draht vom Leben ins Jenseits befördert? Diese und andere spannende Fragen stellen sich Hauptkommissar Wolf Hetzer, seine Kollegen in anderen Städten. Oft geschehen böse Taten im Schatten des Alltags und niemand kommt auf die Idee, dass eine arme Seele noch leben könnte, wenn sie denn gehört worden wäre.

Nané Lénard. KurzKrimis und andere SchattenSeiten
288 Seiten. Paperback. ISBN 978-3-8271-9419-0
E-Book 978-3-8271-9630-9 (Pdf)
978-3-8271-9830-3 (Epub)

Krimis finden Sie unter ...